PRÍNCIPE DA NOITE

SETE MULHERES E MEIA

GERMANO PEREIRA

Novas Páginas

Copyright © 2013 Editora Novo Conceito
Todos os direitos reservados.

Esta é uma obra de ficção. Os nomes, personagens, lugares e acontecimentos descritos são produto da imaginação do autor. Qualquer semelhança com nomes, datas e acontecimentos reais é mera coincidência.

2ª Impressão — 2013

Produção Editorial:
Equipe Novo Conceito
Impressão e Acabamento Sermograf 221113

Este livro segue as regras da Nova Ortografia da Língua Portuguesa

Dados Internacionais de Catalogação na Publicação (CIP)
(Câmara Brasileira do Livro, SP, Brasil)

Pereira, Germano
    Príncipe da noite / Germano Pereira. -- Ribeirão Preto, SP : Novo Conceito Editora, 2013.

ISBN 978-85-8163-342-8

1. Ficção brasileira I. Título.

13-10371   CDD-869.93

Índices para catálogo sistemático:
1. Ficção : Literatura brasileira 869.93

Novas Páginas

Rua Dr. Hugo Fortes, 1885 — Parque Industrial Lagoinha
14095-260 — Ribeirão Preto — SP
www.editoranovoconceito.com.br

Para a minha amada Marta Giovanelli,
que me deu o maior apoio e sempre me disse para escrever.

Para a nossa doce filha Sophia,
que está prestes a nascer.

PRÓLOGO

Dia após dia, as mulheres, como que numa língua transversa e ainda desconhecida, exigem um estado de aguçada atenção de meu ser, me enfeitiçam como um ímã de carne e osso humanos.

Por essa imposição desleal e incondicional, as mulheres, as donas da maçã do Éden, me oferecem, como que numa moeda de troca, seu refúgio alimentador e divino, que não é menos emblemático, tampouco caótico.

1

Estrelas. Estrelas no céu. Milhares delas. Muitos milhares de estrelas no céu, cintilando em chama ardente ao longe. Distantes como algo quase impossível para a percepção de um ser normal. Ainda assim, não deixam de existir, de pulsar, de se colocar de maneira surreal, quântica, astronômica, voraz, vibrante, destruidora em chamas. A ordem natural, a lei natural, infinita, macroscópica. Aquilo que está longe fica perto. Mais perto, ainda mais longe. Tudo fica mais longe, mais perto. A Relatividade colocada no cérebro do indivíduo quase como necessária para a evolução. O ponto de vista não pede para entrar: simplesmente aparece, bate na porta do coração de nosso ser e nos faz Outro, milhares de outros que enxergam, que veem, sentem esse novo Eu. Podemos querer bloquear, estancar, nos proteger, mas é a condição natural adentrar o Outro. A Vontade se faz presente, se mostra nesse interstício, nessa fissura subatômica, fissura buraco negro que por sua vez se revela nesse lança-chamas evidente de estrelas reluzentes. A Vontade! Vontade de quê? De quem? Para quê? Minha vontade se diferencia da Vontade. Vontade em maiúsculo é a vontade do mundo. Minha vontade minúscula subjugada pela

Vontade imperiosa do espaço. Não existem respostas claras. Mar de obscuro espacial, a melhor definição, e tem que ser essa, a simbólica. A definição simbólica, metafórica, para irromper o significado, invadi-lo. Mostrar-se! Revelar-se! Incorporar o todo. Ser o Nada.

Essa rainha das trevas obscuras da Vontade me chama no céu estelar. Mais uma vez pulsa dentro de mim, como ordem imperativa que não pediu permissão. Não tenho como dizer. O leão está à espreita da leoa. A natureza precisa seguir seu fluxo. O rio está descendo naquela direção, que, por coincidência, é a mesma do pôr-do-sol. Tudo girando em sincronia mágica. Para outros apenas a lógica, para mim a Mágica. Absurda, não? Não tenho como dizer não. Seria ir contra tudo, contra a majestosa Vontade. Uma afronta à natureza. Mas o reduto acalentador do homem moderno gosta de obstruí-la, condená-la, categorizá-la. Quer nos ensinar a condenar os sentidos libertadores diante dessa Vontade. Exterminá-la! Deixar o rastro do não aprendizado, da não evolução. O homem que castra sua veia carnal se moraliza no pior sentido. Ele se limita, se diminui, deixa de queimar, deixa de ser estrela. Esse homem faz por merecer a dor infernal do grito uivante da loba da Vontade que aparece em seus sonhos desejosos em noites mal dormidas ou bem dormidas. Pesadelos e sonhos cheios de pequenas vontades ocultas. Desejos sexuais escarnecidos, não realizados, não conquistados pela fraqueza do apelo moral do dia a dia cristalizado em formas estanques.

O Príncipe da Noite é uma explosão, é cada vez mais sentimento, mais romance desenfreado. Conquista a mulher para defender seu país, seu sonho. Comandado pela majestosa Vontade, o Príncipe da Noite, como se fosse o soldado do amor e da paixão, como se precisasse defender seu povo e seus alimentos, se desdobra em milhões de facetas de seu próprio eu. E assim se perde temporariamente. Tempos de caos. Apolo liquidado por Dioniso. O culto à razão destruído pela erupção do zoneamento, da fragmentação. Erupção do deus do vinho. Por fim, o Príncipe conquista a mulher. Como um *serial killer* do Amor. O Príncipe da Noite é o soldado do afeto. Seu maior vício é o sexo. Seria o Príncipe o *serial killer* do sexo? O assassino que, ao invés de matar, faz viver ainda mais o amor, o sexo, deixando no sepulcro o ranço, o ódio, a dor, o sofrimento para que os mesquinhos se alimentem de puro fel? Distante e do lado oposto ao terreno sepulcral encontra-se o Príncipe, soldado do afeto, *serial killer* do sexo que, apesar de ofuscado pelos acontecimentos tortuosos da vida, direciona-se guiado sempre pelo brilho da luz do amor.

2

Mais um dia de trabalho. Ser psicanalista tem suas vantagens, e uma delas é a possibilidade de ser Outro, de vivenciar o que um indivíduo tem para contar, e que muitas vezes é algo diametralmente oposto ao que você é. Em outras ocasiões, não: as situações se assemelham num grau que pareço estar vivendo minha própria vida na pele de outra pessoa, projetada em carne e osso, com as lamúrias se tornando presentes aos olhos de todos. Digo de todos porque não são somente meus olhos que observam, mas os olhos escondidos do Príncipe da Noite; o fato de não se pronunciar não significa que ele não esteja presente, anotando, dialogando com o monstro que habita meu inconsciente. E, claro, estou presente aos olhos da pessoa que está em minha frente procurando ajuda, implorando um olhar certeiro diante de sua vida obscura, irrequieta. Diante de todos esses seres, meu único objetivo é trabalhar, manter o foco e ajudar no que for possível, passo por passo. A pessoa, no caso, é meu paciente das 8h.

Os pacientes em geral relatam suas experiências com uma dose de preconceito, e isso faz com que nos distanciemos demais delas, ora pelo fato de as histórias serem emaranhadas, ora por descreverem situações muito simples. É preciso ter em mente, pelo menos para mim, que sou o analista, que, não importa o que o paciente irá me dizer — algo elevado, que me remeta à analogia mitológica complexa ou a um *páthos* determinado —, o importante é analisar e interpretar sua história, sem me importar em escutar as mazelas da vida. Os relatos geralmente não me acrescentam nada, apenas me levam à ideia do mito de Sísifo[1], tendendo a me entediar. Mas há também histórias que me levam bem longe. Então eu observo de um ponto mais alto e — ajudando ou não o outro — consigo perceber os cotidianos entrelaçados que farão parte da grande caminhada e terão um sentido mais elevado, mesmo que caótico e ilógico; pelo menos terão um sentido.

Cinco minutos se passaram. São 8h. O paciente entra. Acho melhor não revelar seu nome, mas posso descrevê-lo: alto, magro, cabelos escuros, não se veste bem; suas roupas não combinam. Entra sem dizer uma única palavra. E dá para ver, por sua expressão, que não está bem. Aliás, tenho uma sensação de luto, de morte. Decido não perguntar como ele está. Não digo nada. Deixo-o se acomodar. Ficamos em silêncio durante uns dois minutos que parecem eternos, dada a sensação estranha que paira. Ele começa a olhar para fora da sala através da vidraça e fixa o olhar numa árvore com uma copa enorme. Parece estar em outro lugar. Uma expressão de vergonha e timidez se prefigura nos movimentos sutis de seus músculos faciais quando ele começa a falar — como se eu não estivesse ali. Tem a voz entrecortada e fala com dificuldade,

---

[1] Na mitologia grega, Sísifo gostava de desafiar os deuses. Como castigo, após a sua morte, foi condenado a rolar uma enorme pedra até o alto de uma montanha. Sempre que a pedra chegava ao topo, rolava para baixo novamente, e Sísifo era obrigado a recomeçar o trabalho. Por esse motivo, o mito de Sísifo é sempre lembrado quando se fala em trabalho penoso e inútil (N. E.).

seu universo interno comprimido pelo sentimento de hecatombe. Novamente a sensação de morte perpassa pelo meu ser. Esclareço que este paciente não possui uma ordem lógica de percepção. Ora parece normal, ora caótico. O emaranhado de palavras com que ele se comunica é, em geral, uma forma velada de tentar dizer algo diferente. Não faz muito tempo que o estou analisando, e as lacunas para a interpretação são enormes. O homem tem inteligência acima da média, é desprovido de senso do ridículo, arquiteta discursos com fins determinados ou, como na última semana, com delírios que me assustam. Bem, parece que ele vai falar.

— Minha mulher, doutor... Bem... É difícil dizer... Como eu posso falar pra você me compreender melhor? Bom, eu quero dizer que minha última mulher... Ela me pegou tomando aqueles remedinhos pra ajudar... Entende? Não?

Eu não respondo. Ele fala como se eu não estivesse ali. É uma sensação esquisita: apesar de se referir a mim, me trata como objeto.

— Aquelas pilulazinhas que fazem a gente ter... Mais segurança na hora...

Ainda é impossível entender o que ele está dizendo. Fico pensando se tomou alguma droga, mas para que tomaria? Até então ele nunca me relatara nada a respeito dos comprimidos. Essa história é nova. De uma hora para outra ele começa a contar coisas que não fazem sentido.

— Não, não, não senhor! Não é Gardenal não!

Ele quer chamar a atenção.

— Não sou louco não. E também não é remédio pra mal de Parkinson. Estou tremendo porque estou nervoso! Claro, estou nervoso porque estou totalmente nu em sua frente... Falando aquilo que nenhum homem confessaria em público...

Percebo certa alucinação. Chamo-o pelo nome. Ele olha para mim e, antes que eu diga mais alguma coisa, retruca:

— Não, doutor, não precisa ficar animadinho que eu não sou gay não. Não vai achando que eu vou vir aqui e me passar por louco pra levantar a bandeira colorida e fazer parte de seu time! Não estamos em época de passeata gay. Não tenho nada contra, apesar de quase ter acabado com um no ano passado.

Começo a ficar nervoso. Estaria ele relatando uma situação real? Teria mesmo quase matado um homem?

— Meu problema é com as mulheres... Quer dizer: não com elas, mas pra elas, através delas, se é que você me entende. Ah, estou me complicando... Não é isso que eu quero dizer. Se você está me entendendo errado é melhor falar logo.

Ele fala olhando para a árvore, e agora seu tom é agressivo. Em nenhum momento se virou para o lado da sala onde eu estou.

— Não fica me olhando com essa cara esquisita, como se eu fosse gay ou esquizofrênico... Ou sei lá que merda você está pensando de mim agora. Ah, sei lá o que você deve estar pensando... Mas pare de me olhar com esses olhos repressores.

Abaixo a cabeça ligeiramente, olhando para o tapete. Ele começa a grunhir.

— Antes de qualquer coisa, quero deixar claro que eu sou uma pessoa resolvida. E só porque sou resolvido tenho coragem de vir aqui falar para o senhor que com minha última mulher eu tomei remédio para impotência...

Olho em sua direção, agora mais tranquilo, entendendo o que ele estava querendo dizer e, talvez por vergonha, não dizia.

— É, tomei remédio pra impotência, sim! — O homem agora está berrando.

Tento descobrir o que está por trás disso.

— Só porque eu tenho quarenta e cinco anos...

Ele fala olhando para mim, mas é como se se dirigisse a outra pessoa.

— Você, que é mulher, acha que isso é um problema? Realmente um problema?... Não, não vai pensando que só porque eu tomei remédio pra impotência um dia, só para testar, nada mais... Queria só ver como seria, o que aconteceria. Ah, diziam tantas coisas... Não, não, não que eu precise...

Ele então se volta para si mesmo, encolhido como um caramujo.

— Mas a vida é curta e às vezes encurta... Não. A gente encurta a vida... E só nós, homens de verdade, não temos medo de falar sobre a vida curta que encurta, somos homens de verdade!

Ele fala por trocadilhos rimados, que parece inventar na hora, autocentrados, numa postura inexplicavelmente altiva. Prossegue, cada vez mais alucinado.

— É porque não ficamos bancando os machões, dizendo "ah, eu não preciso dessas coisas. Eu dou duas sem tirar e ainda sobra fôlego pra outra quando acordo de manhã". Eu nunca disse isso!

Muda o tom de voz, representando outra pessoa, e continua falando.

— Mulheres! Isso é tudo mito, não é verdade! Eu também não quero que as senhoras e senhoritas pensem que estou querendo acabar com os outros homens. Não é verdade. Eu só quero contar aquilo que é a grande verdade. Isso não existe! Não é só pra mim que isso não existe, não existe pra nenhum homem do mundo. Esse tipo de homem infalível foi produzido no cinema, nos filmes. Não estou me justificando, nem querendo abafar minhas fraquezas ao falar de todos os homens. É porque existe muito mau caráter por aí, do tipo propaganda enganosa! Estou apenas querendo me explicar e dizer pra vocês, mulheres, porque naquele dia eu tomei o remédio pra impotência. Não tenho medo de falar que tomei esse remédio... um dia. Pronto, falei. Não teve nenhum problema, teve, minha senhora? E você, senhorita, teve algum problema? A senhora acha que tem algum problema? Não é o meu caso, porque tomei esse remédio por curiosidade. Mas, então, a senhora acha que tem problema se o homem, em sua impotência, tomar um remedinho desses?

Ele fala para várias pessoas, visualizando algo que eu não vejo. O teor do discurso não me interessa muito. Sinto que alguma coisa mais importante está para ser revelada. Ele fala como se patinasse no gelo.

— Ah, esta mulher disse que não, mas ela está fazendo a mesma cara que minha mulher fez quando descobriu... Aquela cara que me matou por dentro e me fez confessar o crime. Não, minha senhora, não faça essa cara. A senhorita também não. Por favor, não!

O homem parece exausto. Está quase parando de falar quando solta uma frase que me intriga:

— Ah, meu corpo é um laboratório! Estou me lembrando de minha mulher me recriminando e me fazendo sentir culpa por ter tomado o remédio sem dizer nada pra ela.

Ele me encara. Pergunta, com uma seriedade que me assusta:

— Eu tenho cara de culpado?

Logo se volta novamente para a janela, olha para a árvore e parece delirar, depois retoma o monólogo, em tom choroso.

— Tenho cara de perdido, de cão desamparado e sem dona? Eu quero minha dona, eu quero minha princesa. Não me faça confessar o crime dessa maneira, amor...

Suavemente, peço ao homem que me conte o que aconteceu. Ele fica parado, como se sofresse a interferência de um objeto estranho, como se até então eu não estivesse ali. Repentinamente, começa a imitar a voz de uma mulher. Repete muitas coisas, repetição desnecessária tanto para ele quanto para mim. Começa a olhar para o relógio. Faltam cinco minutos para acabar a sessão. Será isso? Está controlando o tempo da sessão de análise? De repente ele volta ao semblante normal. Parece que tudo havia sido um sonho, que tinha durado quase o tempo todo da sessão. Ele está descontrolado. Uma pausa de 30 segundos e volta a falar baboseiras, que para ele também já não fazem sentido. Nesse momento sinto medo. A mesma sensação do início da sessão, que me deixou intrigado, e que agora compreendo. Estou diante de uma pessoa bizarra, sem regularidade lógica nas emoções e no raciocínio.

— Ei! Estou aqui!

Meu olhar volta a ficar preso ao dele. Era isso que ele queria. Confere o relógio novamente. Agora deve faltar um minuto. Ele se aquieta. Um clima tenso se coloca entre nós dois. Ele olha para o relógio e para mim, alternadamente. Observa o relógio pela última vez e declara, com intensidade:

— Minha última mulher, doutor — o tom é de mistério —, morreu.

Fico atônito. A sensação de luto do começo da sessão agora faz sentido. Tudo se encaixa misteriosamente. Ele olha mais uma vez para o relógio, se levanta com os olhos fixos em meus e fala com a maior frieza do mundo.

— Eu a matei.

Ele observa meu rosto assustado e confere o relógio. Percebo que preparou toda a cena, inclusive me deixando aturdido no último segundo da sessão. Dono de si, do alto de sua soberba, um ditador facínora, o homem deixa o consultório com ar triunfal.

Depois que aquele homem passou pelo consultório, meu dia ficou caótico. Como não se abalar com seu tom ameaçador? Um crime foi revelado. Eu deveria fazer alguma coisa? Como saber se aquela história era uma alucinação, uma divagação paranoica, oscilando entre o mundo da realidade objetiva e um universo sem lógica? Ele falou como se estivesse diante de uma plateia de fantasmas. Em outros momentos, manteve a atenção em mim, queria me impressionar. Sentiu prazer em revelar que assassinara a própria esposa. Teria sido uma morte simbólica? Conviverei com a dúvida até a próxima sessão. O fato é que, depois desse paciente, meu dia ficou difícil. O trabalho se tornou lento, nauseante.

A última sessão foi marcada para o meio da tarde, porque às 16h vou passar na ONG das crianças com câncer. É dia de ensaio da peça. Minha cabeça não está boa para encontrá-las, então adio o compromisso para amanhã. Saio do consultório e me dirijo à estação de metrô. É a última coisa de que me lembro perfeitamente; depois tudo fica fragmentado em minha memória. Assim que entro no vagão, sinto a presença do Príncipe da Noite. Ele, o irredutível, que não anuncia o momento de sua chegada e que é o motivo da fragmentação de minha memória. Agora é mais com ele do que comigo. Como psicanalista, sei que não é um fantasma, mas não posso dizer que sou eu integralmente. É uma energia muito forte que se apodera do meu corpo e me domina. O Príncipe da Noite ataca novamente.

Em pé no metrô, lembro-me de uma mulher muito bonita, vestida com trajes de executiva, chique e séria. Imagens eróticas começam a rondar minha mente. Eu e ela descemos do metrô no mesmo ponto. Depois, não me recordo como, vou parar no museu do British Council. Ali está ela novamente, e eu estou admirando os quadros. Lembro-me de que não a seguia, mas acabamos sempre próximos um do outro. As cenas eróticas giram em meus pensamentos, imagens sensuais de grandes pintores da história da humanidade. A música que enleva as imagens internas começa a tocar em minha mente. É impressionante o poder sensorial do Príncipe da Noite. Não dá para dizer que seu universo não é interessante e pungente.

Enquanto o Príncipe da Noite acompanha a mulher pelo museu, outro universo perfaz seu imaginário, revelando a meu ser um mundo intrigante, no qual eu não tinha nenhuma participação, embora ele fizesse parte de mim. É uma perseguição animal: ela, a fêmea, já reparou que o Príncipe da Noite a está sondando, mas o rosto que ela vê é meu, o rosto de Gabriel. O Príncipe observa detalhes dela: os sapatos altos, as pernas, os cabelos. Cada parte de seu corpo é analisada e desejada, estando o rosto no topo do castelo de desejos. O rosto é o último e fundamental elemento de análise, e deve completar a simetria. Se o rosto não estiver de acordo com o desejo do Príncipe, a busca terá sido em vão. É uma perseguição para buscar a melhor prole? Tudo é possível, pois as verdades que jazem no inconsciente do Príncipe são produto de um caleidoscópio indecifrável.

Novas imagens eróticas surgem na mente do Príncipe, que agora vê animais machos conquistando fêmeas. É estranho que essas imagens apareçam enquanto ele, discretamente, acompanha a bela mulher pelo museu.

Um clima tenso começa a evidenciar a perseguição. Ele não é nada discreto. Aparentemente ela não está assustada, mas nem por isso está gostando. As imagens ficam mais fortes até que a mulher se cansa de ser perseguida, para na frente de um policial e aponta para mim. Eu me assusto. O Príncipe nem se abala. Fujo dali, e parece que nesse momento o Príncipe me deixa ter algum controle. Por que ele me colocaria numa situação tão constrangedora? Para acabar com minha vida, além de fazer o que ele já faz? Continuo a correr naquele salão lotado. Nunca poderia imaginar que eu, um brasileiro morando em Londres há mais de 10 anos, fugiria de um policial dentro de um museu! Continuo a correr e de repente desisto; decido que fugir é pior. O policial se atira sobre mim, e, com a força do impacto, nós dois caímos no chão.

Consigo ver tudo de fora, como se meu pensamento se desdobrasse. Vejo o policial me algemando, meu rosto prensado no chão. E me pego olhando para mim, de fora. Nessa hora, como se a mente do Príncipe voltasse, as imagens que a ele pertenciam igualmente voltam. Surge a imagem de uma leoa entrando na mata, depois um leão olhando para ela. Vejo *Baco e Ariadne*, *Júpiter* e *Juno*, *Aquiles* e *Briseis*. Visualizo novamente meu rosto, com a diferença de que agora tudo está parado, quase como se eu fosse um quadro emoldurado. A sensação é a de que o tempo está suspenso e não há som algum. Em meu rosto congelado como uma pintura apenas os olhos se mexem, procurando algo, quando, entre a multidão, eles avistam os sapatos vermelhos da mulher perseguida pelo Príncipe. Ela está indo embora. Ouço o silêncio aparente, apenas o toque-toque dos saltos. Os sapatos vermelhos saem do alcance de meus olhos, então ouço o som de outros policiais chegando e de pessoas cochichando. A vergonha invade meu ser. Estou desolado diante do inesperado deserto de sentimentos.

De repente, invadido pela força da natureza cega do Príncipe da Noite, me livro do policial e consigo escapar. Olho para trás enquanto corro. Percebo o policial sacando a arma e apontando para mim. Ouço o som do tiro e caio. Um pensamento aparece em minha consciência: morri.

4

Estou no quarto de uma mulher. Não a vejo. Tento imaginar como fui parar ali. Fui salvo por uma desconhecida? Não é possível. Mas como é que os policiais me deixaram fugir? Não sinto dor! Começo a procurar em meu corpo alguma marca de sangue, vestígios do tiro. Nada. Estou mais confuso do que nunca. Olho para o lado. Alguém se aproxima do quarto. Estou assustado. E se um *serial killer* estiver me aprisionando? Depois de atender pacientes que confundem o processo de transferência e me culpam por suas psicoses, não acho nada impossível. E se o paciente de hoje à tarde aparecer aqui no quarto? Estou delirando, vivenciando realidades absurdas. Mas o que acabei de viver não foi um absurdo? Como posso estar neste quarto chique e bem decorado?

Ela entra no quarto. Para meu alívio, é a mulher do museu. Mas como pode ser aquela mulher, que fugiu de mim quando eu a persegui? Ela passa por mim, olhando com desejo no fundo de meus olhos, estende uma taça de espumante no ar e brinda. Tira o robe de seda e revela a lingerie branca. Nesse momento o Príncipe da Noite aparece voluptuosamente dentro de mim, mas é como se já estivesse satisfeito. Parece que ela e eu já nos relacionamos. Aquele seria o momento de fumar o cigarro, embora eu não fume? Seria o momento depois de termos feito amor? Esse sou eu raciocinando. Gabriel. Para o Príncipe da Noite até pode existir "fazer amor", mas quase sempre é puro e simplesmente sexo. Então, ele não falaria assim. Esse sou eu percebendo o que está a meu redor. O Príncipe me faz olhar para o lado e avistar um porta-retratos quando pergunta, em tom de ironia:

— Quem é essa? Sua namorada?

— Minha melhor amiga. Nós dividimos o apartamento — ela responde enquanto me olha com ar de diva.

— Ah! Estão tão íntimas aqui na foto que pensei...

— Queria ser tão bonita quanto ela. É linda, não é? — ela pergunta, querendo ouvir o contrário em resposta.

— Nem tanto — respondo casualmente

— Como assim? Todo mundo diz que ela é o máximo! Morro de inveja... Inveja branca — ela diz.

E ri, mostrando dentes mais brancos que as paredes do quarto. Provavelmente já fez mais tratamentos de clareamento que a contagem dos dias no ano.

— Se ela não fosse minha amiga, seria minha pior inimiga, com certeza.

— Vocês mulheres são loucas. Por que ela seria tua inimiga? — pergunto levianamente, já sabendo a resposta. Esse é um dos artifícios que o Príncipe da Noite usa para seduzir as mulheres: deixá-las falar e instigá-las cada vez mais. Quase como se fosse criando seu próprio labirinto, no centro do qual se encontraria o senhor das trevas da sedução.

— Mulher bonita assim a gente não quer por perto. Ofusca e deixa os homens babando que nem mariposa perto da luz — diz ela, como um animal inconsciente de si.

— Eu, por exemplo, acho você muito mais bonita do que ela. Aliás, nem me passou pela cabeça fazer comparação entre as duas. Para mim vocês estão em dois padrões de beleza distintos.

— Seu bobo! Cafajeste! Fala bonito assim só pra me conquistar mais? Já fiquei seduzida desde o primeiro momento em que percebi você lá no museu.

Pensei que ela fosse revelar algo que me explicasse o que realmente aconteceu.

— Você acha que eu não sei que está falando isso só pra me conquistar? — diz ela enquanto me beija no pescoço, grudando seu corpo ao meu.

— Ah, não se trata de conquistar você. Estou falando porque é verdade.

Eu, Gabriel, pensei nesse momento: como ela podia estar tão íntima de mim, quer dizer, do Príncipe da Noite? Seria impossível se eu tivesse de fazer sem a ajuda do Príncipe da Noite. De certa forma, este momento é agradável.

Como é possível não gostar de ver uma mulher bela como esta pendurada em seu ombro? Estou me sentindo poderoso.

— Ah, você acha que não precisa me conquistar, é? Como, se ainda não fomos pra cama?

— Não?

— Nossa primeira vez foi na cozinha... — Ela sai de meus ombros e se recosta na cabeceira da cama, pontuando a fala com um meio sorriso malicioso. — Então, o que você faria pra conseguir me levar pra cama, literalmente?

Ela ri do que acabou de dizer. A paixão provoca esse estado de bobeira, então está claro que o Príncipe da Noite entraria no jogo. Me aproximo dela, travestido pela máscara da sedução do Príncipe, que começa lentamente a tirar seu sutiã. Eu não teria coragem de agir de maneira tão direta. Pensei que ela não gostaria, mas acontece o contrário: está mais entregue do que eu poderia imaginar. O Príncipe da Noite não precisa ganhar o jogo para ter o troféu final. O troféu já está ganho. Ele precisa apenas jogar com a espiral da sedução. É isso que ela quer. Ouço então o Príncipe sussurrar no ouvido dela:

— Eu diria que você é linda... encantadora... deliciosa...

Ela fica firme e segura os botões do sutiã, como a dizer que ele precisará de algo mais do que dizer palavras óbvias e tolas em seu ouvido.

— Não, não é assim que você vai me conquistar. Na segunda vez é preciso mostrar muito mais habilidade. Da primeira vez estávamos tocados pela curiosidade, pelo mistério. Agora eu já te conheço, já sei o que posso sentir com você. Agora não é mais novidade.

Estou abismado. Imagino que agora o Príncipe não tenha escapatória. Se tiver, fico curioso em saber qual será o próximo passo. Curiosamente, o Príncipe insiste na mesma tática. Recomeça a abrir o sutiã da mulher, murmurando:

— Hum... Já te falei que você não é só linda, mas é muito mais linda que sua amiga?

Com essas palavras e com o toque sedutor das mãos dele, ela começa a se entregar.

— Não, não falou.

— Pois é, você é muito mais linda do que ela.

— Fala mais, fala mais...

Ela está animada, mesmo tentando não demonstrar. Afinal, tinha ganhado a competição com a amiga — que por sinal nem sabia que estava competindo. Surreal, mas isso também faz parte do universo das mulheres.

— Você é muito, muito mais encantadora que sua amiga, que já é encantadora...

— Isso... Isso... Você acha mesmo? Não está falando por falar?

Ela se entrega resolutamente. Nós nos beijamos num abraço que nos prende.

— Claro que eu acho!

— Não para, não. Fala mais...

— Você é muito, muito, muito mais deliciosa que sua amiga, que já é uma delícia.

Ela está em êxtase por suplantar a amiga, que até então era um ícone, uma espécie de mito agora desfalecido, idolatrado por seus olhos invejosos, que mal percebiam que ela própria era muito mais bonita. A mulher entrelaça suas pernas em minha cintura. Depois disso, se entrega novamente, agora na cama, numa experiência única.

5

Um barulho forte me acorda. Não sei onde estou. Olho para o lado para me localizar. Estou junto da mulher que persegui no museu. Começo a me lembrar do que aconteceu entre nós dois, ou melhor, entre nós três, se é que posso falar assim: ela, o Príncipe da Noite e eu. Ouço a amiga chamá-la pelo nome. Não sei o que fazer. E se ela entrar no quarto? O que vou dizer? Sei que vou gaguejar. Sempre fico sem graça quando me pegam no flagra. E é assim que vou ficar se o Príncipe da Noite me abandonar agora. A amiga começa a gritar o nome da mulher.

— Jane! Jane! Está em casa?

Só nesse momento descubro como se chama a mulher que está a meu lado, já que o Príncipe da Noite não teve a dignidade de perguntar.

A amiga continua a falar enquanto eu fico imóvel na cama. Será possível que ela entre no quarto? Assim que penso nisso, ela abre a porta, chamando Jane. Fica sem graça quando vê que a amiga está acompanhada. Rapidamente o Príncipe ressurge dentro de mim diante de sua beleza.

— Ela está dormindo — retruca o Príncipe, sussurrando.

— Ops! Desculpe! — responde a moça, constrangida.

— Ora, pode entrar. Você precisa de alguma coisa daqui?

Continuamos a falar em sussurros.

— Não, não, é que aconteceu um negócio chato lá na faculdade e eu queria falar com ela... Tudo bem, fica pra depois.

Enquanto ela fala com doçura, eu, quer dizer, o Príncipe, a encaro, como se quisesse dizer algo mais com minha expressão. Meio sem graça, a amiga percebe que se interessou pelo olhar envolvente do Príncipe. Ela sai, enquanto ele tenta fazer algo para chamar sua atenção.

— Olha!

Ela se vira lentamente, com um movimento do cabelo, e o cheiro de sua feminilidade transforma o ar a seu redor.

— Se eu puder ajudar de alguma forma... Sou um estranho pra você, mas, se te fizer bem, posso te escutar. Acho que falar nessas horas já ajuda. Sou a figura neutra dessa história.

Quando percebo o que eu, ou melhor, o Príncipe está dizendo, custo a acreditar. É claro que ela não vai dar bola. Dito e feito.

— Não, obrigada! — ela responde, pensativa, depois fecha a porta.

Sustento o olhar até o último instante em que posso vislumbrá-la. Acreditando que voltei a dormir, ela fica à vontade em sua própria casa e tira a blusa, ficando só de sutiã e saia. Não percebe que eu a estou vigiando pela fresta da porta entreaberta. Não acredito no que estou fazendo. Não sei se é o Príncipe da Noite que a está vigiando ou se sou eu mesmo. Acho que só saberei realmente se for adiante: se ficar aqui, só olhando pela fresta, sou eu. Por motivos óbvios.

Ela pega alguma coisa para beber. Está de costas para mim. Começo a me aproximar dela. Nessa hora percebo que é o Príncipe da Noite que irá atacar novamente. Enquanto me movimento como um felino silencioso, vejo pelo reflexo da janela que ela notou minha presença. Acho estranho que não reaja, mas o Príncipe, não. Ele sabe algo além do que eu vislumbro. Não acredito que, ao me aproximar ainda mais, ela continue sem fazer nada, absolutamente nada. Parece estar me esperando. Minhas mãos chegam tão perto que começam a circundar sua cintura, armando o bote. Ela reclina a cabeça, como que consentindo. O Príncipe a abraça com força pelas costas enquanto sente o perfume em sua nuca. Depois de alguns segundos nessa posição, ela se vira e nos beija.

Enquanto nós três nos beijamos, o único que pensa em alguma coisa sou eu, porque o Príncipe da Noite que existia dentro de mim a está beijando sem pensar em nada, apenas no ato. Seria esse o meu problema? Pensar demais? Até mesmo quando não devo pensar? Nossas bocas se separam.

— Nossa! Como você é linda! Linda!

— Linda? Mas muito menos do que minha amiga, com quem você estava agora mesmo na cama, não é?

— Ah...

— Eu sou encantadora, mas muito, muito menos do que minha amiga.

Penso: esse assunto novamente? Fico olhando pra ela sem falar nada. Só quero beijá-la.

— E muito, muito, muito menos deliciosa do que minha amiga, não é? — Seu tom é de ironia.

Começo a me afastar de costas para ela, até me assustar com Jane, que está em pé do outro lado da sala.

— Buuuuhhhh! — Jane balbucia, querendo me assustar.

— O que é isso? — pergunto.

— Isso é pra mostrar como você é sincero! — diz Jane, maliciosa.

— Você vai ficar brava só comigo, Jane?

— Sim, só com você. Porque você... Você é um cachorro! Por que eu ficaria brava com ela? É minha amiga!

— Sua amiga? — retruco, indignado. — Ela traiu você pelas costas! Concordo que errei, mas sou homem, tenho a carne fraca. Ela não... Ela fez pior, porque mulher consegue racionalizar nessas horas. Ainda mais vocês duas, que parecem ter anos e anos de amizade e isso não valeu pra nada. Isso sim é traição, e das feias!

Não acredito que estou dizendo essas palavras absurdas. Seria o Príncipe da Noite um cafajeste de marca maior? Estou surpreso com sua maneira de sair dessa cilada. Se fosse eu, falaria toda a verdade e me humilharia. Assumiria a verdade e nunca jogaria uma contra a outra. Como o Príncipe poderia ser tão baixo e desagregador? O pior de tudo é que esses defeitos estavam sendo atribuídos a mim e não a ele.

— Não acredito que você pode ser tão cafajeste, sem escrúpulos e ridículo — diz a amiga de Jane.

— Jane, eu queria amenizar as coisas. Mas vou falar a verdade: foi ela que me seduziu.

O Príncipe coloca mais fogo no paiol.

— Cachorro! Mentiroso!

A amiga tira o sapato e bate em mim com ele, enlouquecida. Tento me esquivar, mas se pudesse deixava minha cara exposta para ela bater. Talvez se me machucasse com a ponta do sapato o Príncipe cuidasse mais de mim, e por que não dizer dele mesmo, e parasse de nos colocar nesse tipo de situação.

— Você não se lembra de mim? — diz a amiga de Jane enquanto continua tentando me atingir com o sapato.

— De você? Nunca vi mais feia na vida!

— Charlotte, joga o sapato nele, vai. Mas com força, pra matar esse cachorro.

Charlotte atira com força um sapato em mim, depois o outro. Eu me esquivo dos dois tiros, enquanto o Príncipe da Noite pega os sapatos do chão. Não entendo por que ele fez isso se a melhor alternativa seria fugir. Era o que eu gostaria de ter feito, além de pedir desculpas a ambas pelo mal-entendido, mas isso seria impossível, dada a preponderância do Príncipe sobre minha personalidade.

— Como você pôde se esquecer dela? — retruca Jane.

— Do que você está falando, Jane?

E a amiga responde:

— Nós ficamos juntos na festa de formatura de Direito ano passado. E ele sumiu depois de dois meses sem dar nenhuma explicação. Eu nem sabia que você estava vivo.

Charlotte começa a chorar. Percebo que estava visivelmente apaixonada por mim e que se preocupou esse tempo todo.

— Ah, eu sabia que te conhecia de algum lugar. Pensei que era de um comercial de televisão.

— Ah, é? Você acha que eu levo jeito? Todo mundo fala, seu cafajeste. Podia ter falado que não queria mais me ver. Estávamos apaixonados um pelo outro. Era um acordo entre nós. Por que não me avisou nada?

— Não chora, Charlotte. E não vai entrar de novo na lábia desse aí.

— É isso mesmo, seu... seu pervertido! — Charlotte volta a ficar furiosa.

— Você acha que sua amiga tem direito de ficar comigo e não ser julgada, como eu estou sendo julgado e condenado agora? Ela retribuiu meu beijo; eu não beijei sozinho, assim como quem beija esta parede.

— Eu percebi que era você lá no museu. Era um plano para vermos realmente como você é! Nós duas combinamos.

Se algum dia eu te encontrasse, iria seduzir você e te trazer aqui pra nossa casa.

Estou atônito. Elas têm um ar vitorioso. Se dão um meio abraço enquanto me encaram fixamente com um olhar de superioridade. Como se tivessem se vingado. Tudo isso é uma vingança? Não faz sentido. Mas quem entende a cabeça das pessoas? Não era momento para eu, Gabriel, analisar o que acontecera desde o museu.

— Agora, rua! — dizem as duas.

Desmonto, sem saber o que fazer, e elas repetem no mesmo tom autoritário: — Ruaaaaaaaaa!

Começo a me mover para fora, mas antes pego o outro par de sapatos no chão. Saio correndo com os dois pares, tanto o de Jane como o de Charlotte. Elas vêm atrás de mim, porque roubei o que é mais precioso para uma mulher. No caso, não fui eu quem fez isso, e sim o Príncipe da Noite. Elas me perseguem como se tivessem sido traídas por mim mais uma vez.

— Devolva os nossos sapatos! Devolva! Cachorro! Além de tudo é ladrão! Ahhhh!

Algo que eu sei fazer muito bem é correr. Aos poucos elas se distanciam de meu campo de visão, suas vozes vão ficando cada vez mais distantes. Olho para trás e as avisto ao fundo, ainda correndo, berrando, descalças. Sumo das suas vistas como o crepúsculo cede o lugar do sol à lua imperiosa.

6

Que dia! Começo a me encaminhar para casa, morto de cansaço e sem entender milhões de coisas que haviam acontecido. A influência do Príncipe da Noite já saiu de meu ser. Estou livre agora para pensar como Gabriel e sem as interferências do Senhor das Trevas da Vontade.

Virando a esquina da rua de casa, o clima desolador e frio de Londres me deixa introspectivo. Os acontecimentos desse dia começam a fluir em minha mente como a água do rio descendo a montanha. Os pensamentos me intrigam. O que realmente houve no museu? Como fui parar na cama de Jane? Eu segui Jane, ou melhor, o Príncipe da Noite, me dominando, fez com que nós dois seguíssemos aquela mulher lindíssima. Eu nem sabia que seu nome era Jane; como é que ela me conhecia? Como é que eu não me lembro dos acontecimentos entre o museu e a casa dela? Pelo que sei, quando eu seguia Jane houve uma confusão. Num primeiro momento ela percebeu que eu a estava seguindo, e pareceu gostar. Logo depois ela estava correndo, fugindo de mim, quando de repente decidiu falar com o guarda. Ele me rendeu, fiquei preso sob sua custódia, mantido em posição desconfortável. Uma série de imagens de animais — como o leão vendo a leoa entrar na mata — surgiu em meus olhos enquanto meu pensamento se desdobrava diante de tudo aquilo. E pior: vi Jane sumir diante da multidão sem me dar nenhuma atenção. Não bastasse tudo isso, numa erupção dentro de meu ser, o Príncipe decidiu se livrar das mãos dos policiais e sair correndo, e nesse momento eles miraram em minhas costas e me acertaram um tiro. Tive a aterradora sensação da morte. Quando acordei, estava na cama da mulher que seguia. E tudo indicava que tínhamos feito amor.

Onde foi que eu me perdi? Em que momento o Príncipe da Noite seduziu Jane, levou-a para a casa dela e, apesar de tudo que aconteceu, fez amor com ela? Será que aquelas cenas da perseguição não aconteceram? O que foi real e o que foi ilusão? É evidente que eu não levei nenhum tiro, senão estaria correndo risco de morto. Ao mesmo tempo, o lugar exato em que teoricamente eu levei o tiro está sangrando. Está sangrando muito. Mas por que estou sangrando? Tudo me deixa confuso.

Ao chegar em casa, a primeira coisa que faço é me olhar no espelho. Minhas costas estão muito arranhadas. No lugar onde eu teria levado o tiro está escrito *crazy*. Alguém me chamou de louco. Dói muito. A palavra foi gravada com estilete. Uma tatuagem de sangue. Mas quem a fez? Por quê? O que estão querendo me dizer com tudo isso?

Os acontecimentos envolvendo os policiais foram reais? Ou aconteceram, mas depois eles me soltaram, percebendo que não havia nada de concreto para me incriminar? Essa hipótese também é possível. Como costurar os furos que demarcavam essa outra possibilidade, tão surreal quanto o resto da história? Se eu pensar dessa forma, Jane voltou depois que se afastou da multidão e me trouxe até aqui. Mas por que ela teria fugido para em seguida voltar, fazer amor comigo e então armar aquela situação junto com Charlotte? Onde entra a história de que Charlotte me conhecia e teve um caso de três meses comigo? Estou perdendo a memória? Não me lembro de ter visto Charlotte antes. Ela é uma mulher marcante... Como pude me esquecer de seus traços tão bem desenhados? Se eu estivesse perdendo a memória, ainda assim esse enigma não seria menos estranho.

Tomo um banho quente para limpar o sangue das costas e tentar refletir. Enquanto a água quente cozinha o ferimento, minha mente fica um pouco mais aliviada. Chego a uma conclusão que eu até então não tinha considerado. O fato é que perco a memória somente quando o Príncipe da Noite aparece dentro de mim. O Príncipe da Noite também tem falhas na memória, pois não se lembrou de Charlotte. A única possibilidade de ter tido um caso com ela teria sido em alguma ocasião em que o Príncipe da Noite estava dominando meu ser. Nos encontros esporádicos com Charlotte, ele deve ter lhe dado a impressão de que estavam em um relacionamento, sem que eu nem sequer soubesse o que estava acontecendo. Será que consegui matar a charada? Acho que sim. Tudo parecia tão surreal, tão lógico, e ao mesmo tempo tão incomum. E se o Príncipe da Noite não perder a memória e somente eu tiver lapsos? Se assim for, a única possibilidade é que ele não se comunique comigo, não me avise dos fatos que acontecem em nossas vidas. Sinto-me sozinho. Um deserto surge no universo de meus sentimentos. Estou confuso.

Como falar disso para alguém? Vão confiar em mim depois que eu contar que estou ficando esquizofrênico? Se eu abordar esse tema em minhas próprias sessões de terapia, o que dirá o terapeuta? Me afastaria da profissão? Aliás, estou esquizofrênico? Acho que não. Essa é minha natureza. Desde pequeno me lembro de meu pai falando que eu teria de conviver com meus dois lados, tão distintos entre si. Na época eu não entendia muito bem; talvez nem ele mesmo soubesse ao certo. Tudo era mistério. Não havia exemplos em que pudéssemos nos basear. A verdade é que desde as minhas primeiras lembranças essas confusões aconteciam esporadicamente. Depois que cresci, as coisas tornaram-se mais profundas.

Já pensei demais. Preciso descansar. Tenho de me conformar com certos acontecimentos que me escapam, apesar de tentar entendê-los mais e mais. Talvez esse seja o real motivo de eu ter me tornado o que sou hoje, um psicanalista renomado. Tornei-me psicanalista para entender o universo indecifrável que é a mente. E talvez tenha me tornado um profissional respeitado pelo simples fato de entender cada vez menos o universo humano.

Quando entro em meu quarto, levo um tremendo susto. Os sapatos de Jane e Charlotte estavam pendurados cada um de um lado da cama. Havia sangue neles. Algo assustador. Lembro-me de que, ao sairmos correndo da casa delas, o Príncipe da Noite pegou os sapatos, algo com que eu não concordara, e os trouxe para cá. Deixei-os na sala quando fui tomar banho, e estavam limpos; não havia sangue nenhum. É muito para mim, e estou quase desmaiando de sono. Como se tivesse levado uma coronhada na cabeça, caio na cama e durmo profundamente.

7

Acordo às 7h, exausto e com dor nas costas, tanto na coluna quanto na pele cortada. Agora tenho aquela palavra horrível, *crazy*, escrita na pele. Espero que a cicatriz não fique muito feia. Começo a me arrumar; às 10h30 preciso pegar o avião para Paris. Apesar da confusão do dia anterior, não posso perder mais tempo pensando no que aconteceu. Pelo menos não agora. Não vou conseguir resolver nada agora. Tenho de me concentrar no seminário sobre a Psicanálise Existencial de Sartre que me espera em Paris. Embora hoje seja sexta-feira e eu deseje relaxar no final de semana, o melhor a fazer é seguir para esse seminário. Aliás, do jeito que minha cabeça anda, a melhor maneira de ela descansar talvez seja exercitando-a ainda mais. O segundo motivo é meu interesse em me encontrar com Sophie. Ela é brasileira como eu, mora aqui em Londres há bastante tempo e tem uma estação de rádio. Me ligou na semana passada querendo conversar comigo e propor trabalho. Nesse meio tempo, aproveitei para ouvir seu programa e achei bem interessante a maneira como ela aborda a questão do sexo e do amor nos dias de hoje. Bem, ela disse que iria para Paris no mesmo final de semana de meu seminário, então preferi marcar nosso encontro lá mesmo. O charme daquela cidade deixa tudo mais encantador.

Levo um susto ao voltar do banheiro. Os sapatos de Charlotte e Jane, que eu vi pendurados na noite anterior, não estavam mais lá. Como pode? Eu guardei antes de dormir? Não pode ser... Não lembro de nada. De qualquer forma, não tenho tempo para resolver isso agora. Quando voltar procuro os sapatos. Minhas malas já estavam prontas. Tomo o café rapidamente, entro no carro e dirijo para o aeroporto de Heathrow. O aeroporto está mais lotado que o habitual. Difícil achar vaga no estacionamento. Droga. Eu deveria ter vindo de táxi. Estou parecendo um burguês andando de carro em Londres. Aqui não é tão comum usar carro próprio. O transporte público funciona muito bem e custa caro manter um carro. Mas hoje eu quis me dar esse luxo. Não queria falar com ninguém nem esbarrar em ninguém. É impressionante como os aeroportos estão cada vez mais cheios. A globalização fomenta a movimentação em massa. As pessoas viajam mais, as grandes distâncias não são mais um empecilho e os voos se multiplicam, sempre lotados.

Terminada a burocracia do *check-in*, dos procedimentos de segurança, da espera no portão indicado, embarco e me sento na poltrona 7-A. O avião está quase cheio quando entra uma mulher usando roupa preta justa e um lenço que, caído ao longo de seu corpo, emoldura-a como uma boneca chinesa. Ela se instala na fileira anterior à minha e coloca sua pequena mala no compartimento superior. Antes de se sentar, percebe que estou encarando seus olhos cor de mel. Retribui o olhar sutilmente. Começo a ler a revista de bordo. O avião decola. Pego no sono.

Quando aterrissamos no Charles de Gaulle, sou um dos últimos passageiros a descer do avião. Pego minha mala, entro no táxi e sigo para o centro de convenções. Na verdade estou mais interessado em ver Sophie, a dona da rádio, do que em participar do seminário. Minha cabeça está cheia, cansada. Mesmo assim, o seminário vai muito bem. A fenomenologia de Sartre, com a questão que ele mesmo coloca sobre o fato de a existência preceder a essência, faz sentido para mim e transforma minha maneira de pensar na conduta a adotar diante do mundo, naquilo que seria meu projeto existencial e de meus pacientes. Mas isso não importa agora. Quero me encontrar com Sophie. O seminário enfim termina. Pego um táxi e me encaminho para a cafeteria em Montmartre, onde combinamos discutir a proposta de trabalho.

Avisto Montmartre, bairro em que pintores famosos foram descobertos, como Van Gogh e Picasso. Na cafeteria, lotada na parte de dentro, decido sentar-me no terraço, onde posso visualizar o vaivém dos turistas e uma série de pintores expondo seus quadros. O Príncipe da Noite desde ontem não dá sinal de vida. Percebo isso porque passei por uma mulher de visual exótico, talvez francesa, sentada sozinha na mesa logo à frente da minha — nem assim ele se manifestou. Fico aliviado. O Príncipe está dormindo em meu inconsciente. Peço um expresso duplo e um *croissant* de presunto e queijo enquanto espero dar seis da tarde. Cheguei cedo, são 17h10 ainda. Centenas de pessoas passam de um lado para o outro. O clima está agradável; o sol está se pondo.

Subitamente, alguns pensamentos me impedem de saborear o momento. Mas não são pensamentos do Príncipe da Noite. Prefiro esquecer e olhar para o que está aqui, ao meu redor. O movimento de pessoas é intenso, muito barulho e poluição visual. Por maior que seja a força dos estímulos externos, exatamente o oposto se passa em meu interior. Uma força ainda maior me faz ficar preso em mim mesmo. Não percebo o garçom que passa me oferecendo mais um café, nem as mulheres bonitas no terraço. De tempos em tempos a introspecção me toma. Não gosto muito de falar a respeito, apesar de ser um fator psicológico imperativo. A causa de minha introspecção irrefreável é um trauma que me persegue onde quer que eu vá. Um trauma ligado à culpa e à dúvida. A inércia diante da luta interna perturba meu espírito. Como se não bastasse minha obsessão por mulheres — ou melhor, a obsessão cega do Príncipe da Noite, que me faz entrar num processo de prazer e dor —, esse conflito ressurge para roubar o que resta da energia de meu corpo. Agora não é mais o Príncipe da Noite quem sonda meu espírito, mas outra energia misteriosa, que mina minha alma e minha vontade, chamada de "meu passado assustador".

Eu não quero voltar a pensar em meu passado, nas coisas que aconteceram no Brasil há mais de 10 anos e que me fizeram mudar para Londres. Mas é inevitável. Decido pedir uma caneta ao garçom enquanto espero por Sophie. Ela vai demorar ainda. Quero colocar no papel as cenas do passado que me intrigam. Escrever, para mim, é uma forma de expurgar e entender melhor os acontecimentos obscuros.

Concentro-me nas sensações e tento visualizar o que estou sentindo, captar as imagens que aparecem. Começo a escrever sobre meu passado no papel que cobre a mesa.

Pode parecer coincidência, mas, ao mesmo tempo em que Hillary, minha amiga psicanalista, lê a carta escrita por Rachel sobre o homem desconhecido que ela amou, estou entrando em um processo de introspecção em minha casa em Londres, logo após voltar da casa de Rachel e o acontecimento trágico, que não gosto de mencionar. A carta lida por Hillary é a continuação dos tormentos e prazeres vividos por mim e relatados por Rachel, a mulher por quem fui apaixonado. Por que vivi aquele amor com Rachel, mesmo ela sendo casada? Não podia imaginar que aquilo traria como consequência a morte de uma pessoa!

Vivo e revivo aquele episódio. Tudo começou a ficar mais claro com a carta que meu, até então, amor, Rachel, enviou para Hillary, sua psicanalista e minha amiga. Hillary me mostrou a carta, violando a ética profissional, e me informou de tudo o que aconteceu com Rachel antes de seu desaparecimento.

A carta de Rachel omitia a morte e o fato de que ela iria desaparecer. Não se tratava de um simples detalhe, mas do fato mais trágico de nossa relação. Sei que não posso julgá-la. Ela escreveu suas impressões sobre mim, que era seu amante. Sempre faço força para me confortar, já que nem sonhava que ela era casada. Mas me pergunto hoje se o Príncipe da Noite não sabia. Ele sabia e me colocou nessa enrascada?

Não sei ao certo o grau de profundidade das palavras de Rachel. Ela sempre escondeu muita coisa de mim, e aquela carta é um enigma. Devia ser uma tentativa de revelar à sua psicanalista o abismo existente entre nós dois. Se não fosse assim, ela não estaria levando a análise tão a sério. A grande questão é que eu, Gabriel, nunca imaginei que a mancha de uma morte fosse pairar sobre minha vida. Sempre vivi da forma mais regrada possível, e minhas atitudes provam isso. Claro que estou falando por mim, Gabriel. Quanto aos acontecimentos escusos envolvendo o Príncipe, já não posso falar assim tão claramente. Aquele fato, a morte do marido de Rachel, transformou minha vida para sempre. Volta e meia sou arrebatado por imagens desse passado sombrio e torturante.

Talvez por isso eu tenha começado a trabalhar junto a crianças com câncer. Seriam todas as minhas boas ações de hoje fruto de um processo de culpa assustador?

Voltando ao dia infeliz: estou sentado no sofá da casa de campo de Rachel. Ela está muito sensual, com um vestido colado ao corpo cheio de curvas. Começa a dançar no silêncio, sem música. Ouço um cachorro latir ao longe. Estamos sozinhos. Meio da semana, dia de trabalho. O marido, ela me diz, está trabalhando. Aqui há um ato falho: ela me diz que tem marido. Mas, a meu ver, não sou eu quem está com ela, e sim o Príncipe da Noite.

Se eu soubesse que era casada, nunca teria ficado com ela. O Príncipe não tem regras, então para ele não era problema. Agora não sei se quero me convencer de que eu não sabia ou de que naquele dia era o Príncipe da Noite quem estava lá, e não eu, Gabriel. Aí nasce o processo da culpa assustadora.

Naquele momento em que Rachel conta para o Príncipe da Noite — prefiro pensar que era ele naquele dia — que o marido dela não está em casa, decidimos aproveitar o dia. Eu me lembro de ainda me sentir incomodado, com medo e travado, quando ela me afirmou categoricamente que podemos aproveitar a tarde toda, pois o marido não chegaria. A situação foi tão marcante que prefiro escrever como se estivesse acontecendo agora. Ela se aproxima de mim, me seduzindo. Eu apenas a encaro. Ela se afasta para colocar uma música. Começa a dançar. Sou tomado por seu jogo de sedução. Como pode ser tão feminina? Rachel é uma mulher clássica. Me hipnotiza.

Repentinamente, o marido de Rachel entra na casa. O instante se suspende no ar como se os movimentos parassem. Ele tem uma arma na mão e atira em mim. Tudo acontece tão rápido... O tiro me acerta na perna e eu caio. Ela grita, ele bate nela, que cai estirada no chão. Me jogo em cima dele. Nesse momento não sinto dor alguma. Caímos no chão, e a arma é jogada contra a quina da parede. No tumulto de berros e empurrões, ele me dá um soco muito forte que me joga no canto do quarto. Caio, quase desmaiado. Ele se vira para Rachel e grita muito. Percebo, com os olhos turvos, que a arma está ao meu lado. Sinto-a em minhas mãos. O marido segura a mulher nos braços e se prepara para lhe dar um soco. Não sei como, agora ele está segurando um pedaço de metal. Vai ser fatal para ela. Aponto a arma. Não penso em atirar; apenas atiro na direção dele. Surge um buraco na camisa em suas costas. Ele cai. Ela grita. O marido morre. Não vejo mais nada e apago.

Acordo com Rachel cuidando de mim, não sei quanto tempo depois. Estamos na cozinha. Não sei como fui parar ali. Ela me diz que me carregou até ali para fazer os curativos. Pergunto o que aconteceu. Ela me diz que seu marido está morto. Há tensão no ar. Minhas mãos tremem. Estou apavorado, mas ela parece calma. Acho estranho. Na verdade, toda a situação é bizarra demais para eu saber o que realmente está havendo. Acabo de matar uma pessoa. Mas foi um acidente. Não vejo o tempo passar. Não sei quanto tempo fiquei acordado, e ela não me diz. O silêncio crucial nos circunda. A dor em minha cabeça é muito grande. Rachel passa um pano molhado e começa a fazer o curativo. A dor é insuportável.

— Ai, para. Tá doendo.
— Eu sei. Me desculpe. Só que eu preciso fazer esse curativo.
— Por favor, faça com menos força.
— Eu sei, me desculpe novamente. Estou muito nervosa. Não sei o que fazer.

O silêncio nos invade mais uma vez. Estamos estatelados, como crianças pequenas que se desgarraram dos pais.

Não consigo pensar em nada. Sou tomado por um misto de sensações, quase um quadro em movimento. Não sei como agir nem o que fazer. Um assassino desgraçado surgiu dentro de mim minutos atrás. Como fui manchar minha vida por causa dessa mulher, que conheço há tão pouco tempo? Mas ela não é a culpada. Estou confuso, porque, afinal, um homem que aparece decidido a fazer o que aquele animal faria não poderia ter outro fim. Era ele ou eu. Será? Dúvida cruel. Atordoante a ideia de matar um homem. Lembro-me de quando era muito pequeno e sinto pena da criança indefesa que foi obrigada a sujar as mãos de sangue depois de grande. Hoje é um dia como qualquer outro, mas marcado com um trauma eterno.

Automaticamente, um mecanismo de defesa surge dentro de mim, e prefiro pensar que fui obrigado a matar. Da mesma maneira, o discurso, quase pronto, dentro da lógica de minha defesa, surge em consequência disso. É verdade. Fui obrigado a matar uma pessoa. Não a matei por vontade própria. Existe uma grande diferença entre essas duas sentenças. Um abismo separa as ações que levam ao mesmo desfecho. Não fui eu! Convenço-me disso. Ou estou querendo me convencer? A mente de todo criminoso funciona assim? Nas situações de risco, como num ato de autodefesa, queremos nos preservar e distorcemos os fatos, os conceitos e todo o resto para livrar nossa cara? Será que estou fazendo isso? Talvez eu esteja em situação desfavorável para pensar tão seriamente. Mas como controlar esse fluxo de pensamentos, que não me deixa em paz? Não tem como. Preciso passar por isso. Um homem como eu, com uma ética tão bem estruturada e que agora se encontra no papel de assassino, só poderia agir assim, de modo confuso, inquieto, cheio de culpa. Não tenho a cabeça fria de um criminoso.

Como é que duas coisas tão similares para o mundo externo podem fazer tanta diferença no mundo interno? Temos uma vítima, que não é bem vítima, pois tentou matar a mim e à sua esposa. Tornou-se vítima por minha causa, por estas mãos que nunca haviam pegado numa arma e agora são mãos sanguinárias. Mas não são mãos assassinas premeditadas, traiçoeiras. São vítimas de uma situação de legítima defesa. Era matar ou morrer. Se eu não matasse, morreria. Eu não estaria aqui conjecturando todas essas possibilidades. Estaria morto! O fato é que ele morreu, mas internamente eu não queria. Essa diferença me redime do fato interno, mas não do externo. Internamente eu não tinha a intenção de matá-lo. Externamente eu o matei, pois a situação provocou esse desfecho... caso eu não quisesse morrer. Se alguém me visse apenas no momento do tiro, enxergaria o assassino cruel. Frequentemente esse tormento invade meu ser, como o pêndulo que tem hora marcada para soar o relógio, e tento me convencer que não foi isso o que aconteceu. Quero banir minha culpa a qualquer custo. No entanto, sigo com os devaneios de realidade trágica, que me desorientam e mais parecem erupções neuróticas de um doente mental.

Logo após esse fluxo de consciência, Hillary me conta algo sem saber que me faz uma revelação. Uma enorme coincidência: no momento em que eu assassinava o marido de Rachel, Hillary recebeu uma carta dela. Seria apenas uma coincidência? Como é que Rachel podia ter entregado a carta a Hillary se estava comigo? Mandou alguém entregar por ela, só pode ser. A psicanalista decide ligar para Rachel. Lembro que o celular tocou naquele dia, mas ela não atendeu. Na época lembro de ter dito que ela podia atender e que deveria agir como se nada houvesse acontecido. Mas ela não atendeu. Era Hillary quem estava ligando. Deixou uma mensagem de voz:

— Rachel, desculpe. Não entendo. Você escreve uma carta enorme, mas não vai direto ao ponto. Circunda momentos fragmentados em sua mente com a realidade em si. Por que você não escreveu a carta até o fim se queria analisar os tormentos que esse momento de sua vida tem trazido? Você sabe que eu estou aqui para isso, para analisá-la e ajudá-la. Caso queira seguir adiante, venha à próxima sessão semana que vem. Daremos continuidade não só a esse caso como a todo o resto que envolve sua vida. É um grande prazer tê-la como minha paciente.

Após deixar a mensagem para Rachel, Hillary cruza os braços, intrigada, em sua sala — assim ela me relata posteriormente. E nada mais é feito.

Percebo que já se passou muito tempo e me dou conta de que estou numa cafeteria em plena Montmartre. Respiro aliviado. Ao mesmo tempo, tenho uma percepção inédita: na carta de Rachel, que vou reler mais tarde, quando voltar para o hotel, deve residir todo o enigma sobre aqueles fatos. Chego à conclusão de que Rachel queria ser pega pelo marido. Tudo fazia parte de um plano de vingança, e eu era apenas mais uma vítima? Talvez ela não quisesse matar, não imaginasse que chegaria a esse ponto. Talvez quisesse ser vista com outro. Talvez tivesse sido traída e desejasse pagar na mesma moeda.

Logo após revolver as memórias do assassinato, que não gosto de relembrar e que invadem meu ser de maneira avassaladora, começo a perceber que estou num lugar muito bonito. Cercado de gente. Decido tomar outro café e admirar a paisagem enquanto espero Sophie. Olho para o relógio — 19h30. Com certeza ela não vem. Peço a conta e decido andar para espairecer. Vou para o lugar em que mais gosto de caminhar aqui em Paris, a Champs-Élysées.

Acordo no meio da noite para ir ao banheiro. Não acendo nenhuma luz, apesar de estar muito escuro. Estou cansado; parece que levei uma surra. Volto para a cama. Estou com muito sono, mas não consigo fechar os olhos. Rolo de um lado para o outro. Parece que perdi o sono... Insônia de novo? Estico as pernas e toco em alguma coisa. Como assim? Minha respiração para. Um silêncio lúgubre. Escuto uma respiração suave. Tem alguém aqui. Em minha cama! Estico as mãos vagarosamente, me aproximando do corpo a meu lado. Toco nele. Está quente. Deslizo a mão por sua pele, uma pele muito lisa e sedosa. Continuo a deslizar. Sinto o volume dos seios. Não acredito. Como pode esta mulher estar aqui? Decido acender o abajur para ver melhor. Difícil achar o interruptor aqui neste quarto de hotel em Paris. Finalmente aperto o botão e a luz se acende. Viro para o lado e vejo uma morena escultural. Como é possível?

Ela está de costas. Vejo sua silhueta e seus cabelos escuros. Quero saber quem é. Me aproximo vagarosamente. Quando estou perto de ver seu rosto, ela dá um suspiro que me faz parar, e então volta a dormir. Continuo a me aproximar. O susto é ainda maior. Como pode? Não é verdade. Ela abre os olhos e me vê em cima dela, encarando-a. Não pode ser. É a mulher que eu paquerei no avião. A que usava roupa preta justa, com o lenço que caía em seu corpo lembrando uma boneca chinesa. Aquela mulher lindíssima, com olhos cor de mel. Não acredito. É muito para mim. Ela não esboça nenhuma reação com meu rosto assustado. Apenas estende a mão em minha direção. Sussurro:

— O que você está fazendo aqui?

Ela não responde. Só me olha de um jeito sedutor e dormente. Sinto seu perfume, o mesmo que senti quando caminhava na Champs-Élysées! Fico anestesiado. Por que este cheiro me faz lembrar a Champs-Élysées? Será que alguma coisa aconteceu entre a cafeteria da Montmartre e minha caminhada na avenida? Mais uma vez esqueci o que aconteceu horas atrás. Teria o Príncipe da Noite aparecido durante minha caminhada na avenida? Assim, quando coincidentemente nos encontramos, ele, o Príncipe da Noite, o *serial killer* do sexo, atacou esta morena indefesa? De indefesa, aliás, ela não tinha nada.

Uma sensação intensa afeta minhas lembranças. Acontece com todo mundo: certas coisas, não importa quando sejam vividas, no passado mais distante ou mais recente, ficam tão marcadas em nosso corpo celular que parecem presentes aqui e agora. O perfume desta mulher, que veio não sei de onde e está em meu quarto no meio da noite, me trouxe a recordação da avenida parisiense. Mas não estou mais falando do que ocorreu há poucas horas, e sim de um evento paralelo que ocorreu há mais de cinco anos. Paralelo porque tem a ver com a mesma coisa, a sedução!

Continuo olhando para a mulher em minha cama. Sinto o perfume inebriante, vejo os cabelos lisos emoldurando seu rosto quadrado, os lábios carnudos despontando como na madeira talhada. Esta mulher me levou para um dia de inverno europeu quando eu caminhava sem rumo por essa mesma avenida, como fiz hoje à noite, admirado com as luzes do Natal e os embrulhos coloridos. Vivo esses dois mundos. A mulher desconhecida ao meu lado e as imagens que me remetem à Paris de cinco anos atrás. Lembranças prazerosas que meu cérebro começa a trazer lá do fundo.

A morena do hotel me abraça, dengosa. Enquanto as lembranças de um passado não tão distante começam a aparecer, tento organizar o presente e o passado. Quero viver os dois momentos. Descobri uma fonte de prazer no interstício. Tento organizar as sensações. Primeiro perambulando pela Champs-Élysées. Entro na Starbucks e pego uma fila interminável. A fila na Starbucks em Paris, é claro, não é igual a uma fila de banco num dia infernal de pagamentos e outras chatices burocráticas. Não preciso explicar essa diferença. Claro que não. Certas coisas não se falam: silenciam como Buda. Ah, se conseguíssemos silenciar... O silêncio perdeu o rumo na existência. Deixo o silêncio de lado. Quero voltar a ele, mas fico na fila, ouvindo o som das línguas estrangeiras, tão exótico. Sons franceses, logicamente, mais adiante ingleses, alemães, uma verdadeira babel musical. Isso me deixa em estado de alerta. Pego o café e volto para a fila. Não para fazer outro pedido; volto para viver aquele momento novamente. Pronto, cá estou eu na fila. Isso já deve ter acontecido com todo mundo. Não neste café, mas em qualquer outra situação. Posso categorizá-lo por meio de uma necessidade que existe dentro de todos nós, que é "querer viver novamente o prazer". Estamos envoltos nesse eterno retorno do prazer.

De volta à fila, resolvo pedir bolo de laranja com chocolate. Adoro esse bolo. Se bem que o que mais me importa, no momento, é ouvir as duas francesas que estão em minha frente na fila. Não estou revivendo o momento por acaso: eu o fiz acontecer; vejo duas meninas lindas se aproximando. Espero entrarem na fila e imediatamente me coloco atrás delas. Ali eu fico, feliz da vida, ouvindo sua conversa. Como se ouvisse o som das asas de um beija-flor. Nem um minuto se passou e cinco meninas estão na fila junto comigo, três inglesas e duas francesas. São amigas. Falam ora em inglês, ora em francês. Um verdadeiro festim de *frissons*. Não quero mais nada.

Nessas horas me pergunto, e pergunto a todas as pessoas: o que é, de verdade, o sexo? É o ato em si, para si, dentro de si, em ti e para mim, ou, como provavelmente diria a abstração filosófica, aquilo que conhecemos? Ou é tudo, a vida pura, o viver, o respirar, o surgimento de um fenômeno, a extinção dele, a estrela cadente queimando, o amor em chamas gelando, congelando, endurecendo, amolecendo? Seria essa pergunta parte do movimento histórico do romantismo? Eu mesmo me respondo. Mas não me atenho a essa indagação: quero pensar nos questionamentos sobre o sexo. A verdade está nesse segundo viés, que vê o sexo como simbologia fundida com fenômenos que se correlacionam com o prazer, não somente dos órgãos sexuais, mas da própria estrutura que gera o prazer no corpo, no espírito! Acredito que a resposta esteja mais nesse âmbito. Então, estou fazendo sexo com cinco estrangeiras neste momento na Starbucks, em plena avenida símbolo de Paris, mesmo sem tocar numa partícula do corpo delas. Agora, se isso não for fazer sexo, estou apenas esperando para comprar meu café gigante e bolo de laranja numa fila dessa cafeteria, ao lado de sete mulheres, duas em minha frente e cinco atrás de mim; estou apenas ouvindo a papagaiada que elas estão falando, sentindo seu perfume, admirando a roupa emoldurada em seus corpos, desejando me fundir com sua pele branca e negra, delirando como um louco pervertido. O que, apesar de estranho, também é muito bom. Rio com essa afirmação: me comparar a um louco pervertido não seria demais? Como o frescor da vida nos faz felizes! De qualquer maneira, penso que a pergunta "o que é o sexo?" não precisa ser respondida, mas vivida.

A torre de babel começa a sumir de minha lembrança, e a morena se mexe em minha cama. Ainda não acredito que ela esteja aqui. Como esta morena escultural pode ser a mesma do avião? Não seria tudo um sonho, uma alucinação do Príncipe da Noite? A projeção perdida na mente dele e que me ofusca a realidade, como tantas vezes aconteceu? Será que a viagem ao passado, quando imaginei estar em Paris, cinco anos atrás, vendo as meninas na Starbucks, foi um pensamento dentro do sonho, dessa projeção? Sonho dentro do sonho?

Alguma coisa precisa acontecer para eu ter certeza de que isso é mesmo a realidade ou se uma peça do quebra-cabeça está faltando. Melhor deixar o tempo passar. O tempo vai se encarregar de resolver o enigma. Começo a fazer carinho nos cabelos dela. A moça volta a dormir. Encosto meu peito em seus seios fartos, sinto seu coração bater forte. Um calor me invade. A sensação boa de vê-la dormir com o esboço de um sorriso. Sinto que a estou protegendo, e vice-versa. Ela me protege e nem sabe disso. Deixo cair uma lágrima. Sinto a presença de algo maior, muito maior. Abraçado a ela, numa energia enigmática de conforto, sinto o inexplicável. Com os olhos semicerrados, quase dormindo, me dou conta do que estou vivendo. Quando percebo o presente que ganhei do invisível, sinto a presença de Deus.

Este centro de convenções é muito moderno, com seu estilo futurista, bem *clean*. Gosto muito da arquitetura francesa, dos prédios com telhados cinzentos circundando os últimos dois andares com janelas entre eles. Tubos de metal deformados e pontiagudos perfazendo o contorno do edifício dão boas-vindas.

Assim que chego para mais um dia de seminário, meu celular toca. A chamada é de Londres, mas o número é desconhecido. Atendo. Ninguém diz nada, só um barulho ensurdecedor de máquinas. Pergunto quem está falando. Não obtenho resposta. No elevador, um segurança barra minha entrada. Pergunta onde está meu crachá. Não o encontro na pasta, então visualizo o crachá sobre a mesa da cafeteria. Explico, então, que o esqueci numa cafeteria em Montmartre ontem. O segurança avisa que tenho de fazer outro crachá se quiser entrar. Digo que estou atrasado e preciso pegar o começo da palestra. Ele é reticente e me encaminha para uma mesa pré-arranjada logo à direita, onde uma loira francesa recepciona as pessoas e confecciona os crachás. Ela não me reconhece do dia anterior, afinal são muitas pessoas. Sou obrigado a pedir outro crachá, coisa mais que *démodé*, tão longe da tecnologia avançada e daquele lugar de arquitetura tão moderna.

    Conformado, estou preenchendo o formulário quando o telefone toca novamente. Pode ser Sophie querendo remarcar nosso encontro. Será que ela não vai querer me encontrar? Quando atendo, o mesmo barulho esquisito e ensurdecedor de antes. Pergunto quem está ligando, não obtenho resposta. Vai ver é só uma ligação ruim. Para minha surpresa, uma gravação, com aquelas vozes computadorizadas e distorcidas de sintetizadores, começa a falar. Acho esquisito e desligo o telefone rapidamente, enquanto a francesa pergunta minha data de nascimento. Ela inclui os últimos dados e imprime meu cartão, completando-o com uma foto com cara de assustado. Reclamo que a foto está esquisita, pergunto se podemos tirar outra. Ela diz que está boa, que não tem problema, que é apenas para identificação e não para um editorial de moda. Nós dois rimos, eu agradeço e me encaminho para o elevador, onde sou conduzido pelo mesmo segurança de antes. Penso no telefonema, mas logo me esqueço, admirado pela vista do elevador panorâmico. Chegando a meu andar, o celular toca novamente. Saio do elevador e confiro o número: é o mesmo. Hesito, mas acabo atendendo. O mesmo barulho de máquinas, nenhuma voz. Me irrito, discuto, pergunto quem está brincando comigo. Uma gargalhada sintetizada ressoa em meus ouvidos. Mais irritado ainda, digo que vou acionar o sistema de inteligência virtual da polícia para rastrear a ligação. A voz diz:

    — Não adianta fugir. Não adianta mentir. Nós sabemos de tudo.

    E desliga. Fico assustado.

Um alemão que conheci no dia anterior me cumprimenta em inglês. Conversamos sobre o seminário, mas minha mente está longe. Sentamos juntos e a palestra é aberta.

O celular toca. O mesmo número. Não atendo. Coloco-o no silencioso. Com as ligações se repetindo, penso em desligar o aparelho, mas estou esperando, talvez em vão, a ligação de Sophie. Uma mensagem de texto aparece no visor. É do mesmo número desconhecido.

Mentiroso.

O alemão a meu lado me faz um sinal: minha agitação o está desconcentrando. O telefone toca uma vez mais. Desta vez é Sophie. Saio do auditório para atender.

A voz de Sophie é suave e sedutora. Ela se desculpa pela ausência de ontem. Digo que não tem problema, que eu entendo. Ela pergunta se eu gostaria de encontrá-la hoje no mesmo horário e no mesmo local. Aceito imediatamente. Ela fica feliz com a resposta. Neste instante, fica um silêncio. Nós dois não falamos nada, mas é como se quiséssemos falar mais alguma coisa. Pergunto se gostaria de me encontrar em outro local, até que percebo que estou falando sozinho: a ligação caiu. Novamente toca o telefone e eu atendo, continuando a falar. Nesse momento a voz sintetizada fala:

— Nunca desligue o celular quando eu estiver falando. Nunca deixe de me atender. Você não sabe com quem está falando e o que sou capaz de fazer.

Respondo que é um absurdo esse trote e desligo. Mas fico um pouco assustado, afinal aquilo estava indo longe demais.

Volto para o auditório e continuo a assistir ao seminário, mas minha cabeça está em dois lugares diferentes: em Sophie e naqueles telefonemas esquisitos. Chega uma mensagem no celular. É de Sophie, dizendo que está feliz porque eu entendi o desencontro de ontem e que irá me recompensar com um belo passeio por Paris, depois de nossa reunião no mesmo café. Respondo automaticamente que vou adorar. Outra mensagem dela chega:

Concentre-se na palestra. Pare de olhar para o celular.

Percebo que a mensagem não é de Sophie, e sim do número desconhecido. Olho para os lados. Estou assustado. O negócio é sério. Estou começando a ficar em pânico. Não me mexo e olho para a frente, como se nada tivesse acontecido. Começo a prestar atenção à palestra. Depois de uns 10 minutos, uma mensagem me deixa mais nervoso ainda:

Assim está muito melhor. Continue prestando atenção.

Estou sendo seguido? Meu interlocutor, apesar de ser de Londres, está aqui comigo.

Concluo que estou sendo perseguido por um psicopata que quer me ver sofrer, me torturar. Começo a pensar nas pessoas que poderiam fazer aquilo, e nada aparece em minha mente. Nenhum prognóstico me leva a esta situação. Até que sou levado para o acontecimento no Brasil dez anos atrás: a morte do marido de Rachel. Será possível? Não tem lógica. É alguma coisa de Londres ou daqui mesmo de Paris. Mas quem? Quem quer brincar comigo dessa maneira? Por mais que eu pense, não encontro respostas. Decido parar de pensar quando chega o intervalo para o almoço. Não tenho fome. Aquela situação toda me deixou enjoado. Fico sozinho no auditório. Outra mensagem chega:

Melhor você ir almoçar.

Levanto-me. Os olhares das pessoas me deixam intrigado. Todas são suspeitas. Quero que o tempo passe rápido, antes que a crise de pânico piore. Mas o tempo não passa. O seminário não acaba. Eu não me tranquilizo. Só penso na tortura a que estão me submetendo. Quando finalmente o seminário acaba, saio depressa, sentindo-me perseguido. Só consigo respirar quando entro no táxi. Parece que ninguém me segue. Vou para a cafeteria em Montmartre.

Sento-me à mesma mesa de ontem. Os mesmos artistas parecem estar na praça pintando e vendendo seus quadros. As pessoas são outras. O fluxo é muito maior que o de ontem. Hoje é sábado, portanto há mais turistas. Por um momento começo a pensar que meu torturador está ali, no meio daquela multidão, me vigiando.

Logo esses pensamentos dão lugar à imagem de uma mulher que chega de bicicleta. Para minha surpresa, enquanto ela se aproxima da cafeteria, percebo que era a morena que dormiu comigo ontem. É impossível tamanha coincidência, ainda mais em uma cidade grande como Paris. São tantas coincidências. Definitivamente, não é possível, mas está acontecendo. Ela ainda não percebeu que eu estou sentado à mesa, mas em breve irá perceber. Então ela se dará conta da situação e pensará a mesma coisa que eu. Enquanto isso, eu a observo. Ela veste roupa de ginástica e usa fones de ouvido. Imagino o que ela está escutando, assim na próxima vez que dormirmos juntos posso colocar a mesma música. Começo a romantizar quando me dou conta de que estou fascinado por esta mulher e nem ao menos sei seu nome.

Quando me vê, ela fica igualmente surpresa. Sua expressão tão fotogênica denuncia isso. Ela acena com as mãos entusiasmadas enquanto prende a bicicleta num gancho na calçada. Tenho a sensação de sempre ter conhecido esta mulher, quase como se a tivesse visto há muito tempo e agora estivesse revendo alguém da família. Aquele sentimento que temos quando nunca nos desligamos das pessoas que amamos. Percebo que estou, mais uma vez, romantizando e corto meus pensamentos. Prefiro não fazer isso. É melhor não antecipar nada, deixar os fatos rolarem para depois, dependendo do que acontecer, ter algum tipo de sentimento mais elaborado. Sinto-me como uma adolescente encantada pelo galã da turma, que ainda nem sequer percebeu sua paixão prematura e ingênua.

Só espero uma coisa: que o Príncipe da Noite não apareça em nenhum momento enquanto eu estiver conversando com ela. Ao mesmo tempo em que foi graças a ele que dormi com essa morena escultural, sei que ele poderia pôr tudo a perder. Como o conheço bem, sei que ele gosta justamente disso, de estragar o que começa a se solidificar. Essa é nossa grande briga, nossa grande cisão, onde um não se identifica com o outro. O que ele quer é a fugacidade, a outra mulher que está no porvir, a animalidade. O que eu quero é o relacionamento, a solidificação de uma relação que visa o outro. O Príncipe da Noite sempre destruiu isso dentro de mim, por isso vivo em conflito eterno diante dessa estrutura psicológica que não me deixa viver o que realmente quero viver. Mas, pelo visto, ele não se apresentou dentro de mim. Talvez aqui, em outra cidade, longe de Londres e do Brasil, o Príncipe tenha me dado trégua. Talvez aqui, na cidade dos romances, ele tenha se solidarizado comigo.

Ela se aproxima e me cumprimenta vivamente, me dando um beijo sem jeito na bochecha. Deve ter ficado sem graça:

dormiu comigo e agora não sabia se me beijava na boca ou na bochecha. Ofereço-lhe a cadeira à minha frente, e ela diz:

— Não acredito que nos encontramos aqui!

— Muito menos eu. É um absurdo tudo isso! Como você estava bonita andando de bicicleta...

— Ah, obrigada! Não precisa ser tão gentil assim!

— Você acha que estou mentindo, que estou falando só por falar? Você estava vindo muito sexy no meio dessa multidão toda. Nem acreditei. Você saiu sem deixar o telefone, sem falar onde estaria... Muita sorte minha te ver de novo.

— Você que saiu sem falar nada! Eu estava em seu hotel... Não poderia ser tão invasiva assim. Afinal, eu sou uma dama...

Nós dois começamos a rir como namorados que acham graça de qualquer coisa, e ela pergunta:

— Mas, afinal, o que você está fazendo aqui? Só parou para tomar café?

— Não, marquei um encontro aqui.

— Ah, me desculpe. Não quero estragar seu encontro.

— Mas por que estragar?

— Imagine se ela chega aqui e me vê conversando com você...

— Não, não é nada disso. Meu encontro é de negócios. — Acho que me expressei mal.

— Ah, tudo bem. Eu também tenho encontros... de negócios.

Ela começa a rir vertiginosamente, e eu a admiro ainda mais.

Como é possível o destino ser tão generoso comigo? Não entendo como a lógica da vida funciona. Ainda mais em se tratando de mim e do Príncipe da Noite, esse vilão atroz, que só sabe pôr mais confusão nos acontecimentos de minha pobre vida. Estou feliz porque o Príncipe da Noite não deu sinal de vida, assim eu posso me aproximar um pouco mais desta morena que me fez companhia tão agradável ontem à noite.

Conversamos sem parar. Parece que temos muito assunto para colocar em dia. Ela me conta que ama Paris, apesar de morar em Londres há bastante tempo. Eu mais escuto do que falo. Na verdade, fico admirando suas formas, sua delicadeza, seu charme, e sua maneira tão peculiar de se expressar. Começo a me lembrar de ontem à noite. Enquanto ela dormia, fiquei feito bobo fazendo cafuné, acarinhando seus cabelos, admirando sua beleza. O som de sua voz entra em meus ouvidos e em meu ser, como um néctar. A imagem que ela forma dentro de minha mente sofre alterações incontroláveis na anima que acalenta o núcleo de desejos de meu pobre ser. É como se sua energia estivesse alimentando o diabo da vontade que começa a se apresentar para mim mesmo. Um lado incontrolável desse núcleo começa a me deixar inquieto. Quase não compreendo mais o que ela fala; nada mais tem importância. Na verdade ela não fala mais nada com nada. Parece entrar no mesmo estado que eu. Ela deixou no automático o assunto sobre Paris enquanto lhe invade o mesmo furacão de sensações que me sacudia.

Ela olha para o relógio:

— Bom, melhor eu enviar uma mensagem para ver se o cara de meu encontro vai chegar. Já está uma hora atrasado.

Digo-lhe para ficar à vontade. Eu também vou ligar, respondo. Enquanto digito o número de Sophie, uma mensagem dela chega ao celular:

Já estou aqui. Onde você está?

Desligo rápido, e a morena em minha frente diz:

— Ele falou que já está aqui.

— Ela falou que já está aqui também. Ficamos tão distraídos conversando que nos esquecemos de tudo. Bom, vou ligar pra saber onde ela está, tudo bem?

— Tudo bem. Eu vou ali no banheiro retocar a maquiagem. Afinal, tenho um encontro de trabalho, não posso ficar assim toda suada.

— Você está linda do jeito que está.

— E você não sabe como são as mulheres?

— Claro que sei. Pode ir! Quem sou eu para falar o contrário...

Nós rimos, enquanto ela se levanta e se encaminha para o banheiro. Eu me levanto e decido seguir na direção dos pintores de Montmartre. Talvez seja um lugar melhor para ela me localizar, apesar do barulho. Quando ligo, ela me atende rapidamente:

— Oi, Gabriel. Pode falar. Estou te esperando.

— Mas onde você está?

— Estou aqui dentro do café. Pelo barulho, você deve estar no meio dos pintores.

— Sim, sim, mas eu estava no café também.

— Fique na praça que eu vou até aí. Espera um pouco.

— Tudo bem. Estou perto do pintor que tem um quadro parecido com um do Van Gogh.

Fico na praça à espera de Sophie, enquanto a morena está no banheiro. Meu pensamento fica nela. Queria adiar meu encontro com Sophie, já que estou vivendo um momento tão especial com aquela desconhecida. De repente, a morena está na calçada da cafeteria, provavelmente olhando para ver se encontra o homem que espera para a reunião. Eu a encaro. Já me esqueci de Sophie; mais cedo ou mais tarde ela aparecerá. Não quero me preocupar com isso agora. Quando a morena cruza seu olhar com o meu, abana os braços para mim. Fica me olhando de forma estranha, fazendo sinal com as mãos. Parece falar alguma coisa, mas eu não entendo nada. Pergunto o que foi. Ela não responde e decide fazer uma ligação no celular enquanto olha fixamente para mim. Meu telefone toca. É Sophie. Atendo.

— É você?

— Sou eu, Sophie, Gabriel.

— Não acredito — ela responde, assustada.

— Não acredita no quê?

— Eu sou a Sophie!

— Eu quem? — estou perplexo.

Olho para a morena na calçada à minha frente, que abana o braço, e a ouço falar no celular:

— Eu sou Sophie!

Não acredito. A morena que dormiu comigo ontem, inexplicavelmente, era Sophie. Estamos ao mesmo tempo surpresos e constrangidos.

11

Atravesso a estreita rua entre a praça e a cafeteria em direção a Sophie. Não é possível. Como pude não ter perguntado o nome dela? Como pude ser tão rude? Começo a me culpar. Não quero que ela tenha algum sentimento negativo em relação a mim. Não sei se seriam possíveis esses sentimentos negativos, mas também não sei exatamente como foi a noite anterior, quando dormimos juntos. Não sei o que o Príncipe da Noite falou através de mim. Inexplicavelmente, começo a me culpar por não ter perguntado o nome dela e por não ter sido mais cordial hoje de manhã, quando ela foi embora. Poderia ter oferecido um café da manhã. Será que ela vai pensar que eu queria apenas me aproveitar dela? Quando me aproximo, ela me estende as mãos:

— Prazer. Sophie.
— Prazer. Gabriel.

Apertamos nossas mãos, sem desgrudar uma da outra, e rimos daquela situação inusitada. O que melhor podia ter acontecido entre nós dois foi justamente a despretensão do encontro, que tornava nossa relação ainda mais especial.

Convido-a para sentar na mesma cadeira em que estava sentada há pouco, e começamos a repetir incansavelmente que aquela situação era a mais absurda de todas as situações absurdas. Estamos tão admirados um com o outro que o tempo passa sem percebermos. Comemos um sanduíche enquanto falamos sem parar. Ela, mais do que eu, mas as mulheres sempre falam mais do que os homens. As horas passam e o dia foi embora. Já está escuro. A noite romântica de Paris salienta ainda mais nossos *frissons*, a voracidade de um pelo outro. Ela me propõe irmos embora.

— Sim, com certeza. Adoro andar a esmo.

— Não, não será a esmo.

— Melhor ainda, mas para onde vamos, que mal lhe pergunte?

— Surpresa!

— Adoro surpresas — respondo, encantado.

— Lembra que eu disse que iria te levar para um lugar depois que fizéssemos nossa reunião?

— Sim, claro que lembro.

— Então... É pra lá que vamos.

— Mas nós nem fizemos a reunião ainda... — digo, fingindo indignação. — Falamos de tudo, menos de negócios.

— Esse não é o problema. Enquanto caminharmos até lá, e não é tão perto, falo sobre o projeto.

Digo que melhor seria impossível neste momento. Pago a conta e seguimos para o tal lugar misterioso. No caminho, ela começa a me falar do projeto da rádio e eu a lisonjeio novamente com palavras doces, fascinado.

— Vamos falar sério — proponho, entre risos, enquanto esperamos para atravessar uma avenida. — Fale-me sobre sua proposta. Estou interessadíssimo.

— Bom, o que eu queria propor é um espaço em minha rádio. Mais precisamente em meu programa.

— Como assim? O que eu faria?

— Uma amiga minha de Londres me contou que é sua paciente. Eu queria um psicanalista que desse sua opinião sobre temas contemporâneos, sobre a vida, a sexualidade, as paixões, os relacionamentos contemporâneos virtuais etc. Enfim, queria algum especialista na área, mas gostaria que fosse um brasileiro antes de qualquer coisa, porque eu também sou brasileira e, como você, moro em Londres há um bom tempo, por inúmeras razões que agora não vêm ao caso. Principalmente, queria que essa pessoa tivesse afinidade comigo, que fosse da mesma terra e tivesse passado pela transformação de outra cultura, sem contar tudo o que um psicanalista como você poderia acrescentar a meus ouvintes. Entendeu?

— Sim e estou fascinado. Claro que eu topo! Já estou dentro! Quando começamos?

— Sério? Você gostou mesmo? Não preciso falar mais nada? Não preciso convencê-lo? — ela é irônica. Entendeu muito bem por que eu aceitei logo de cara.

— Não! Não precisa — respondo o mais objetivamente possível, para ela entender que aceitei porque estou fascinado por ela. Claro que ela sabe disso. O cupido nos tocou. É evidente para ambos.

— Agora que você aceitou, precisamos falar do salário.

— Não, não precisamos. Aceito mesmo se não tiver salário.

— Você é louco.

— Louca é você que me deixou louco.

— Bom, então está bem. Começamos semana que vem?

— Sim! Fechado!

Selamos nosso acordo. Algo muito importante está acontecendo. Então ela diz:

— Pronto, chegamos!

— O que é aqui?

— Chama-se Crazy Horse. Conhece?

— Não — respondo, mas imediatamente me passa pela cabeça que em minhas costas estava escrita, a estilete, a palavra *crazy*.

Este lugar me faz lembrar de tudo o que aconteceu antes de eu vir para Paris. Ela percebe a reação esquisita em meu rosto, me pergunta se está tudo bem. Respondo que sim e logo volto ao normal. Mas tenho que fingir. Afinal, não posso contar sobre os fatos de Londres. Com essa sensação ruim, me lembro dos telefonemas torturantes. Até que ela diz:

— Vamos entrar.

E prossegue:

— Aqui é um lugar do tipo do Moulin Rouge, mas com shows mais elaborados, não só o cancã. É mais requintado, mais cinematográfico. Um amigo me indicou. Já que meu programa fala sobre sexualidade, pensei por que não ir lá e falar sobre a experiência na rádio?

— Magnífico! Adorei a ideia.

Quando entramos no hall do Crazy Horse, algo me intriga ainda mais. Não são meus pensamentos que me fazem recordar os acontecimentos de Londres, muito menos as palavras do estranho que mandou as mensagens esquisitas de hoje à tarde. O que me preocupa é uma coisa real, que acaba de chegar em meu celular, comprovando que eu não estou ficando louco e que uma atitude mais séria precisa ser adotada. Quem não se assustaria?

Aproveite o show. Pela felicidade em seu rosto, Crazy Horse vai ser melhor do que você imagina.

12

Sentamos em uma mesa e minhas mãos começam a tremer. A última vez que isso me aconteceu foi naquela situação trágica que me levou a atirar no marido de Rachel. O desconhecido com suas mensagens está me enlouquecendo. Preciso contar para Sophie, mas não quero assustá-la. Percebo que ela está me encarando, preocupada.

— O que aconteceu?
— Não sei. Minhas mãos estão tremendo.
— Você tem pressão baixa?
— Não que eu saiba.
— Talvez esteja com hipoglicemia. Vamos pedir alguma coisa para você comer.
— Não, não precisa. Olha isto aqui. — Estendo meu celular.
— Como assim? O que é isso? — ela devolve o celular, perplexa.
— Um desconhecido está enviando estas mensagens. Está me torturando. A grande questão é que ele ou ela está me seguindo.
— Vamos chamar a polícia! — ela responde, exaltada.
— Não, melhor não. Tenho pavor de polícia. Deixa pra lá. Não é nada, só preciso me acalmar. — Disfarço o pânico, já arrependido de tê-la alarmado.

— Tem certeza?

— Tenho.

Para me acalmar, ela se senta ao meu lado e segura minhas mãos. Sinto sua energia e gosto da atitude dela. Aos poucos vou me esquecendo do que aconteceu. Olhando nos olhos dela, sinto uma força que poucas vezes senti em toda a minha vida. Definitivamente, não posso perder esta mulher de vista.

O show começa. Lindas mulheres desfilam e dançam num cenário de cinema, ao som de trilhas sonoras clássicas. São cerca de 20 mulheres únicas, singulares. Corpos belíssimos, de diferentes formas. Pernas que se assemelham somente por serem pernas, cada qual com sua textura, forma, articulações. A pele de cada uma se destaca por delicadas particularidades. Os cabelos também são múltiplos. O grande palco tem o formato de tela de cinema, realçado ora pela própria luz entrecortada, ora por recursos de cenário. Quanto mais eu observo as dançarinas, mais me dou conta da infinidade de atributos que um mesmo indivíduo tem. Estou pensando somente no indivíduo concreto, naquilo que o torna carne, osso, cabelo, olhos, nariz, boca. Não estou levando em conta a mente, a parte psicológica, justamente aquilo que me fascina e o motivo pelo qual escolhi meu ofício.

Uma das mulheres desce à plateia pela porta lateral. Penso que provavelmente ela já acabou sua parte e quer admirar a performance das amigas. Ou então faz parte do show sentar na plateia para fazer uma apresentação inesperada. Ela procura um lugar vazio, então avista o único lugar disponível, bem ao meu lado. Ela caminha, elegante, em direção à poltrona vaga. Eu a observo furtivamente, apesar de tê-la notado desde que entrou pela porta lateral. Não quero dar motivo para Sophie sentir ciúmes, mesmo sabendo que iria adorar se ela sentisse.

Me pego pensando em meu futuro com Sophie — um indício de que estou seduzido por ela.

No instante em que a dançarina senta a meu lado, Sophie pega minha mão. É muita coincidência ou estou percebendo o ciúme que rapidamente desejei agora há pouco? A verdade é que, a partir do momento em que a mulher se sentou, Sophie começou a cochichar sobre o show, a colocar mais bebida em minha taça, a perguntar se eu quero pedir alguma coisa para comer. Parece uma competição entre duas fêmeas. Só que, na verdade, a mulher não se interessou por mim. Ela nem sequer me viu: estava muito interessada no show e não tinha olhos para mais nada. No entanto, Sophie está lidando com a presença do medo da perda e, a meu ver, está tratando de afastá-lo de si. Eu também não me interessei pela mulher, encantado por estar com minha morena escultural e inteligente. Trato logo de entrar no jogo dela. Não quero deixá-la desconfortável; quero que tenha a segurança que uma mulher deve ter, que saiba que nada me atraía na outra. Por isso, começo a conversar com Sophie, a cochichar igualmente em seu ouvido palavras doces, a pegar em sua mão, a lhe dar mais atenção. Demonstro total desinteresse pelo show, por aquelas mulheres todas. Tudo para que Sophie saiba que ganhou a competição, que o medo não precisa assolar sua alma, que o homem que ela deseja a quer também.

O problema surge quando começamos a trocar carícias, e um beijo fervoroso desperta o olhar da dançarina, que já se mostra incomodada. Parece que o beijo surte um efeito contrário não em Sophie, mas na mulher, que até então nem havia nos percebido. Agora, ela quer entrar na disputa. É uma relação de fêmea com fêmea, da mãe natureza se entregando à vontade cega que subjaz em suas entranhas. O medo que Sophie sentia ainda há pouco era um medo legítimo. Ela previra um acontecimento que ainda não se concretizara. Era apenas uma possibilidade, uma potencialidade que poderia irromper a qualquer momento, minando-a, afastando-a de seu macho. Eu não acredito no que está acontecendo. A mulher nem sequer me deseja. Dá para ver em seus olhos: ela quer destruir Sophie, estar em seu lugar. Se eu estivesse sozinho, ela provavelmente não me daria a menor atenção.

"Homem sozinho usando aliança desperta nas mulheres mais curiosidade do que os solteiros", costumam relatar minhas pacientes, que dizem também que "um homem com uma criança pequena desperta mais interesse do que os outros". De forma metafórica, é justamente isso o que está acontecendo aqui. Não sou eu que toco no desejo da mulher desconhecida: é o símbolo que mexe com ela, o signo de uma informação pronta para ser engatilhada diante da situação que amedronta Sophie.

Os olhares começam. Não os meus, mas os delas. Percebo de relance aquela mulher, e olho para ela sutilmente, de maneira que Sophie não perceba qualquer interesse meu na outra. Na verdade eu não tenho; só quero descobrir qual é o jogo que ela está armando para nós dois. Minha frieza deixa a mulher endiabrada. Estendo a mão esquerda sobre a mesa, de leve. Ela pende seu corpo, deixando os cabelos caírem próximos a minha mão, e de tempos em tempos vira o rosto, tentando atrair meu olhar para o seu. Em determinado momento, sinto alguma coisa encostar em minha perna. A mão da mulher está em cima de minha coxa. Não me mexo. Qualquer movimento que eu faça, Sophie irá perceber, e alguma cena embaraçosa poderá acontecer. Começo a ficar constrangido. Ela olha cada vez mais para mim e para Sophie. Tudo aquilo parece fazer parte de uma programação da Vontade da natureza, quase como a obsessão cega do Príncipe da Noite pelas mulheres. É como se fosse um ciclo preestabelecido, que precisa apenas de uma corda para dar início ao novo giro. A corda é a ocasião que instiga os ladrões a roubar a presa. No caso, não se trata de uma presa, mas duas, que poderão ser abatidas. Sophie e eu. Estamos no limite, a ponto de nos perdermos por fatores externos a nossa vontade. Ato falho da mãe natureza, que pode nos manipular como fantoches de um joguete do destino, pois nosso território ainda não foi estabelecido em solo seguro. Acabamos de nos conhecer. Mas o tempo ainda não foi suficiente. Ainda estamos instáveis, pela imaturidade de nossa relação, pela possibilidade do aparecimento do Príncipe da Noite e por milhões de outras possibilidades. Por fim, sinto o mesmo que Sophie provavelmente sentiu: medo de que aquela mulher queira liquidar o amor que está no porvir de nossa paixão. Como nossa atração acabou de nascer, fico com muita raiva dela. Tiro sua mão de minha perna e vou para o banheiro.

É difícil passar entre as mesas. Neste momento, começo a sentir a presença do Príncipe da Noite. Meu pensamento e minha percepção ficam confusos. Olho para trás e vejo Sophie me encarando. Tento sorrir para ela, mas minha boca não obedece ao comando de meu cérebro. Um medo assustador invade meu ser. Agora, eu, Gabriel, posso estar vulnerável aos atos do Príncipe da Noite e daquela mulher. Em vez de ir ao banheiro, paro no balcão do bar e peço uma bebida. Tudo o que eu não queria. Não sou eu quem comanda esse movimento, mas o Príncipe. Temo que isso leve Sophie a ter má impressão de mim. Tento lutar internamente contra o Príncipe da Noite, mas não há comunicação. Apesar de não estar dominado ainda — será questão de pouco tempo —, já sinto sua aparição. De qualquer maneira, consigo desviar a atenção do Príncipe e me encaminhar para o banheiro. Olho para Sophie, que está me encarando. Neste exato momento, a dançarina, que também estava olhando para mim, se levanta e vem em minha direção. Ainda bem que consegui ir ao banheiro. Se ficasse no bar, Sophie não iria gostar nem um pouco; com certeza pensaria que eu estava dando atenção a esta mulher macabra que quer destruir nossa felicidade. Destruir simplesmente por destruir. Um ato maligno. Um cancro incrustado na vontade daquela mulher que nunca havia me visto na vida, mas que agora pode desencaminhar meu destino, juntando suas forças com as do Príncipe da Noite, que reside em meu inconsciente, adormecido.

Felizmente consigo sair do bar e agora estou aqui, dentro do banheiro, fazendo nada, apenas querendo que o Príncipe da Noite não me domine. Talvez se eu e Sophie formos embora agora, o Príncipe não terá nenhuma chance com a mulher, que só espera uma oportunidade para dar o bote. É isso! Vou ligar para Sophie.

— Gabriel? Aconteceu alguma coisa?

— Não, Sophie. Eu só gostaria que você viesse aqui perto do banheiro para irmos embora. Não estou me sentindo muito bem.

— Claro, já estou indo.

Esse plano foi o melhor que pude pensar para evitar que o Príncipe surgisse dentro de mim. Consegui me distanciar da mulher que estava me provocando. Me provocando, não: provocando a ele, o senhor das Trevas da Vontade. Eu estou seguro do que quero! Ao sair do banheiro dou de cara com a mulher do show, que se aproxima de modo muito esquisito, como se tivesse brigado comigo. Ela pergunta por que eu estava olhando para ela daquele jeito, se tenho algum problema. Respondo que não tenho problema nenhum. Ela fica levantando a cabeça como se quisesse brigar comigo, se aproximando cada vez mais. Quando está bem perto de mim, me segura e me dá um beijo. Eu a empurro, e ela fica assustada. Penso em Sophie, que deve estar se aproximando. Tudo isso acontece numa fração de segundos. Sinto o Príncipe da Noite surgir dentro de mim com força total. Quando percebo, meus pensamentos já se desdobram como se eu não os comandasse. Olho para a dançarina mostrando que gostei da atitude dela. Aquela repulsa que eu, Gabriel, havia colocado entre nós se vira contra mim, e eu a agarro, retribuindo seu beijo. Quando me distancio de sua boca, meus olhos se abrem e avistam, logo ao lado, Sophie. Ela viu tudo.

O rosto de Sophie demonstra uma decepção assustadora. Sinto uma dor no fundo do coração. Tragicamente, nada posso fazer. Estou à mercê da vontade do Príncipe. Ele mais uma vez destrói uma possibilidade de amor. Meu ser acena para Sophie, querendo falar a verdade, por mais absurda que pareça, mas estou anuviado pelos olhos do Príncipe, que deseja aquela mulher desconhecida. O mais difícil é ver o Príncipe olhando para Sophie — o Príncipe, mas na verdade eu — e em seguida voltar a beijar a mulher. Esta, satisfeita, retribui mais fervorosamente ainda. Quando terminamos, Sophie já não está mais ali. Começo a chorar por dentro feito uma criança pequena. No entanto, o Príncipe prossegue com a *mise-en-scène* como se nada tivesse acontecido. Vamos para a mesa para ver o final do show, e noto que Sophie esqueceu o celular. Acho tudo um absurdo. Apesar de situações como essa serem comuns em minha vida de cão vira-lata, não me deixam nem um pouco satisfeito. São uma tragédia que se repete incessantemente, como o mito de Sísifo, que me faz retornar sempre para o mesmo ponto de origem, fastidioso e assustador.

O show acaba. Quando olho para o lado, a mulher não está mais lá. Estou sozinho na mesa. A perda de memória novamente. Sempre acontece quando o Príncipe da Noite chega. Apenas fragmentos da realidade são percebidos, não sua totalidade. Decido ir embora. Quando saio, um homem com uma jaqueta preta de motoqueiro, junto com dois outros, quase se atira em cima de mim:

— Você não tem vergonha de pegar a mulher dos outros, não?

— Do que você está falando? — dissimulo.

— Você não tem medo de dar em cima da mulher dos outros, seu cachorro pilantra?

Ele me dá um soco no olho esquerdo. Caio duro no chão. Os outros aproveitam para me chutar inúmeras vezes. Apago. O Príncipe da Noite acabou comigo duas vezes, e aquela mulher ganhou a competição com a ajuda do Príncipe. Sinto-me sozinho. O mais difícil é perder Sophie e não apanhar até quase me apagarem. Acabo a noite sem Sophie, sem a mulher que me beijou na saída do banheiro, e todo machucado porque fiquei com a dançarina, mesmo sem nem sequer desejá-la! Estou desmaiado no chão úmido de Paris, com a boca sangrando e o coração aniquilado. Vontade de morrer.

13

Acordo dolorido. Sinto dor em todo o corpo. Não sei como vim parar aqui; estou num galpão. Tento me levantar e percebo que minhas mãos estão amarradas. Levanto a cabeça e vejo que outra corda está prendendo minha barriga e minhas pernas. Tento pedir socorro, mas a voz não sai direito. Sinto-me pesado. Há uma luz bem forte em cima de mim, formando um círculo que me circunscreve. Todo o resto está obscuro. Enquanto tento desesperadamente me livrar das cordas, ouço uma voz grave e desconhecida:

— Você está sedado. Não vai conseguir sair. Nem adianta tentar.

— Quem é você. O que quer?

— Eu? O que eu quero? O que *você* quer? Uma, duas, três, quatro, cinco mulheres ao mesmo tempo?

— Eu juro, não tive culpa. Foi ela que se jogou em cima de mim.

— Ah, quer dizer que ela é a culpada? Que coisa feia, senhor Gabriel.

— Como você sabe meu nome?

— Isto aqui serve? — Ele mostra minha carteira de identidade.

— Por favor, me solte. Eu não faço mais nada! Eu não queria ficar com sua mulher, eu juro!

— Ah, não? Tudo bem, não estou preocupado com aquela mulher. Na verdade nem a conheço...

— Como assim? Você não é o cara de jaqueta de couro que bateu em mim na saída do show?

— Não. E também não é por causa de sua identidade que eu o conheço.

— Como assim? O que você quer?

— Nada demais. Para começar, quero somente isto. — Ele surge perto de mim, usando capuz preto para esconder o rosto, e coloca um pano em meu nariz. Durmo em segundos. Não me lembro de mais nada.

Acordo muito tempo depois. Perdi a referência das horas. Quando olho para minhas mãos, percebo que as cordas estão soltas. Desenlaço o resto da corda que prende meus pés, me levanto daquela cama improvisada com pedras em um galpão desabitado. Só penso em fugir. Quando estou tentando entender onde é a saída deste lugar, meu celular toca. Levo um susto. Coloco a mão no bolso da calça para pegar o aparelho e nada. Avisto-o mais adiante, jogado no chão, ao lado da cama de pedras. Pego o celular quando para de tocar. Era Sophie. Fico feliz por um momento, mas não posso ligar para ela agora. Ainda sem ter noção de quem possa estar fazendo isso comigo, ouço uma voz num megafone:

— Não se esqueça! Não se esqueça! Agora pode ir embora.

Está tudo escuro; não dá para identificar o dono da voz. Se não era o homem da jaqueta de couro que me deu uma surra no final do show no Crazy Horse, quem poderia ser? A resposta veio como um trovão, me perturbando ainda mais. Só pode ser o mesmo homem que me torturou durante o seminário, ligando insistentemente. Mas o que ele queria dizer com "Não se esqueça!"? Não se esqueça do quê? Por acaso seria um aviso para eu não esquecer que estou sendo vigiado? Seria isso? Ou alguma coisa a mais?

Acho a saída enquanto a voz não para de repetir as mesmas coisas. Parece que estou em suas mãos. Não sei o que de pior poderia acontecer comigo, mas, como ele não me matou, com certeza vai querer alguma coisa. O enigma ainda não está resolvido. Começo a correr numa rua que não parece muito desabitada: há um forte fluxo de carros. Quando tento parar um táxi, ele não me atende. Fico mais apavorado ainda. Depois de dez minutos, ainda correndo, outro táxi passa e desta vez para. Dou o endereço do hotel, mas o motorista continua parado. Olhando para trás, fala alguma coisa em francês que eu não entendo. Faz um sinal, mostrando a cabeça. Olho pelo espelho do carro e vejo que meus cabelos estão raspados e escorre sangue, o que me deixa apavorado. Ele então pergunta em inglês se não é melhor eu ir para o hospital. Digo que não é preciso, não é nada grave, mesmo sem saber o que aconteceu. O fato é que me sinto bem. Tiro a camisa e com ela procuro estancar o sangue. Assim chamarei menos atenção no hotel.

Decido ligar pra Sophie, que não me atende. Tento insistentemente, sem sucesso. Penso em deixar recado, não o faço por vergonha. No hotel, vou direto para o elevador. Os recepcionistas me olham e não entendem a camisa envolvendo minha cabeça, enquanto eu visto apenas uma regata de usar por baixo. No quarto, vou direto para o banheiro, vagarosamente tiro a camisa e vejo que o sangue estancou. Abro o chuveiro, mas o ferimento arde muito, então decido usar a banheira. Meu corpo está todo dolorido. Levei uma surra como nunca havia levado em minha vida inteira. Imagens assustadoras aparecem em minha mente, quase como um furacão devastando tudo. Lembro-me de Rachel. Lembro-me do dia do assassinato, quando seu marido foi vítima de um disparo. Os mesmos tormentos novamente. Lembro-me dos acontecimentos ruins aqui de Paris. Não é possível. O monstro do passado não me deixa em paz. Parece que ele quer me torturar mais e mais, não bastando tudo o que já estava acontecendo. Paro de pensar e aproveito a água quente da banheira. Tiro um cochilo.

Acordo depois de alguns minutos com o celular tocando. Corro para atender, certo de que vou ouvir a voz de Sophie. Encharco o tapete do quarto, mas o telefone para de tocar. Era Sophie. Fico feliz mais uma vez que ela esteja me ligando. Volto ao banheiro para pegar a toalha e ligar imediatamente para ela. Quando passo pelo espelho do banheiro, algo me chama a atenção. Não pode ser verdade. O que aconteceu em Londres me acompanhou até Paris. Da mesma maneira que em minhas costas estava gravada, em cortes de estilete, a palavra *crazy*, em minha cabeça recém-raspada estava escrito *freak*.

14

Acabo de chegar ao aeroporto Charles de Gaulle. São duas da tarde. Hoje perdi o seminário da manhã. Não tinha como ir. Apesar de ter dormido como uma pedra, não tinha estado de espírito pra comparecer à palestra. Além do mais, iria parecer um louco. Como poderia aparecer de um dia para o outro todo machucado e ainda por cima com a cabeça raspada? E se alguém pedisse pra eu tirar o boné? O que eu iria dizer? E se as palavras ditas no megafone, "não se esqueça!", forem justamente o que eu pensei, "não se esqueça de que você está sendo vigiado"?

Não posso fazer nada. Tenho que passar por aquela situação até descobrir o real significado de tudo. Antes de qualquer atitude, preciso saber em que espécie de simulacro estou envolvido e os limites que poderão restringir minhas ações. Posso estar envolvido em algo muito maior e, diante de uma ação impensada, tudo pode piorar; ou, ao contrário, tudo pode ser uma grande brincadeira sem graça, com o simples intuito de me torturar. Então, preciso dissimular diante dessa situação emblemática. Preciso dizer para as pessoas do seminário, caso tirem meu boné: "Ah, isto aqui em minha cabeça?

'Freak'? Não é nada; é que sou *skinhead* e decidi virar um reacionário anárquico chauvinista e homofóbico". Eu também poderia brincar dizendo que os *skinheads* descobriram que sou um social-democrata republicano. Precisaria ser irônico. Poderia falar também que fui assaltado. Mas que espécie de assaltante tem como principal objetivo escrever *freak* na cabeça de alguém?

É uma situação muito estranha. Foi melhor mesmo não ter ido ao seminário. Só espero que a segurança do aeroporto não me peça pra tirar o boné. Nesse instante, tenho certeza de que vão pedir. É óbvio. Mas a solução logo me vem à mente. Procuro uma farmácia no aeroporto, onde compro gaze, esparadrapo e mertiolate para fazer um curativo; assim, caso a segurança me peça para tirar o boné quando passar pelo raio X, a palavra estará escondida. Vou ao banheiro, entro no compartimento individual e fecho a porta. Passo mertiolate no ferimento, cubro com gaze e esparadrapo. Pronto. Agora sim. Me olho no espelho e sinto pena de mim. Um sentimento horrível, mas é isso. Tudo bem, vamos adiante.

O celular indica que acabei de receber uma mensagem de Sophie, que já chegou ao aeroporto e está me esperando no portão de embarque. Vou a seu encontro. Não sei como será depois de ontem. Queria que nada daquilo tivesse acontecido, que fosse tudo diferente, que eu pudesse ter alguma autonomia diante dos acontecimentos de minha vida. Sinto-me impotente, frágil e deslocado. Chego à esteira do raio X. Os seguranças olham fixamente para meus olhos. Fico tenso. Depois que passo, eles fazem um sinal educado. Não me pediram para tirar o boné que escondia minha nova marca. Penso que pelo menos Sophie não irá perceber nada caso, brincando, tire meu boné pra me ver de cabelo raspado. Nesse momento me dou conta de que estou com o cabelo raspado. O que vou dizer a ela? Sophie aparece bem em minha frente:

— Você raspou o cabelo?

— Sim. Gostou?

— Por que raspou? Seu cabelo era tão bonito!

— Sempre raspo de tempos em tempos. Não gostou?

— Ficou ótimo. Adorei. Lembra meu pai careca — ela ri.

— Mas eu não sou careca — retruco, rindo também.

Sophie muda o tom. Resolvo, então, falar sério:

— Queria te falar uma coisa... Gostaria de pedir desculpas por ontem.

— Pelo quê? — ela disfarça para não mostrar que ficou chateada comigo.

— Bem, você sabe... Não consigo nem falar... Na verdade, a única coisa que posso dizer é que, quando eu bebo... enfim, não posso beber.

— Ah, deixa pra lá. Eu entendo. Homens.

Nesse momento sinto que, apesar de ela ter compreendido, algo se quebrou entre nós. Pelo menos aquilo que eu queria que não se quebrasse. Talvez eu tenha perdido a possibilidade de me relacionar com Sophie. Ela parece ter entrado em outro estado. Seus olhos não brilham mais quando olham para mim. Por causa de minha atitude incorrigível, agora eu represento para ela uma pessoa comum. O que me tornou anteriormente especial não tem mais valor, quase como se minhas virtudes tivessem se desmantelado no fogo do inferno. É muito triste não poder fazer nada a respeito. O único salvador será o tempo, se é que pode existir um salvador como o tempo. Talvez eu tenha entrado no circuito do pensamento automático de Sophie, naquela zona do cérebro em que não existe mais curiosidade diante do outro, pois já fui categorizado como o personagem que tem determinada conduta. "Aquele de ontem não era eu!" — eu queria berrar e ter a oportunidade de sair dessa sinuca. Mas preciso me conformar.

— Qual é sua poltrona? — ela me pergunta.

— 19-A.

— A minha é a 25-C. Vamos pedir pra trocar, pra sentarmos juntos? Caso você queira, né?

— É tudo o que eu mais quero — respondo, entusiasmado. Nesse momento, tudo parece ser como era antes. Antes de o Príncipe da Noite ter estragado tudo.

— Também não precisa forçar a barra — ela diz, com um sorriso.

— Por incrível que possa parecer, é tudo o que eu mais quero. Ficar a seu lado, falando com você a viagem toda.

— Está bem, vou fingir que acredito...

Depois de conseguirmos trocar de lugar, sentamos lado a lado e conversamos sem parar. O avião já está aterrissando quando ela pergunta:

— Você realmente não lembra de mim?

Essa pergunta faz ecoar dentro de mim um pavor que ela não poderia nem imaginar. Estaria Sophie falando de alguma coisa que eu desconheço e só o Príncipe da Noite sabe? Estaria eu lidando com variáveis das quais eu não tenho a mínima noção? Mais essa agora. Despretensiosamente, respondo perguntando:

— Por quê? Eu deveria?

— Ah, deixa pra lá. Melhor ficar como está.

— Melhor, por quê? Eu não me chamo Sophie! — A revelação me assusta, ao mesmo tempo em que tento não demonstrar pavor.

Será que esta mulher, que diz não se chamar Sophie, faz parte da história tortuosa que estou vivendo? Como é possível? Ela é tão doce, tão nobre! Não podemos esquecer que o mal não escolhe a máscara, não é moral, não é estético: aparece de diversas formas ocultas. Mas não quero acreditar que uma revelação como esta é possível; não quero acreditar que me apaixonei pela mulher errada, que posso estar tão equivocado assim. O fato de não se importar com o que eu fiz ontem com ela, ficando com outra mulher em sua frente, agora, com essa revelação, poderia ter sentido. Ela está comigo com outro objetivo. E se foi ela quem mandou o terrorista escrever aquela palavra em minha cabeça? Ela sabia onde eu estava. Avisei que viria a Paris participar de um seminário. Ela descobriu onde aconteceria o evento, o que é muito fácil, e mandou uma pessoa me vigiar. Mas por quê? Com qual finalidade? Será que os acontecimentos de Paris também têm a ver com ela? Eu a encaro fixamente, com esses pensamentos correndo mais rápido do que se possa imaginar, enquanto ela me pergunta:

— Não vai perguntar como eu me chamo?

Diante de minha perplexidade, ela prossegue:

— Sophie é o nome da minha personagem na Rádio. O programa é feito por uma velhinha. Como *Sophie* é um nome que expressa sabedoria, eu quis vincular uma coisa à outra.

Nesse momento, meu semblante fica leve. Nada do que eu estava pensando em relação a ela era verdade. Sophie não faz parte de uma conspiração contra mim. Começo a rir compulsivamente, mais pelo alívio. Ela ri porque eu não paro de rir. Estamos na fila do táxi. Ela volta a me inquirir:

— Você não vai me perguntar como é meu verdadeiro nome?

Eu seguro o riso e algo me toca o coração. Uma sensação familiar, como se estivesse em casa.

— Qual é seu nome?

Ela está se encaminhando para o táxi. O motorista coloca a bagagem no compartimento e ela lhe dá uma gorjeta. Está de costas pra mim. Então se vira e, olhando no fundo de meus olhos, responde:

— Eu me chamo Manuelle!

Ela olha para mim sorrindo, acenando de leve com as mãos, enquanto o carro some de meu campo de visão. Fico estupefato com a revelação, e sussurro com a boca entreaberta:

— Manuelle! É você?

15

Dentro do táxi, a caminho de casa, esqueço as coisas pavorosas que aconteceram em Paris. Só me recordo dos fatos memoráveis. A revelação de Sophie me deixou de boca aberta. Sophie é Manuelle. Ela foi minha primeira relação amorosa, meu primeiro caso de amor. A primeira mulher que eu admirei, física e espiritualmente. Mas como ela pode ter mudado tanto assim? Ela era um palito de tão magra, e hoje é um mulherão, com curvas que resplandecem uma feminilidade robusta de colocar qualquer homem no chão sedento por seu sulco de Eros. É outra pessoa. Houve um salto entre nós dois. O interstício do tempo em que se deu seu crescimento não me foi concedido por causa de nosso afastamento. Ela se mudou de cidade quando seu pai veio a falecer e nunca mais nos falamos. Éramos muito jovens. Não tínhamos noção da vida, da perda.

Eu não a reconheci em nenhum momento. É claro que ao lado dela sinto um conforto pleno, como se a conhecesse há muito tempo, mas para mim até agora não foi real. Foi uma sensação! Aquela sensação que temos quando uma pessoa tem muitas afinidades conosco. Parece que queremos justificar que a conhecemos de outras vidas, pois imaginamos não ser possível tamanha afinidade. Por que temos que justificar o grande encontro, aqueles encontros primordiais, com algo transcendente? É uma ilusão. Tenho consciência disso. O que estou querendo dizer a mim mesmo é que a única coisa que tive no momento em que encontrei Sophie em Paris foi isso, essa sensação de afinidade plena. Quero dizer, a doce e linda Manuelle. Sophie era apenas um personagem. Abro a janela do carro, tiro o boné, deixo transparecer o curativo que esconde o absurdo que fizeram em minha cabeça e me sinto livre, como poucas, fugazes e efêmeras vezes nos sentimos na vida.

Chego em casa, pago o táxi e dou mais gorjeta do que devia, tudo por causa da felicidade que sinto. Largo a mala na sala e ligo o som. Sento-me em meu sofá predileto. Não quero que este estado de felicidade se desfaça mais. Quero ligar pra Manuelle neste exato momento, mas acho melhor não. Apesar do impulso de querer falar várias coisas, melhor ligar amanhã. Fico divagando, sentado no sofá, olhando para a janela que dá visão para o lado de fora de casa. É como se não visse nada na exterioridade. Não vejo a árvore que tanto amo na calçada, não vejo as outras casas do outro lado da rua, não vejo se as pessoas passam pra lá e pra cá: só vejo o que perpassa em minha interioridade, minhas recordações. Quero ficar aqui dentro de mim, relembrando os momentos com Manuelle na infância. De repente, uma série de acontecimentos internos começa como num solavanco de imagens que se engatam umas nas outras, a reconstruir meu passado com Manuelle.

Eu era um jovem romântico. Não no sentido bobo da palavra, mas numa definição mais diversa e ampla. Talvez eu queira dizer a mim mesmo que eu sentia e pensava o mundo de forma singular, mais sensível do que racional. As experiências que vivi com Manuelle grudaram como um ímã em meu campo imagético.

Elas ficaram registradas para sempre em meu inconsciente. Dou corda para as sensações que assolam minha mente neste momento. É como se aquelas imagens, que eu vivia na imaginação, tocassem primeiro a superfície de minha pele para depois perpassar todo o meu corpo, chegando por fim ao cérebro. Meu primeiro romance, meu primeiro encontro amoroso, se encaminha nesse viés que agora recordo, depois daquela revelação de Sophie, na verdade de Manuelle, voltando de Paris.

Eu estou perto de uma montanha em um dia de outono. Ao mesmo tempo está frio e ensolarado, um paradoxo do clima que ainda assim acrescenta a umidade elevada do ar. Mas não se sente nem frio nem calor. Eu talvez não sinta frio nem calor porque estou completamente imerso naquela menina quase moça, com ares de moça-menina, magra como um palito, divertida como um palhaço encapetado, tragicômica, avessa a tudo, manhosa como um urso coala recém-nascido. Pequenas representações para falar da doce Manuelle!

Uma atmosfera agradável é registrada pela respiração de nossas narinas. Manuelle não me diz, mas eu posso perceber nela o prazer enquanto corremos por entre arbustos. Escutam-se os barulhos das árvores balançadas ora para um lado, ora para outro, pelas forças invisíveis do vento. Árvores longilíneas e delgadas, quase secas pelo clima da estação, dão a nossa paisagem um brilhantismo especial.

Contemplamos esta paisagem que preenche com um toque divino nossas vistas; e fornece um colorido misterioso e investigador à natureza.

Nós dois, Manuelle e Gabriel, jovens de tudo, queremos entrar nesta mata misteriosa e reservada. Mas decidimos parar de correr e ficar mais um pouco por ali, sentados no alto da montanha, para vislumbrar o que nos circunda. Por que ir embora? Por que não aproveitar mais? Os impulsos pueris de dois pré-adolescentes nos impedem de aproveitar o momento. Acabamos de chegar e já queremos ir embora, mas não devemos ceder logo ao primeiro impulso de nossas vontades. Por isso decidimos ficar ali e curtir o momento e a natureza.

Penetrar na enigmática mata verde que dá forma ao horizonte é uma vontade que pulsa inconscientemente em nossos quereres. Não sabemos por quê, mas nossas vistas apontam para a selva. A vontade de ambos só aumentava quando avistamos um pouco mais adiante da selva a imensidão azul do mar. Mar aberto que finda em pleno oceano. Porém, foram poucos os segundos que podem nos impedir de andar ao encontro daquela mata. Não hesitamos mais. Paramos um pouco para tomar fôlego naqueles poucos momentos que ainda nos restam para começar nossa nova jornada de paixão. Dois jovens que não sabem que estão apaixonados um pelo outro. Só sabem que querem estar juntos.

Como num longo mergulho com que se atravessa a piscina de ponta a ponta, imaginando atravessar duas longínquas margens do oceano, nossos seres se atravessam e se beijam calorosamente. Meu primeiro beijo da vida. O primeiro beijo da vida dela. Os primeiros beijos de nossas vidas.

Enquanto nos beijamos, mesmo com os olhos fechados, vejo dentro de minha mente aquele imenso mar fundido no azul do céu. Duas grandes partes da natureza que se tocam como minha língua que acarinhava a língua dela. Tanto o mar e o céu, como nossas bocas unidas, ambos são divididos pelo tênue fio do horizonte infinito. O mistério do amor juvenil que nos toca.

Abrimos os olhos, e em seguida nossas bocas se desencostam. Nesse instante mágico, percebemos que estamos todos circundados pela mesma fonte de mistério e *frisson*.

Como na natureza em que estamos inseridos no momento de nosso beijo, sabemos que há uma espécie de hierarquia dos desejos dentro de nós e do mistério do que está acontecendo. O primeiro beijo na pessoa ainda desconhecida, ainda estranha, mas tão próxima ao mesmo tempo. Me questiono se esse sentimento um dia seria sentido novamente. É dessa hierarquia que estou falando: em que patamar de valor de meus desejos misteriosos eu posiciono, em meu ranking particular, esse acontecimento especial de que estou me lembrando agora? Quando nos encontramos pela primeira vez em nossas vidas? Hoje aquela experiência tem um valor especial, mas na época não tinha ainda, não sabia o que estava vivendo; era apenas mais um acontecimento dentre tantos outros. Um beijo que nunca mais será igual a este que acabei de dar, mas sim outro beijo, que ainda está no porvir. E diferente, nem melhor nem pior; diferente. Nosso primeiro beijo está integrado com a natureza, com o mar, com o céu, e tudo faz parte da brilhante harmonia da natureza.

Deixo de lado a memória sonhadora e penso nas inúmeras coisas que devo fazer no dia seguinte. Uma delas é ir à ONG de manhã, depois passar no consultório para ver meus pacientes. Olho a agenda para ver quem vou atender. Minha secretária remarcou Victor? Tento ligar, mas ela não atende. Só vou conseguir falar amanhã de manhã, pelo telefone do consultório, o que me deixa irritado. Como eu não tenho o telefone pessoal dela, depois de todos estes anos? Preciso trocar de secretária!

Começo a separar a roupa de trabalho quando, para minha surpresa, encontro três calcinhas femininas. De quem são? E por que a empregada as deixou aqui? Chego a uma terrível conclusão: preciso trocar de secretária e também de empregada!

16

Acordo no meio da madrugada, assustado, pensando que tudo tinha sido um sonho. Não a história de Manuelle, mas a história do terrorismo que aconteceu comigo em Paris. Coloco a mão na cabeça. Dói muito. Vou à frente do espelho do banheiro e tiro o curativo. Ainda está escrita a palavra *freak*. Tiro a camisa e olho, pelo espelho, minhas costas. Ainda está escrita a palavra *crazy*, porém o ferimento já está mais cicatrizado. O sangue que contornava a palavra das costas está virando casca. Logo eu poderei retirá-la, e aquelas letras vão desaparecer de minhas costas. Espero que o mesmo, o mais breve possível, aconteça com as letras estampadas em minha cabeça. Meu cabelo, quero que cresça bem rápido. Preciso ter paciência.

Vou até a cozinha, bebo um copo de leite, como umas bolachas doces. Meu estômago está pesado; sinto-me enjoado. Talvez por causa do pesadelo, começo a me lembrar de Rachel. É um ciclo a recordação dela, não posso me desviar. Quase como se fosse um apêndice trágico que carrego preso ao corpo, no caso, minha memória. Desde Paris venho me lembrando dos acontecimentos, por isso quis reler a carta que Rachel escreveu para Hillary, minha amiga psicanalista. Talvez encontre alguma coisa que possa entender melhor. Apesar de ser difícil reler a carta dela e relembrar os acontecimentos daquele dia, a morte do marido de Rachel, não tenho como não fazer isso agora; é inevitável: meu corpo tenta entender tudo isso. Ou, num processo sádico, quer me fazer sofrer, como num ato de autoboicote, de má-fé, e, assim, só alimentar e reviver o ciclo do processo do sofrimento. Devo atentar para isso também, mas acredito que hoje não é o que está acontecendo. Se for, nunca mais vou ler aquela carta.

Entro no escritório, ligo o computador e abro a pasta onde tenho gravado tudo o que ocorreu com a psicanalista. Ou seja, tudo o que Rachel fez antes daquele dia fatídico do assassinato de seu marido. Ela cancelou a consulta com Hillary, enviou um e-mail pra ela e fez essa ligação igualmente transcrita pela psicanalista Hillary, a fim de esclarecer para mim o que houve. Apesar de extensa e indecifrável, na carta, Rachel joga com as palavras, com os acontecimentos fugidios, e não tem muito a ver com o todo. Decido ler a carta do começo ao fim. Quem sabe posso encontrar a chave de tudo? Começo a ler o documento.

— Alô, Hillary, tudo bem? — diz Rachel.

— Sim, Rachel, tudo bem. E com você? Está atrasada para a sessão de hoje.

— Sim. Não. Calma... Estou calma. Na verdade, não.

— Como assim, Rachel? Por que você está com a voz assim?

— Nada, não. Quer dizer...

— Fale, Rachel! Você sabe que comigo não precisa fazer rodeios. Sinto que você não está bem.

— Hillary, eu não vou à sessão hoje.

— Sim, estou vendo.

— Mas eu gostaria que você lesse um texto que escrevi e que te enviei por e-mail.

— O quê? Você não vai tentar se matar. Pelo amor de Deus, Rachel! Você tem que tirar essa ideia de suicídio da cabeça! Ele não merece isso. E, se você acha que vai tocar o coração dele fazendo essa besteira, está muito enganada. Você está passando por uma fase difícil, só isso.

— Não, não é isso, doutora. Fique calma.

— Eu sempre estive calma, Rachel. Eu me preocupo com você. Quero seu bem.

— Então, como se fosse uma sessão de terapia, como se eu estivesse aí presente, gostaria que a senhora lesse o que eu escrevi. Talvez não tenha nada a ver, mas pus no papel... Através de recordações que tive desse meu amor, que tanto tem me perturbado a alma, agora que não o tenho mais; não sei se serve pra alguma coisa... Mas gostaria de compartilhar com alguém... Já que esse amor não existe a não ser dentro de mim... Carregando esse fantasma pra lá e pra cá... Compartilhar com você, que é minha amiga, minha protetora, é a melhor coisa que posso fazer agora.

— Tudo bem, Rachel, com certeza. Vou ler com o maior carinho. Agora mesmo. Como se você estivesse aqui neste momento, me contando tudo isso que escreveu do fundo de seu coração.

— Obrigada, Hillary.

Hillary me contou que, ao desligar, foi imediatamente até o computador ler o e-mail de Rachel. Afinal, estava com medo de que ela fizesse menção ao suicídio, já que tinha tocado no assunto em várias sessões. Ela abriu o arquivo e leu a carta de sua paciente:

Minha querida e protetora amiga Hillary, seguem abaixo algumas impressões, talvez irrelevantes, sobre mim e sobre Gabriel, o homem que tocou fundo meu coração e não fez o menor caso com meus sentimentos.

Não sei se Gabriel fez o estrago dentro de mim ou se eu mesma estava propensa a esse estrago. Não culpo ninguém, muito menos ao amor, os caminhos misteriosos do amor em nosso coração, mas quero entender, aprender e talvez não passar mais por esse sofrimento da ausência do amor. Ou será que eu o culpo? Ou me culpo por tamanha inocência diante desse crápula?

Talvez um dia eu entenda profundamente o que é essa mola propulsora do mundo. Quem sabe escrevendo o começo de tudo, não deixando de ser nem menos clara, nem menos obscura em relação a toda a minha vivência com ele, deixo para você, minha psicanalista, aquilo que me veio à mente ontem à noite, pensando em Gabriel, em mim, e talvez em minha libertação em relação a esse amor perdido. E nunca compreendido por mim. Me pergunto: por quê?

Serão estas palavras o primeiro passo para minha libertação? Prefiro acreditar que sim. Não é uma carta comum. Não escrevo linearmente, talvez escreva mais parecido com um sonho, com imagens e sensações que foram me tomando durante a catarse que me aconteceu ainda há pouco, e que continua acontecendo. Muito menos espere ler uma carta curta, com um objetivo claro e direto. É uma carta feminina, indireta, obscura, sutil, cheia de detalhes que me fazem chafurdar em minhas próprias vivências do passado, que se misturam sem fronteira com meu presente.

Nesse ponto sinto vontade de parar de ler o e-mail. As recordações são difíceis e tocam tão fundo dentro de meu ser que é assustador. Nunca li esse e-mail até o final. Seria hoje o dia em que iria transcender meus sofrimentos, minhas dores, e ler um e-mail que me foi enviado há quase 10 anos? Não era hora de parar, então, volto resoluto à parte onde parei, em que Rachel continua escrevendo para Hillary:

Por isso, doutora e amiga, espero que me entenda profundamente. Eu não concluo! Sou assimétrica. Não busco respostas! Percorro o caminho que me foi apresentado, e que, eu creio, veio para me dizer alguma coisa mais elevada e que só começo a enxergar agora. Seguem abaixo estas minhas impressões, minha cara amiga Hillary: Alguém está me seguindo. Entro numa loja de lingerie para despistar o homem que me segue. Não quero olhar para trás com medo de que o homem perceba que estou assustada. Penso em fingir que nada está acontecendo. Nesses momentos de desespero eu não consigo pensar muito bem. Apenas ajo. A vendedora me pergunta o que eu desejo. Minha feição estarrecida a intriga, e ela me oferece um copo de água. Não aceito, com medo de que o homem perceba que eu sei que estou sendo seguida. Sinto medo. A vendedora insiste no copo de água, e eu rapidamente pego três sutiãs, todos da mesma cor e em tamanhos diferentes, e digo que quero experimentar. A vendedora indica o provador enquanto olha para suas colegas, que não entendem nada. A loja está vazia, apenas as quatro mulheres, contando comigo. Do lado de fora da loja, o homem permanece me esperando. A loja fica no começo de uma galeria num canto qualquer e enlouquecido da cidade de São Paulo. O homem que está me seguindo percebe que uma das vendedoras está olhando muito pra ele, o que o faz ficar atento. Parece que ele começa a pensar na possibilidade de aquela mulher que ele está seguindo ter avisado as vendedoras. Com isso talvez ele pense em ir embora. Dito e feito: para despistar, ele começa a andar em direção ao interior da galeria, fingindo ser apenas alguém que se interessa pelas vitrines. Ele acende um cigarro. Olha de rabo de olho para a loja onde eu entrei. Com certeza não consegue ver nada. O ângulo de visão não o ajuda a identificar o que está acontecendo. Dentro do provador da loja, eu espio através das cortinas. Não vejo nada. O homem foi embora. Por um momento fico aliviada. A vendedora pergunta se os sutiãs ficaram bons. Sem escutar, rapidamente saio da loja dizendo que volto outra hora. Elas insistem, mas estou decidida. Agradeço num impulso rotineiro e saio. Quando estou do lado de fora, olho para os dois lados para ver se avisto o homem que me seguia. De repente, nossos olhares se encontram. Reajo, inquieta, e ele também. Um misto de espanto e alívio perpassa meu coração. Ao perceber seu olhar, não sinto mais tanto medo. O homem tem uma feição agradável. Provavelmente um executivo de alguma grande empresa, acho. Está muito bem vestido. Uma maleta preta completa o visual dessa pessoa, que não me parece mais tão perigosa. Penso se estou sendo preconceituosa. Quem vê cara não vê coração. Com base nisso, volto a ter medo, afinal ele está me seguindo. Viro para o outro lado e sigo andando. Realmente, numa cidade como esta, não se pode confiar em ninguém. E se ele for um bandido disfarçado? Eles estão em toda parte, tentando nos enganar. Olho para trás. Agora não tenho mais medo de mostrar que estou olhando para ele. O cachorro, percebendo que foi visto por mim, não demonstra nenhum sinal de pudor. Parece que ele quer que eu saiba que está me seguindo. Talvez isso o deixe excitado... Seu olhar denota alguma coisa assim. Ao mesmo tempo, percebo que ele não quer que eu me sinta intimidada. Por isso permanece com o semblante leve. Apesar de eu o comparar a um cachorro bandido e sem escrúpulos que está me seguindo, ele parece saber fazer isso muito bem, pois não estou com vontade de ter um ataque histérico; nem ao menos pensei em chamar a polícia. Conjecturo que talvez ele acredite que, se não tiver nada de mal em seu coração, nada de mal me acontecerá. Ele também parece saber que precisa ser cuidadoso porque, mesmo não querendo fazer nada de mal para mim, está me seguindo. Seria apenas um fetiche? Qualquer coisa poderia acontecer, pois a contingência é imprevisível. Às vezes seu olhar fica perdido e incomodado, talvez ele também não entenda muito bem por que está me seguindo. Talvez algo maior que ele esteja fazendo isso, como o desejo cego que pode estar sentindo por mim. Talvez sinta uma atração muito forte pelas minhas formas. Como um animal segue a fêmea, assim também ele o faz.

E eu posso culpá-lo por isso? Sou uma mulher bonita, com seios grandes e bem desenhados, ancas largas e cintura fina, pernas bem torneadas. Os cabelos loiros repicados no meio das costas dão um toque de mulher fatal. Minhas formas podem ser como um pavão querendo mostrar suas plumas eriçadas, mesmo sem que eu perceba. Assim, ele corre atrás de mim como a água da chuva cai inevitavelmente das nuvens. E eu, tola, achando que estou sendo seguida.

Minha sensibilidade histérica não está me fazendo perceber o processo da vida? Preciso ficar calma. Preciso respirar. É isso! Aquele jovem bem apessoado sentiu-se enfeitiçado ao me ver num dia qualquer. Agora, como um pavão, como um rato atrás de sua rata, como um cachorro atrás da cachorra, ele está enredado nas amarras da vontade, do desejo, tentando seduzir sua fêmea para uma possível cópula.

Não! Estou ficando louca? Como posso supor tudo isso sem ao menos andar em território mais firme? E se for um psicopata, como uma viúva negra, que, logo após copular com seu macho, o mata? Mas neste caso, num processo invertido, ele pode ser a viúva e eu o seu macho. Me matar? Tudo pode acontecer no desconhecido. Não, não posso confiar nele. Como posso ter sentimentos tão controversos? Respondo a mim mesma, doutora: Sou mulher!

17

Depois de ler parte daquela carta que me torturava, tive vontade de sair de casa e espairecer, não pensar em nada mais. Tive a nítida sensação de estar acompanhado por meu passageiro inquietante, o Príncipe da Noite. Pelo menos ele me faz esquecer os tormentos da vida. Apesar de muitas vezes me colocar em situações complicadas das quais eu nem sequer me lembro, noutros momentos, como este, em que me lembro de meu passado de que não gosto, ele me faz esquecer completamente, como um apagador que faz desaparecer as palavras de um quadro.

Entro no carro, ligo o som, escuto uma música alta qualquer, que não consigo identificar. Olho para o banco de trás e vejo um par de sapatos femininos. O que eles estão fazendo ali? Claro, só poderiam ser do Príncipe. Na verdade, de alguma mulher de quem eu não me lembro, e com certeza ela entrará no hall das mulheres que sentem ódio mortal por mim, Gabriel, pelo simples e infeliz fato de o Príncipe não lhes dar a mínima satisfação logo após conquistá-las. Meu drama existencial. Minha eterna tentativa fracassada de corrigir as mazelas fabricadas por mim mesmo, através dessa força da natureza cega que me invade na figura do Príncipe.

Estou bem cansado. Penso em não sair de casa, descansar, já que cheguei de viagem e li aquela carta, que me desgastou, mas sinto que o Príncipe não me deixará livre esta noite. Ele nos força a sair! A luta interminável dentro de mim, este horizonte que divide nossas personalidades. Não posso dizer que o Príncipe seja meu eu, apesar de, às vezes, me identificar com seus pensamentos e ações, de suas intenções fazerem parte de meus impulsos reprimidos, de ele ser aquilo que talvez eu não consiga ser, acredito. Não, não sou eu! Ou não estaria aceitando apenas uma parte tenebrosa de meu ser?

Entra em cena o Príncipe da Noite. No momento em que decido estacionar o carro ao lado do Hyde Park, na Bayswater Road, bem em frente ao The Swan Pub. Entro, me acomodo junto ao balcão e dou uma olhada em volta. Peço uma bebida, enquanto encaro uma mulher que me observou quando entrei. A mulher se aproxima:

— Oi!

Não falo nada. Dou um meio sorriso, como se, apesar de mal termos conversado, o jogo de sedução estivesse ganho.

— Podemos conversar um pouco? — ela pergunta.

— Dez libras se você deixar esta moça bonita sentar. — Dou o dinheiro ao cara que está sentado do meu lado. Ele olha de rabo de olho, com desdém, e mal se mexe. Deixo as 10 libras em cima do balcão à sua frente e chamo o garçom.

— Por favor, sirva mais uma dessa bebida que nosso amigo está bebendo e ponha em minha conta.

Ele pega o dinheiro, espera a bebida chegar, vira o copo de uma só vez e se levanta.

— Nos falamos semana passada sobre uma ala nova no hospital municipal para as crianças. Eu queria ver com o senhor... — ela é tímida, porém decidida.

— Primeiro, não me chame de senhor. Segundo, falamos semana passada?

— Sim, sobre a ala nova no hospital. Você pediu para atender as crianças juntamente com os pais.

— Não estou lembrado.

— Sim, o senhor... Desculpe, você... Então, você pediu para eu ver com a administração do hospital.

— Disse isso, é? Não me lembro...

— Disse, sim.

— Então? Você conseguiu?

— Consegui.

— Ah, que bom! Aquele quartinho não dava pra atender ninguém mesmo. Ah, desculpe. Quando começo a beber não me lembro de nada. Você está de carro? — pergunto com um olhar maroto.

— Não, vim com uma amiga.

— Então fale pra ela que você vai me levar pra casa porque estou bebendo, ok?

Ela fica pensativa e não responde nem sim nem não, mas parece gostar de minha imposição.

— Me deixa ver os seus pés? — pergunto.

— Meus pés? Pra quê? Não!

Deslizo minha mão pela perna dela até a panturrilha.

Puxo sua perna pela panturrilha, coloco-a em cima de minha coxa e retiro seu sapato. Tiro o sapato que estava em minha bolsa e tento colocar em seu pé. Tudo com um leve toque absurdo e cômico. Isso atrai o olhar das pessoas do pub em nossa direção, admiradas com minha inusitada atitude. Quando percebo que o sapato não serve, brinco, sedutor:

— Você não é minha Cinderela. Mas eu me casaria com você.

— Você está sendo ridículo! — ela diz, constrangida, as bochechas levemente vermelhas.

— Não se preocupe, não vamos nos casar.

— Ah, que bom. Porque, pela fama, sei que você não é nada confiável!

— Saiba que quem ataca assim é porque quer comprar...

— Nem comprar nem alugar, querido. Casar muito menos.

— Concordo em gênero, número e grau. Mas podemos fazer algo muito melhor do que isso, e agora!

Ela somente ri, sem dizer nada, enquanto me olha com aqueles olhos de felina arrasadora.

— Bom, não quero mais beber. Me leva pra casa?

Ela não fala nada, nenhuma palavra, enquanto abaixa e calça o sapato. Depois de se arrumar, inclusive os cabelos, se levanta do banco e vai falar com a amiga, que está na mesa conversando com um homem. Enquanto confabulam, a amiga olha para mim disfarçadamente. Logo ela volta e fala:

— Não vai perguntar meu nome?

— Pra quê?

— Seria lisonjeiro de sua parte.

— Evelyn. Vinte anos, trabalha como enfermeira do hospital municipal, onde eu faço serviço voluntário de assistência psicológica a crianças.

— Hum... Pensei que não soubesse meu nome.

— Já falou com sua amiga que você vai dirigir o carro pra mim porque estou bêbado?

— Tudo resolvido. Vamos?

— Só se for agora. — Pego em sua cintura, acompanhando-a. Antes de irmos para o estacionamento, falo que quero dar uma volta no Hyde Park. Paramos embaixo de uma árvore lindíssima. O sol está se pondo.

— Pare aqui. Só um pouquinho.

— Mas está deserto! Eu gosto de lugares mais agitados.

— Vamos sentar aqui embaixo desta árvore. Vem!

Ela senta em meu colo, olhando para mim de baixo pra cima.

— Essa pose é como a da Pietà. — digo, olhando no fundo de seus olhos. — A posição de mãe e filho, Jesus e Maria, logo após a crucificação dele. Apesar de ser uma posição sagrada e eu relembrá-la neste momento, olhando pra você assim me deu uma vontade de... — Me aproximo de sua boca e a beijo vagarosa.

— A grande diferença é que eles não se beijam — ela completa.

Ela dirige meu carro até minha casa, onde nos beijamos e abraçamos ininterruptamente. Levanto-a em meu colo, sem querer bato suas costas numa cômoda, quase a derrubo. Começo a tirar sua roupa, ela tira minha camisa, levo-a para meu quarto e a acomodo em minha cama. Ela sai de meus braços, sem blusa.

— Preciso ir ao banheiro.

— Tudo bem. — Dou um tapinha de leve em sua bunda. Ela entra no banheiro e tranca a porta. Digo que fique à vontade enquanto a espero deitado na cama. Evelyn liga para sua amiga Jessica:

— Jessica, amiga, estou aqui com ele.

— Com quem, Evelyn?

— Com ele... Não posso falar alto porque estou no banheiro do quarto dele. Entendeu?

— Ai, amiga... Você está com o Gabriel?

— Sim! E estou confusa, Jessica. Como pude me entregar tão facilmente pro Gabriel? Todo esse tempo trabalhando junto e ele nunca deu atenção pra mim! E hoje, do nada, tudo isso? Preciso de sua ajuda, amiga, sei que você vai saber o que eu devo fazer.

— Ai, meu Deus, não acredito! Como você foi fazer isso? Todo este tempo ele nunca deu bola pra você!

— Eu sei, eu sei. Mas já ficamos, agora ele está lá deitado sem camisa na cama dele, me esperando. Mas trabalhamos juntos, melhor não fazer nada, não é?

— Bom, agora não é hora de pensar. Se joga, amiga!

— Jessica, e se ele me ignorar depois no trabalho? Ou achar que eu sou uma qualquer só porque dormi na primeira noite com ele?

— Em que século você vive, Evelyn? Só se ele for um babaca! E aí ele não merece você!

— Ele *é* um babaca!

— Ahhh!

— Mas foi tão romântico...

— Então aproveita, sua boba!

Enquanto a espero deitado na cama, fico pensativo. Na verdade, quero saber o que ela está fazendo no banheiro, se está se maquiando, arrumando o cabelo, essas coisas que as mulheres fazem para ficar mais bonitas ainda. Como ela está demorando, decido sair para pegar no carro a bolsa com os sapatos femininos.

— Já volto, baby!

— Tudo bem! Estarei pronta num segundo.

Vou até a garagem e pego minha bolsa no banco de trás do carro. Entro e subo a escada direto para o sótão. Abro o armário e guardo o par de sapatos. Antes de fechar as portas, dou uma última olhada em todos os sapatos femininos da estante. Regozijo-me com minha coleção. Dou uma respirada profunda, satisfeito, e fecho a porta do armário. Volto correndo para o quarto, acreditando que ela já deve estar me esperando.

Quando chego ao quarto, percebo que ela ainda não saiu do banheiro. Aviso que já cheguei e que estou à sua espera. Ela diz que já está vindo, mas ainda demora. Fico pensando se está com medo, se quer ir embora ou se isso é normal para ela. Começo a visualizá-la em minha mente, ela se olhando na frente do espelho do banheiro, respirando fundo, dizendo "Vamos, Evelyn, você consegue! Na primeira vez não pode ser tão difícil assim, todas as suas amigas já fizeram isso! Até sua sobrinha de 16 anos! Não faça feio! Seja mulher!". Como sou ridículo. Na verdade ela deve estar apenas receosa, retocando o batom, a maquiagem. Enfim, coisas de mulher.

Surpreendo-me quando ela sai do banheiro só de lingerie, com uma venda preta nos olhos, parando na porta aberta, que deixa transparecer seu contorno feminino pela projeção da luz acesa. Ela diz:

— Sou toda sua. Quer me dominar? Então vem cá me seduzir, vem...

Ela faz leves movimentos recostada na porta, levanta o queixo, mexe nos cabelos, empina levemente o quadril.

— Vem...

Ela fica desanimada e envergonhada porque eu não falo nada, só fico olhando.

— Não gostou? Ah, eu faço tudo errado mesmo.

Ela decide tirar a venda, inconformada com o fiasco que acabou de aprontar, quando eu corro para o lado dela, impedindo-a que tire a venda. Agarro-a por trás e dou um beijo em sua boca, quando percebo que ela bebeu alguma coisa, provavelmente uísque. Para ter coragem? Estava com medo de dormir comigo? Precisava beber? Mas também para quê pular de um extremo ao outro? Estava com medo e fez essa cena íntima? Uma cena dessas só se faz depois de muita intimidade, não? Quando não se tem pudor, quando não se tem mais medo diante do parceiro. Ela foi corajosa ou só está bêbada? Por estar bêbada, perdeu o superego? Se for isso também é interessante, porque é bom observar como nos boicotamos, nos restringimos, nos armamos diante da vida e muitas vezes queremos apenas ser felizes, por mais bobos que possamos parecer. Ela diz, com a voz baixa e tímida:

— Fui muito ridícula?

— Ridícula? Tudo menos isso. Está linda!

Ela mesma volta a colocar, sensualmente, a venda nos olhos. Começamos a nos beijar.

18

Acordo no meio da noite com Evelyn se arrumando para ir embora. Ela faz uma barulheira enquanto procura sua roupa. Anda para lá e para cá. Vai até o banheiro e volta. Procura a roupa nos mesmos lugares repetidamente: embaixo da cama, em cima da cômoda, embaixo do lençol, sem parar. Peço para ela ficar e dormir o resto da noite comigo. Ela diz que não; precisa voltar para a casa dela porque tem um monte de coisas para pegar antes de ir para o Hospital St. Mary. Digo que eu posso levá-la. Afinal, amanhã cedo é dia de eu ir para o hospital também. Vou para meu consultório só depois do almoço. No entanto, ela é reticente. Peço para ela acender a luz, em vez de ficar tropeçando nas coisas sem achar nada. Ela diz que a luz do celular é boa, não precisa. Não sei se ela se recusa a acender a luz para não me incomodar ou para eu não ver seu corpo nu na claridade. De qualquer maneira, aquela luz fraca do celular, que ora reluz em seu corpo, favorecendo seus contornos femininos, ora não reluz nada, deixando um breu total, favorece muito a situação, que começa a me agradar. Antes eu queria dormir como uma pedra; depois, com ela andando para lá e para cá procurando a calcinha, o sutiã, sua roupa toda, e resmungando com aquela voz fininha, começo a me animar, a ver como é bonita. Queria que ela voltasse para a cama, ficasse dormindo lado a lado, dormindo de conchinha, como se diz, até o dia raiar. Finalmente ela acha a calcinha, em cima do abajur ao lado da poltrona. Ela me pergunta como foi parar ali; respondo que a louca era ela. Ela começa a rir, parece consentir, quando começa a agradecer a Deus, falando que aquela calcinha era de uma marca caríssima, que era de estimação. Acho estranho ela agradecer a Deus por ter achado uma calcinha, mas, se essa for a religião dela, não discutirei. Não vou confrontar sua religiosidade. Pelo menos não agora. Resolvo perguntar sobre a segunda parte: "Como assim calcinha de estimação?". Ela diz que comprou em um dia muito importante de sua vida, mas que não gostaria de falar sobre isso agora. Respondo que tudo bem, não está mais aqui quem perguntou. Logo em seguida ela diz que foi a primeira vez que a usou, por isso era mais especial ainda. O romantismo se instala. Peço para ela deixar a calcinha comigo, me dar de presente. Ela me olha com a feição neutra, sem dizer nada. Veste a roupa, vai ao banheiro, dá os últimos retoques, fica mais bonita ainda. Aproxima-se de mim com aquela voz doce, me dá um beijo suave, me deseja bons sonhos e vai embora. Olho até ela sair, quando não a vejo mais. Viro para o lado, coloco em minhas narinas o travesseiro do lado dela, que ainda tem seu cheiro delicado, e durmo.

Acordo com o despertador. São 7h. Sinto cheiro de mulher. Não entendo: Que cheiro é esse? Será que o Príncipe da Noite atacou de novo? Levanto-me rapidamente, começo a me arrumar. Tomo um suco de laranja. Pego todas as minhas coisas. Entro no carro e vou até o Hospital St. Mary. Encaminho-me para a sala onde ficam as crianças. Elas estão num alvoroço completo, entusiasmadas, ensaiando uma peça de teatro. Estão lendo um texto francês, *Cyrano de Bergerac*, de que gosto muito.

Aquelas crianças despertam dentro de mim algo tão profundo e sensível que ainda não sei explicar. Só sei que é por isso que faço questão de continuar com o trabalho voluntário. Essa é a grande questão: sair do sistema capitalista e mesmo assim se sentir útil. Vivemos numa sociedade que valoriza apenas aquilo que é útil no sentido do capital. Utilitarismo exacerbado e esquizoide. Se saímos desse viés, que dita todas as regras, não somos mais nada. Pelo menos o próprio sistema faz a maioria de nós crer nessa conduta sanguinária e competitiva. Homens inteligentes, dizem, são aqueles que constroem riquezas, mas a inteligência nada tem a ver com tamanho equívoco. Pessoas sábias são aquelas que agem sem divagar demais, são as que assumem a liderança no mercado e, novamente, ganham fortunas; se não constroem impérios, conquistam seu lugar ao sol. Mas a sabedoria não tem a ver apenas com as habilidades e técnicas para transitar vitoriosamente no mundo dos negócios. A sabedoria é uma parte do conhecimento que temos de adquirir em nossa longa jornada existencial, apenas uma fatia do bolo. Meu medo é que o mundo cada vez mais reduza a sabedoria a essas habilidades do mercado. E mais e mais, até esquecermos o real significado de nossas existências. Se eu pensasse logicamente em quantos pacientes precisaria analisar para trocar de carro todo ano, para comprar a roupa da moda, comer nos melhores restaurantes da cidade e uma infinidade de compras fastidiosas e muitas vezes sem necessidade que este mundo nos impõe, estaria fadado à mumificação de meu próprio ser. Esse reducionismo eu critico. Não concordo. A tendência é nos reduzirmos a meros alimentadores do capital, como se a máquina fosse o sujeito e nós, apenas objetos subjugados pela fome insaciável do dinheiro. Onde está nosso coração, nossa veia pulsante, o ar que respiramos? Por acaso estão deslocados de nossos corpos e se encontram nas vias econômicas dos cartões de crédito, dos bancos, dos shoppings? Um novo balanço sutil de equilíbrio precisa ser pensado constantemente por nós mesmos, pois a força que nos consome é imperceptível e, muitas vezes, autoritária e unilateral.

Por isso, observando estas crianças carentes com leucemia, fico emocionado. Nelas encontro minha fonte de vida, aquilo que abastece meu espírito, aquilo que me faz olhar o mundo livre daquele mercado sobre o qual estava pensando há pouco. Nesse momento a professora tenta colocar ordem no lugar. O ensaio é caótico: todos querem dizer suas falas, todos querem brincar de representar. De uma hora pra outra se faz um silêncio, todos prestam atenção a um menino que começa a representar. Ele vai em direção a uma menina e lhe concede uma flor. Ele começa a recitar o texto. Os coleguinhas estão muito atentos. Ao ver a cena, começo a lembrar de meu passado.

O menino de uma hora pra outra dá um pulo, sobe em cima de uma cadeira, e a atenção de todos volta-se para ele, que tão docemente representa o protagonista. Ele usa massinha para improvisar um nariz pontiagudo. Fica engraçado, porque a massinha é vermelha. Quando ele começa a declamar seu amor incondicional por ela, volto meu pensamento para dentro de meu passado. Recordo-me de quando era pequeno e fiz uma peça que também tinha o amor como tema, mas não lembro qual era o texto. Na verdade, era uma peça qualquer, não um clássico como *Cyrano*. Um dia, ao ensaiar o texto com a menina que era minha parceira romântica, e que era mesmo muito espevitada, tentei dar um beijo nela, depois do fim do solilóquio amoroso. Fechei os olhos, aproximei-me dela e fiquei esperando ela retribuir meu beijo. Nada aconteceu. Quando abri os olhos, recebi um tapa. Todos começaram a rir. Hoje a lembrança é engraçada e bonitinha. Observar a crueldade escondida nas condutas infantis, apesar de ficarmos fascinados pela beleza, pelo lado puro e imaturo delas, é no mínimo instigante. Mas na época foi muito difícil. Então, voltando para as crianças do hospital, sei muito bem o que elas estão vivenciando. Não, acho que não, estas crianças têm uma variável que eu nunca vivenciei: a leucemia. Isso faz com que sejam diferentes de todas as outras crianças do mundo. Não demonstram autopiedade nem são lamurientas, estão bem longe disso. Não reclamam da vida, como muitas pessoas do alto de seus castelos de ouro. São especiais pelo simples fato de estarem ligadas por algo autêntico que pulsa em seus corações. Algo que preciso aprender cada vez mais.

Olhando aquele menino, com aquela inocência toda, fico novamente angustiado e emocionado. Saio da sala e ando no corredor de um lado para outro. Estou irritado. Tenho vontade de chutar o balde de lixo. Contenho-me e sento numa cadeira do corredor. Depois de um tempo reflexivo e emocionado, sinto uma mão sobre meus ombros, olho para o lado e vejo a professora que coordenava as crianças.

— Aconteceu alguma coisa? — ela me pergunta suavemente.

— Não, não, caiu um cisco em meu olho... Ah, que absurdo, que clichê! Um cisco? — falo, enquanto percebo a tolice em tentar esconder o que estou sentindo. Nós dois rimos com a situação.

— Judith, você sabe que toda vez que eu venho aqui fico emocionado.

— Claro, Gabriel, é normal. Posso te ajudar de alguma maneira?

— Não, não, tudo bem. Acho realmente que isso é bom. Me fortifica, entende?

— Acredito que sim.

— Mas às vezes me sinto culpado por não poder fazer mais do que isso, de extrair por completo a dor terminal delas, entende?

— Você não tem que pensar dessa maneira, que somente você é responsável pela felicidade dessas crianças...

— Não acredito que eu faça parte da felicidade dessas crianças. A felicidade está dentro delas.

— Será? Será que só está dentro delas?

Olhamos para as crianças dentro da sala. Não estão mais ensaiando e só fazem travessuras. Começam a rir novamente.

— Viu? Não falei que essa bagunça toda era culpa sua, Judith?

— Ah, agora eu que sou culpada disso, senhor Gabriel? — ela diz em tom leve, enquanto seca minhas lágrimas.

— Brincadeiras à parte, adorei o texto que você escolheu pra ensaiar com eles.

— Ah, é? Bom, pelo menos uma coisa boa!

— Fez lembrar minha infância. Obrigado. Vou deixar você ensaiando mais um pouco, depois volto para falar com elas, tudo bem? Preciso me recompor.

Neste momento, deixo-a entrar na sala e olho para as crianças pulando de alegria. Decido me encaminhar para o banheiro. Recomponho-me, lavo o rosto. Quero tomar um café. Ao fazer o pedido na cafeteria, vejo chegando uma médica ou enfermeira. Ela se aproxima de mim com um sorriso contrapondo sua seriedade. Sua beleza é evidente, apesar de ocultada pelo uniforme branco. Ela se aproxima do caixa, pede um café e fica a meu lado, esperando. Não fala nada, mas me olha com um olhar doce e reconfortante. Parece me conhecer, mas, infelizmente, não sei quem é. Queria chamá-la pelo nome antes de iniciar uma conversa. Tento olhar para seu crachá de identificação. Não dá pra ver o nome. O café dela chega junto com um prato com doce de leite. Como só venho uma vez por semana ao Hospital St. Mary, não conheço todo mundo que trabalha aqui. Em hospital existem muitos turnos de médicos, enfermeiros. De uma hora pra outra ela se mexe e consigo ver seu nome: Evelyn, enfermeira. Ela me percebe lendo seu crachá e parece achar esquisito. Decido falar alguma coisa para quebrar o gelo:

— Prazer, Evelyn. Meu nome é Gabriel.

Estendo as mãos pra cumprimentá-la. Ela ia tomar seu café quando suspende o movimento do braço no meio do caminho e fica me olhando assustada. Não entendo por que ela reagiu daquela maneira; tento falar mais alguma coisa, mas ela me dá as costas e sai, sumindo de meu campo de visão. Fico intrigado. Perplexo. Será que o Príncipe da Noite fez alguma coisa de que agora eu não me lembro? Será que eu já conheço essa moça, apesar de ter a sensação de nunca tê-la visto? Será que eu já conhecia Evelyn?

19

Depois que aquela enfermeira chamada Evelyn saiu abruptamente e irritada logo após eu me apresentar, recebo uma ligação que me deixa apavorado. Desde que cheguei aqui na Inglaterra, há mais de 10 anos, conheci muitas pessoas, muitas famílias, e sou grato a elas por minha inclusão social. Fui recebido em um país novo, uma cultura nova, como se fizesse parte desta nação desde meu nascimento. Uma dessas pessoas fundamentais se chama Chloé. Ela pertence a uma família tradicional da burguesia londrina. Rica desde a infância. Muito inteligente, estudou nos principais colégios. Faz mestrado em Sociologia. Estuda teatro como hobby. Tem 27 anos e um amor platônico por mim. Posso dizer que sinto o mesmo por ela, o que torna o conceito uma incongruência e um paradoxo, já que somente uma das partes deveria ser o objeto abnegado e intocável. Apesar do paradoxo, é o que vivemos diante da situação dramática que se apresenta diante de nós.

O que nos impede de nos relacionarmos talvez seja um processo de culpa de minha parte, porque sei que o Príncipe da Noite pode machucá-la profundamente. Então, quando gosto de alguma mulher como gosto de Chloé e posso escolher não machucá-la, me distancio. Mas isso só é possível quando tenho algum poder diante do Príncipe da Noite e, assim, posso escolher tal atitude. Sim, escolher. Porque o Príncipe sempre interfere em meus casos amorosos, sempre impede que eu me relacione com elas, porque apronta coisas que as desapontam, e, muitas vezes, eu nem sei o que ele fez. Em outras situações, eu sei o que ele fez e sofro muito, pois vejo um amor, um possível casamento, uma possível companheira se distanciar como se eu caísse no abismo. Essa é uma de minhas piores dores. Presenciar os estragos do Príncipe da Noite não somente em mim, mas também no coração da mulher com quem quero me relacionar. Então, para o Príncipe não machucar Chloé, me distancio dela, apesar de amá-la. O engraçado é que o Príncipe da Noite nunca quis mexer com Chloé, nunca a trapaceou, nunca a enganou. Parece que todas as vezes que estive na presença de Chloé algo sagrado se deu entre nós dois, o que distanciava o Príncipe.

Talvez seja por causa disso que ele não interfere em minha relação com Chloé. Ou talvez seja pura sorte. Às vezes, quando passávamos o dia inteiro juntos, eu ficava pensando que o Príncipe iria aparecer a qualquer momento, mas nunca aconteceu. Embora ele não interfira, tenho medo, e não me entrego a ela com receio que o Príncipe apareça e ponha tudo a perder. Talvez seja justamente essa minha retidão diante de Chloé que anule os movimentos do Príncipe.

Sinto que Chloé me ama de verdade, mas não consegue se entregar, envergonhada pelos seus surtos, que acontecem esporadicamente. Assim, vivemos este paradoxo amoroso, que defino como um duplo amor platônico, se é que isso é possível. Chloé, apesar de todas as suas qualidades, tinha alguns surtos de tempos em tempos, o que a fazia se distanciar de mim, por mais que quisesse se aproximar. Ficávamos juntos durante uma semana, daí ela sumia por um mês, com medo e vergonha de seus surtos. Ela preferia que eu não soubesse. O que ela não sabia é que sua família, em especial sua mãe, que sente enorme carinho por mim, sempre me contava o que estava acontecendo com Chloé. Eu pedia para sua mãe me informar. Eu verdadeiramente me importava com ela. Por isso a secretária ligou para me contar sobre o paradeiro de Chloé, o xodó da família, por saber que tenho o mesmo cuidado com ela, muito carinho, admiração.

Mas como ficar com alguém que está surtando? Vivemos tempos difíceis. A mãe de santo do amigo de um amigo lá do Brasil disse que este é o ano do grande surto. No primeiro momento achei que isso era bem relativo. Ou seja, o surto nunca deixou de existir. Posso até explicar melhor.

Desde o início dos tempos, mesmo antes de Jesus Cristo, os surtos aconteciam. O filósofo Sócrates foi condenado por proclamar esse conhecimento em praça pública, e isso quer dizer exatamente a dicotomia de um surto ocultado na conduta da lei. Ele era um pária social; as leis comprovaram isso. Falsas leis! Não tendo mais nenhuma opção para conviver em sociedade, Sócrates nos deixou um discurso brilhante em que descreve aquele momento que estava vivendo: seu destemor diante da morte, que seria apenas uma passagem, sua indignação diante da bestialidade das leis humanas, que prevalece, em suma, na corrupção da verdade de nossa natureza, cada vez mais deixada de lado, sofrendo com a pressão dos tempos incorrigíveis da humanidade e da série infindável de corrupções das condutas do homem. Concluo que encontramos no fenômeno do surto uma válvula de escape, que se manifesta enquanto ato último, uma salvação cega da tragédia humana.

Estão aí as guerras, no plano social, comprovando isso no setor coletivo. No plano privado, os surtos psicológicos se manifestam nas individualidades que, sob pressão e sem cuidar de sua natureza, eclodem numa microguerra interna, afetando não somente a si mesmas, mas também os outros que as cercam, que as amam ou não, e que, na verdade, muitas vezes não têm nada a ver com o fato. A questão é que devemos conviver com essas erupções, que não dizem muito quando estão prestes a disparar seu golpe aterrador.

O que estou querendo dizer é que a vida em um de seus inúmeros mistérios destrói dentro de mim a possibilidade de resolver uma questão interna. Esta manhã, há exatamente uma hora, recebo a ligação da secretária da família de Chloé me dizendo que preciso correr para o Royal London Hospital porque ela está muito mal, dando entrada no pronto-socorro com a pressão altíssima. Corro para lá, preocupado.

Sento-me a seu lado na sala de espera do médico. Olho para Chloé, que, embora tenha melhorado, está bem abatida, os olhos meio perdidos, falando pouco e dizendo frases sem nexo, bem diferente da jovem falante de sempre. Os olhos azuis, que reluzem como dois focos translúcidos do céu de um dia ensolarado, estão parados, sem olhar para mim. Ela só estende sua mão, segurando a minha. Sinto seu calor e me recordo dos momentos felizes que passamos juntos — não foram muitos, pelos motivos que já mencionei. Na verdade nossas afinidades eram como um asteroide que, atraído por um planeta que possui um centro de gravidade muito mais alto, deixa-o circundando sua órbita incansavelmente. No caso, ela é o planeta, eu apenas um asteroide que vagueia pela imensidão do vácuo do universo.

Apesar de o Príncipe não me influenciar a respeito de Chloé, pelo menos não aparentemente, o grande problema de minha vida continua sendo ele, o senhor da Vontade, o Príncipe da Noite. Quando ele aparece, tudo fica mais misterioso, como a mecânica quântica. Ele me teletransporta, como os pósitrons que somem da órbita no núcleo do átomo por instantes infinitesimais, retornando num átimo de segundo. Se esse fenômeno não acontecesse, o fenômeno do implacável Príncipe da Noite, com certeza eu me casaria com Chloé, a mulher ideal para mim: meiga, profunda e divertida, além de bonita e dona de apurado gosto estético e do prazer de bem viver.

Somos chamados por uma atendente. Antes mesmo de dizerem seu sobrenome, eu me levanto para ajudá-la, e, claro, meus pensamentos cessam e eu me concentro na ação, acompanhando os primeiros testes para saber o que está acontecendo. Passamos então para uma pequena sala, e o médico se levanta para nos cumprimentar. Sentamos, e os procedimentos começam. Medem sua pressão novamente. 26 por 19: alto risco e perigo de morte. O médico percebe que ela diz frases sem nexo ou conta que sente uma forte dor de cabeça por causa dos óculos novos. Ele pede que ela se sente na cama de exame. Balbuciando, ela pergunta se deve ir agora. Quando ele responde que sim, ela fica parada e não se levanta. Fico intrigado. Mais uma vez o médico pede para ela se sentar na cama de exame. Ela novamente responde que sim e fica olhando para ele. Com os cantos dos olhos, ele olha para mim, confidenciando alguma coisa. Com gentileza e preocupação, a levamos até a cama. Chloé continua dizendo que não entende por que sua amiga a trouxe ao hospital, já que não tem nada, e que deveria ir ao oculista. O médico, acostumado aos problemas do pronto atendimento, garante que depois de ela sair do hospital poderá ir ao oculista trocar de óculos; mas no momento eles deveriam terminar os procedimentos e exames.

Ela fica irritada e começa um discurso emocionado, fala que odeia hospital, que tem trauma de hospital porque perdeu seu irmão há 10 anos por causa de uma infecção hospitalar e que nenhum médico descobriu exatamente o que ele tinha. O médico a interrompe, chamando-a pelo nome e pedindo para colocar a mão dela em seu dedo, logo à frente da cabeça de Chloé. Ela pergunta se é para fazer isso agora. Ele diz que sim, e isso torna a cena muito mais estranha. O que ela teria? Será que a pressão alta provocou um AVC e ela poderia ficar com alguma sequela grave?

Aquela Chloé que eu conheço teria, numa fração abissal, a chance de ser sugada por esse mistério que existe entre a vida e a morte? Sendo a morte sua razão última, a doença e a sequela ou a mais desejada possibilidade, a vida sã, como retorno privilegiado de Chloé, concedido por algum Deus enternecido por esses olhos azuis? Qual dessas três possibilidades restará para a vida de Chloé daqui em diante? A morte, a sequela ou a vida sã? Penso nisso tudo enquanto o médico pede para ela colocar a mão esquerda em seu próprio olho direito, continuando os testes neurológicos. Muito devagar, ela atende ao pedido. Deve estar pensando qual seria sua mão esquerda e seu olho direito; coloca a mão não exatamente no olho direito, mas logo acima, quase na testa. Os testes prosseguem até que o médico pede pra ela voltar a se sentar na cadeira. De novo ela pergunta se deve ir naquele momento e continua sentada na cama, sem se mover. Com certeza Chloé tem algo muito grave. O médico me olha e diz que vai prosseguir com uma série de exames. Pede que eu a acompanhe.

Uma enfermeira meio gordinha colhe o sangue de Chloé, que parece estar mais corada, mas volta a reclamar dos óculos e a dizer que não entende por que está no hospital: precisa tomar remédio para dor de cabeça e só. Briga comigo, me responsabilizando por ficar presa aos procedimentos burocráticos do hospital. Compara o hospital aos centros nazistas de opressão, às prisões e instituições de ensino. Posso entender até o ponto em que ela compara o hospital a um centro de aprisionamento como no nazismo, mas não pude concordar com o que ela falava sobre a instituição de ensino. Seria parte de um delírio? Escuto-a sem dizer nada; acho que no momento não adianta retrucar. Ela parece fora do normal, falando sem pensar.

De repente ela para de falar. Distancio-me um pouco para atender o celular. Antes mesmo de atender, penso que pode ser a secretária de meu consultório. Tive que adiar todos os pacientes de hoje para socorrer Chloé. Na verdade, já estava quase no final do dia, mas foram três consultas canceladas que eu devo repor sem cobrar em outro momento. Para minha surpresa, é alguém que eu não podia imaginar.

Atendo o telefone surpreso e entusiasmado. Sophie, aliás, Manuelle, está me ligando novamente. O que ela quer? Será que já esqueceu o que eu fiz com ela em Paris? Ela começa a falar de modo sedutor, com aquela voz que toca meu coração. O coração que não tenho e que é guardado a sete chaves pelo audaz Príncipe da Noite. Sem dar muita importância à lógica de nossa conversa e mais pelo que subjaz nas entrelinhas dos sons sedutores de sua voz, sons que saem de sua boca ainda mais privilegiada pelos traços encantadores da mãe natureza, começo a entender que o que ela quer é justamente me enfeitiçar, sabe-se lá para quê, como a aranha que tece a teia pensando em sua presa mortal.

Não tenho escapatória: sempre fui seduzido por ela. Se não fosse o Príncipe da Noite em minha vida, talvez eu nunca tivesse saído daquela cidade pequena onde vivia no Brasil para vir morar em Londres. Se não fosse o Príncipe, as coisas tomariam rumo oposto. E não tenho a menor desconfiança de como minha vida seria, se melhor ou pior. A verdade é que, se o Príncipe não tivesse surgido já em minha adolescência precoce, e se eu não fosse arrebatado por essa esquizofrenia delirante que não me deixa ser uma pessoa normal, provavelmente eu seria um pai de família. Talvez o primeiro filho eu teria com essa mulher com quem converso pelo celular. O único motivo de ter me separado de Manuelle e não ser arrebatado por sua sedução foi o Príncipe da Noite. O problema é que eu não queria ter saído de cena, queria ter ficado com ela. Como não sentir prazer com uma pessoa como essa? No entanto, o Príncipe castra minha felicidade mais duradoura, só me deixando vislumbres momentâneos de prazer. Para minha felicidade, Manuelle ainda quer falar comigo, mesmo depois de eu tê-la machucado no final de semana em Paris. Será que ela só quer conversar sobre o programa da rádio? A possibilidade de nosso relacionamento nunca mais ter chance de existir é fato consumado, por força de minha estupidez em Paris.

Enquanto converso com Sophie, aliás, Manuelle, a enfermeira avisa que devo chamar Chloé e ir com ela até a sala de ressonância magnética. Não entendo nada, pois achava que Chloé estava com a enfermeira e não a vi sair dali. Talvez tenha me distraído com o telefonema e ela foi ao banheiro. Digo para Manuelle me ligar daqui a pouco, pois estou no hospital, ou melhor, que retorno a ligação logo em seguida. Manuelle me pede para eu não me esquecer de ligar, pois tem uma surpresa para mim. Nos despedimos rapidamente, enquanto eu me encaminho para o banheiro mais próximo a fim de esperar Chloé. No corredor à direta encontro um banheiro, espero alguns minutos, até que decido pedir a uma enfermeira que passa para entrar no banheiro e ver Chloé. Ela entra e sai, dizendo que não há ninguém no banheiro. Começo uma busca desesperada até perceber que Chloé sumiu diante de meus olhos.

20

Procuro Chloé em todos os corredores, quartos e banheiros do hospital. Meu coração toma outro ritmo, acelerado, minha respiração acompanha a musicalidade tensa. Não acredito que isso está acontecendo. Como é possível Chloé sumir de um lugar que teoricamente deveria ser o melhor para ela agora? Seria o hospital apenas um sistema burocrático que funcionava em favor do bem econômico e menos para o bem do paciente? Chloé estava certa, e essa foi sua maneira de me comprovar o que disse, pois ninguém se mostrou nem um pouco incomodado com o sumiço dela; aliás, nem sequer perceberam a falta dela! Claro que eu não poderia pensar essas coisas; são apenas fruto de meu sentimento de raiva, que precisa e quer culpar alguém que não eu mesmo.

A questão é: eu devo me responsabilizar por essa situação? Apenas eu? Não deveria o hospital ser também responsável? Esses pensamentos não vêm com clareza, mas como lampejos de consciência. Percebo que deveria parar de pensar na responsabilidade pelo sumiço de Chloé e fazer alguma coisa prática. Paro de divagar; não é o melhor a fazer neste momento. Concentro-me na procura da fugitiva. Após uma hora de buscas, saio do hospital pelo mesmo caminho por onde entrei, e pergunto ao manobrista do estacionamento se alguém como Chloé passou por lá. Ele responde que sim; ela saiu dirigindo seu próprio carro há mais de uma hora. Fico pasmo com a resposta e descubro que ela fugiu do hospital enquanto eu me distraí. Não tenho mais o que fazer. Ligo para a secretária da família e conto o que aconteceu. Ela fica igualmente perplexa. Falo que tentei ligar para o celular dela e que ela não atendeu. Com nada mais a fazer, podemos apenas esperar.

Assim que desligo o telefone, recebo uma mensagem de Manuelle, dizendo que quer me ver para falar do programa. Essa era a surpresa. Estou a ponto de ligar, mas sinto uma culpa imensa. Acho que devo ir direto para a casa de Chloé e esperar por ela.

Quando começo a falar com Sophie-Manuelle, relembrando todos os momentos mágicos que vivemos no final de semana em Paris, sua voz começa a me tocar novamente. Olho para cima. Entre dois prédios se revela a lua amarelada e reluzente. Começo a sentir certa inquietação: a presença do Príncipe da Noite se anuncia. Ele está se aproximando. Não! Ele não pode surgir agora. Não agora. Vou começar a perder a consciência de mim mesmo. Ele precisa me deixar livre. Se ao menos pudesse implorar, eu o faria, mas sei que de nada adiantaria; só conto com a sorte para que ele não apareça. Não posso ceder neste momento. Com certeza ele irá atrás de Manuelle, justo agora, quando devo ajudar Chloé. O que ela vai pensar de mim quando souber que eu não fiz nada, nem a procurei? E se souber que a deixei no hospital e fui me encontrar com uma mulher? Vai imaginar que sou um crápula. Na verdade eu fui um crápula, pois a deixei presa no hospital quando ela avisou que queria fugir por causa do trauma da perda do irmão no hospital, e eu ainda assim não fiz nada. Chloé deve esperar de minha parte, no mínimo, que eu aguarde notícias em sua casa. Deve imaginar, romanticamente, que eu faria isso. Como não o fiz antes, seria uma forma de me redimir. Digo que ficaria feliz em agir dessa maneira; me tiraria um peso, a culpa que está no porvir; e, repito, não seria grande dificuldade para meu ser, se fosse eu... Mas não posso responder pelo Príncipe da Noite. Ele não me deixará escolhas. E Chloé nunca vai saber que não estive em sua casa.

Por fim, novamente estarei fadado a um ato falho. Como se a história seguisse seu próprio fluxo de causalidades. Eu sou meu próprio ato falho. Como pode ser possível? O ato falho que reside no interstício de meu ser, no mistério, é o demônio que alimenta o Príncipe da Noite. Não é algo que está na condenação de uma situação externa a mim: é uma coisa interna; talvez seja muito pior, parece que está encalacrado dentro de uma fagulha invisível de minha consciência, e que domina as ações que perfazem o mundo exterior, atingindo a pobre da Chloé, que só deveria receber carinho e cuidado. Aliás, de mim ela deveria receber cuidados redobrados, pois não está nada bem; até que saibamos o que realmente teve, não poderemos parar de nos preocupar. Já estou falando na primeira pessoa do plural, como se eu fosse mais que uma pessoa — isso é indício de que o Príncipe circunda minha aura.

A lua aparece para mim, inquietando ainda mais o Príncipe da Noite. Nesse tempo todo em que pensei no Príncipe e em Chloé, estava conversando ao telefone com Manuelle no pátio do estacionamento. Não estava cedendo a Manuelle, à sua sedução, apesar de querer me redimir diante do ocorrido em Paris, mas já estou mais pra lá do que pra cá, pressentindo a presença do grande rei da noite. Ele começa a responder por mim até o momento em que Manuelle faz a pergunta fatídica:

— Quer vir me encontrar aqui em Piccadilly Circus?

Uma breve pausa perfaz a continuidade da pergunta. Sinto a voz do Príncipe da Noite, toda a sua presença, e a confirmação:

— Sim, quero.

Estou destinado a ele. Começo a me encaminhar para o Piccadilly Circus. Chloé seria deixada pra trás, não por minha causa, mas por eu ser dominado pelo Príncipe da Noite. Não sou mais eu; começo a me desligar, quase como se me visse de rabo de olho, numa perspectiva de mim mesmo, enquanto o Príncipe vai tomando posse da maior parte daquilo que é o meu Eu.

Chegamos ao pub em Piccadilly Circus, onde Manuelle marcou. Não conhecemos o lugar, mas gostamos do que estamos vendo: música boa, mulheres bonitas nas mesas, outras em pé, bebendo, conversando. Andamos pelo local para ver se ela está, mas é claro que, como toda mulher, ela se atrasará e nos deixará esperando no "altar" de um *pub*. Dito e feito: Manuelle nos envia uma mensagem de texto avisando que vai se atrasar meia hora. Enfim, sem ter o que fazer, nós, homens que somos, apaixonados pelo elixir feminino, devemos esperar, esperar e esperar. Enquanto isso, eu e o Príncipe pedimos uma cerveja e decidimos esperar no melhor lugar da casa, ao lado de mulheres bonitas e que atraíram nosso olhar logo de cara. Vamos esperar Manuelle ao lado de determinada mesa ou em certa banqueta do balcão. O lugar estratégico é escolhido. Agora nos resta esperar, aproveitando e nos deleitando com a "paisagem". A música ambiente toca num volume que permite conversar e ouvir muito bem, o que é ótimo, porque bem próximo há uma mesa com seis jovens que estão se divertindo muito. Três mulheres lindíssimas, aparentemente acompanhadas pelos seus respectivos homens. Ainda não temos certeza quanto à loira ao centro; ela não parou de olhar para nós, mesmo que discretamente.

Nesse momento chega à mesa do grupo outra mulher, jeito descolada de típica londrina, com tatuagens e piercing, perguntando se querem participar de uma entrevista para o rádio. Eles perguntam o nome do programa, mas eu não consigo entender muito bem. Depois escuto que é para o programa de Sophie, ou seja, a rádio de Manuelle. Que coincidência! É o programa para o qual Sophie me convidou. Será que é por isso que ela marcou aqui neste pub? Será que vai querer que a entrevistadora converse comigo? Ou me apresente a ela? Ou é apenas coincidência?

A entrevistadora explica que é um programa similar àquele famoso sobre sexo da canadense octogenária Sue Johanson. Eu e o Príncipe da Noite achamos interessante a explicação, mas todos já estão meio alterados com a bebida e se mostram excitadíssimos.

— Para o programa da velhinha da rádio? Claro que sim, adoro! — responde, animada, a loira ao centro da mesa.

— Calma, não vai falar besteira — retruca a amiga, mais timidamente.

— Acho melhor não. Ela não está bem... — diz a amiga que está ao lado da entrevistadora.

— Você é ou não é minha amiga? — pergunta a loira, com firmeza.

— Sou! É por isso que estou querendo te proteger; estou zelando por minha amiga.

Percebemos que a coisa está esquentando e ficando melhor do que podíamos imaginar. Não tiramos o olho da loira; ela percebe nosso interesse e quer fazer charme para nós.

— Ei! Sou bem grandinha! Já basta meu trabalho estressante; hoje é sexta-feira, preciso relaxar... E me divertir, não é, meninos? — ela fala enquanto pega o copo de cerveja e olha de forma sedutora pra nós, depois de flertar com os meninos da mesa. Eles estão meio sem reação e balançam a cabeça num "sim", ao mesmo tempo em que demonstram um ar malicioso.

Nesse instante se instaura uma espécie de competição entre a loira e todos os presentes, num jogo de poder em que ela quer se sentir dona da situação e todos os homens a desejam, um poder de manipulação diante da entrevistadora, que faria as perguntas só para ela, já que foi a única que se propôs a responder; por outro lado, as outras duas amigas, apagadas, seriam vencidas pela exuberância da loira mesmo que tentassem algo. Era evidente que as outras duas moças não teriam nenhuma chance diante de qualquer homem que estivesse na mesa, muito menos fora da mesa, como nós, eu e o Príncipe da Noite. Ao mesmo tempo, estabelece-se entre os homens uma competição paralela, a disputa de quem vai ficar com a loira. O Príncipe da Noite nunca deixaria passar em branco tamanho desafio. Afinal, uma das questões que o movem é a necessidade de autoafirmação. A entrevistadora percebe o tumulto e interrompe a entrevista.

— Nossa! Não quero atrapalhar, me desculpem.

— Ora, querida, você está fazendo seu trabalho... Qual era mesmo a pergunta? — diz a loira, educadamente.

— Então... Você namora? — a repórter oferece o microfone a ela.

— Sim. Mas ele viajou este final de semana pra ver os pais no interior.

— Ele não tem ciúmes de você estar aqui?

— Não, somos supersinceros um com outro. Ele sabe que estou aqui com minhas amigas.

— Em geral os homens falam quais são os seus maiores fetiches. Ver duas mulheres se beijando, por exemplo. Você tem algum tipo de fetiche mais picante com ele? Dois homens ou outra coisa, sei lá. E tem alguma frustração por não ter realizado esse fetiche?

— Frustração? Nem pensar. Frustração mora bem longe de mim, querida... — A loira responde, obviamente bêbada, desabotoando o botão da camisa, que revela os seios avantajados.

Os homens ficam visivelmente interessados em ouvir a entrevista, porque ela fica muito sensual enquanto fala. As amigas, ao contrário, fecham a cara porque os homens não olham mais para elas. O Príncipe da Noite não fala uma palavra: apenas prepara o bote mortal. E eu fico aqui, aprisionado a essa situação e pensando em Chloé.

— Uau! Você pode falar mais sobre isso? Nossos ouvintes vão gostar de escutar suas experiências — diz a jornalista, empolgada.

A loira pega no queixo de um homem à sua frente:

— Claro que sim, querida. Deixe-me falar uma coisa... Está vendo este rostinho bonito aqui? Com essa barbinha? — e empurra a cabeça dele. — Eu não gosto. Estes três são muito velhos pra mim.

— Mas eu tenho vinte anos — retruca o jovem com a cabeça empurrada para trás.

— Não gosto.

— Eu vou fazer dezenove ainda, serve? — pergunta o rapaz ao lado, empolgado. A moça, pegando igualmente no queixo dele, ataca, bem sedutora:

— Deixa ver... Hummm, não. Muito velho também.

O outro homem que restava na mesa, cheio de si, deduz:

— Gata, então você é minha! Estou fazendo aniversário hoje, dezoito aninhos!

Príncipe da Noite

— Uau! Você sim merece um presente! Feche os olhos!

Ele fecha os olhos enquanto ela se aproxima para dar um beijo. Ele entreabre os olhos quando está quase recebendo o beijo e ela desiste. Todos começam a rir.

Sem querer dar o braço a torcer, ele argumenta, desesperado, mas se mostrando brincalhão:

— Ah, não! Ajoelhou, vai ter que rezar! Pode me beijar. E faz biquinho esperando o beijo.

— Você também é muito velho, gracinha.

Os outros dois homens zombam dele enquanto a entrevistadora lança a pergunta:

— Você está brincando, não é?

— Mas é claro que está! Não vê que ela está bêbada? — diz uma das amigas, enciumadíssima.

— Claro que não estou brincando. Eu gosto de "ninfetos", bem jovenzinhos... menininhos de tudo. Meu namorado é assim.

— Mas então quantos anos tem seu namorado? — pergunta a entrevistadora.

— Ela não tem namorado; está inventando tudo isso — responde a outra amiga, enciumada.

— Tenho, sim, mas ele é clandestino — retruca a loira para a amiga. O clima está esquentando cada vez mais e eu, quieto, admiro o jogo entre as mulheres, a humilhação dos outros homens, como se estivesse presenciando uma partida de tênis e no final seria o escolhido para entregar o troféu à vencedora.

— Uau, conte mais. — A entrevistadora atiça ainda a loira.

— Ele tem quinze aninhos e é uma delícia! — explica a loira. Todos riem porque não acreditam, enquanto ela continua:

— Ele é meu aluno desde os treze anos. E perdeu a virgindade comigo.

— O que a bebida não faz com uma pessoa? — diz a amiga, retirando o copo das mãos da loira, que fala sem se preocupar com o que vão pensar. Os homens, alternadamente, brincam com ela.

— Ah, eu menti minha idade; tenho só dezesseis, fica comigo.

— Não, fica comigo! Eu só tenho quinze, igual a seu namoradinho!

Outro homem, fazendo voz fina, meio falsete, provoca a loira:

— Professora, eu só tenho sete aninhos e quero perder a virgindade, fica comigo? Eu sempre achei a senhora um tesão!

Todos riem novamente.

— Eu ficaria com todos vocês se tivessem essa idade mesmo... e se fosse para vê-los felizes.

— Sério? — pergunta a entrevistadora, assustada.

— Eu dormi com todos os amiguinhos de meu namorado! São quantos mesmo? — responde ela, visivelmente bêbada.

— Tem o Huguinho, o Zezinho — brinca um dos homens da mesa.

— Ah, não pode esquecer o Luizinho. — Ela entra na brincadeira.

A loira continua falando:

— Isso! São cinco "ninfetinhos" que eu tanto amo. Como se fossem meus gatinhos de estimação.

Todos reparam que ela está falando sério por certo tempo. Fica um clima de tensão no ar, depois um silêncio, até que riem novamente. Um deles fala:

— Você é muito louca e divertida... Adorei seu senso de humor.

Ela não fala mais nada e dá um último gole na bebida, enquanto a entrevistadora agradece pela entrevista. Depois ela se levanta, sem se importar em responder à repórter, dá alguns primeiros passos em minha direção e, quando chega bem próximo de mim, fica parada, com seus olhos fatais, prontos para conferir o bote. Nossos olhos não se desgrudam em nenhum momento. O tempo fica suspenso no ar. Os homens e as amigas que estavam na mesa ficam boquiabertos. Nesse momento, percebo que o Príncipe da Noite atacou mais uma vez, e não foi da forma mais óbvia e direta: foi um jogo de sedução que não precisou de nenhuma palavra ou expressão para quebrar o gelo. Foi quase uma hipnose, se é que isso é possível. Percebo que todos na mesa tentam não demostrar que estão interessados em saber o que nós dois iríamos fazer.

É inevitável eles quererem saber quem ganhou o jogo de poder que se iniciou minutos atrás; o foco da competição desviou seu rumo, quase como se falássemos em outra língua. Até então, para os competidores em questão, eu não estava incluído na brincadeira. Duvido muito que os homens tivessem notado minha presença, ao contrário das mulheres. Para ser mais exato, uma mulher, a que está em minha frente neste exato momento, seduzida, e que trocou olhares comigo. As outras estavam tão concentradas em seus próprios mundos e nos homens que não imaginaram que eu pudesse estar igualmente livre para elas, ou que eu fizesse parte da competição, do jogo de poder. Agora todos, homens e mulheres, os perdedores, podem fazer algo a respeito, por exemplo, paquerar-se entre si, enquanto nós dois estamos aqui, um de frente para o outro, prontos para consumar o troféu do prazer em um beijo. Mas, ao contrário, eles não se sentem à vontade. Agem como se tivessem sido desclassificados de um jogo, sem imaginar que podem dialogar entre si, fazer alguma coisa, continuar vivendo e se divertindo. Quem sabe, por obra da sorte ou do destino, podem consumar o jogo de sedução entre eles, viver o mesmo fenômeno que nós dois estamos prestes a viver, a paixão momentânea, o beijo inusitado, o carinho efêmero de um desconhecido?

Talvez isso não aconteça porque eles estão tão fora de si, tão preocupados com o que nós dois vamos viver, que não se conectam ao que estão querendo viver nem percebem que estão se distanciando cada vez mais das paixões. O golpe sofrido com a competição foi tão forte que os deixou aturdidos, sem saber o que fazer. Ficam numa espécie de estado de paralisia emocional, perdendo completamente a espontaneidade dentro de suas pobres almas desoladas.

Colocando um fim em tudo isso, após uma longa pausa de olhares, ela me oferece um beijo aterrador, e todos se alvoroçam por dentro, mesmo sem demonstrar um único sinal. A noite está encerrada; a entrevistadora já foi embora. Os homens, envergonhados, inventaram uma desculpa qualquer e saíram da mesa. As amigas se encaminham ao caixa para pagar o que consumiram. Nós três — a loira, o Príncipe da Noite e eu — nos preparamos para ir embora, para a noite que está apenas começando.

Assim que saímos do *Pub*, vejo, do outro lado da entrada, Sophie/Manuelle chegando para me encontrar. Ela nem imagina que o Príncipe da Noite está novamente me distanciando de seu destino. Em uma única noite o Príncipe me distanciou de duas mulheres que me são muito caras. Uma que deve estar muito mal, a doce Chloé, e que me deixa muito preocupado por saber que está sozinha neste momento de fraqueza de saúde e indefesa. A outra, meu amor da pré-adolescência, Sophie/Manuelle, que mais uma vez é rejeitada por mim, sem ao menos conhecer o real motivo da rejeição.

A verdade é que meu pobre coração está aprisionado pelo despótico Príncipe, e, por mais estranho que possa parecer para quem olha de fora, eu não gostaria de fazer tamanha crueldade, nem com a doce Chloé nem com a sedutora Sophie.

21

Acordo no meio da noite com a loira do *pub* se arrumando para ir embora. Nem sequer sei seu nome, e nem faço questão de perguntar. Ela foi mais uma vítima do *serial killer* do sexo, o Príncipe da Noite. Não tenho nada a ver com isso. Se ficar preocupado com todas as mulheres que ele seduz, não terei mais vida. Viverei apenas pra elas. Melhor esquecer. Lembro quando dormi com Sophie em Paris e passei a noite toda fazendo carinho em seu corpo. Como iria imaginar que aquela mulher bonita do avião era Sophie? Como iria imaginar que a mulher que me fascinou no museu era ela? Como iria imaginar que iria frustrá-la de forma tão baixa naquele dia no Crazy Horse?

É isso! Preciso mandar uma mensagem para ela avisando que estou no hospital ajudando uma amiga que foi internada, e por esse motivo não consegui ir ao *pub*. Assim ela não vai imaginar que saí com outra mulher e não ficará frustrada com minha atitude. Mando a mensagem. Espero um pouco para ver se ela responde. Olho para o relógio: são 4h. Volto a dormir. Não consigo. Decido me vestir e vou correr na rua. Apesar de estar escuro, gosto de fazer isso: sinto-me livre e penso melhor.

Quando estou saindo de casa, vejo uma carta na caixa de correio. Pego o envelope, que não tem remetente nem selo. A carta foi deixada pessoalmente. Abro e me espanto com o que tem dentro. Uma foto de Rachel. Apenas a foto de Rachel. Fico assustado e volto para dentro de casa. Não vou correr mais. Sento-me numa poltrona da sala e fico imaginando como um dia fui amar aquela mulher completamente louca. E ela fez parte do pior acontecimento de minha vida! Preciso ler a carta que ela deixou. Mas antes viro a fotografia e leio o que está escrito: "Eu sei que foi você quem matou o marido desta mulher".

Definitivamente, isso não é possível. Alguém está me vigiando? Todos os acontecimentos estranhos que ocorrem em minha vida fazem parte disso? Será que a mesma pessoa que me perseguiu em Paris tem a ver com esta carta? Uma série de dúvidas me inunda. Por acaso as duas palavras gravadas em meu corpo com meu próprio sangue se ligam a Rachel, à morte de seu marido naquele dia fatídico? Estou assustado. Não sei o que fazer. Agora não vou conseguir dormir de jeito nenhum. Só há uma coisa a fazer: voltar a ler a carta de Rachel. Pensei que não ia precisar mais ler. Estava querendo acreditar nisso. Vou até o escritório, abro o laptop e começo a ler a carta do ponto em que parei.

No caminho de volta para minha casa eu continuo lembrando aquele momento que tinha vivido com aquele homem cujo nome eu não sabia...

Queria voltar ao passado e extirpar-me desta história, mas não há mais como.

Aquele homem cujo nome eu não sabia, como escreve Rachel, viria a ser, infelizmente, eu mesmo, Gabriel. Não adianta fugir, querer mudar o passado; só devo continuar a ler a carta de Rachel para ver se há alguma pista. Volto a ler:

Uma excitação perpassa meu ser, mas não somente uma excitação física e sexual; é mais sutil e sem nome. Fiquei pensando em vários sentimentos e sensações. Não era nem fetiche nem *voyeurismo*. Talvez esses mesmos sentimentos fossem o que aquele homem também tenha sentido. Talvez ele gostasse e sentisse prazer em seguir mulheres desconhecidas que pra ele fossem bonitas. Por que não? Eu sei que nunca vou realmente saber o que aquele homem estava pensando.

O que eu poderia saber era que algo tinha acontecido entre nós dois e que aquele sentimento não deveria ser categorizado de determinada maneira, como costumamos fazer logo de imediato. Penso que um dia talvez o encontre novamente, mas acho muito improvável que isso aconteça. Decido ficar quietinha e preservar aquele sentimento gostoso e indecifrável, e que nunca tinha vivido antes. Não daquela maneira. O amor é território muito vasto para percorrer em uma vida. Como toda mulher, bonita ou não, eu já tinha sido paquerada inúmeras vezes, mas não daquele jeito. O que tinha acontecido pra mim entraria no patamar de uma sedução muito particular e que merecia ser recordada. Mas eu sabia que, naquele dia em que ele me perseguiu até o metrô, a comunicação não tinha sido possível, pelo menos direta e objetivamente, e isso poderia eliminar qualquer possibilidade de nos encontrarmos novamente. A comunicação verbal não tinha se realizado, mas outra comunicação, de outra ordem, tinha se estabelecido, com toda a certeza. A comunicação dos olhares e dos desejos.

Ao contrário, eu, Rachel, em minha ignorância, posso somente saber o que estou sentindo em relação a tudo o que tinha acontecido. Por isso, decido preservar estes momentos que me intrigam e me fazem ir adiante em meus devaneios prazerosos. Na verdade, acredito que estou conhecendo outra parte de mim, desconhecida até agora. Pelo menos algo de misterioso circulava dentro do meu eu naquele momento, e isso me deixava feliz. Era algo positivo. Naturalmente segui adiante nestes sentimentos que desencadeavam uma série de outras manifestações e memórias dentro de mim.

O metrô chega a meu destino, subo as escadas, ando até minha casa. Logo na porta tiro os sapatos. Tiro a roupa, fico somente de calcinha e sutiã.

Vou até a cozinha e preparo um café. Abro o computador e checo meus e-mails. Entro no Twitter e posto uma mensagem qualquer. Vou para o banheiro e ligo o chuveiro. Enquanto espero a água esquentar, volto ao computador. Leio que "Irã produz urânio com fins pacíficos". Posto esta mensagem no Twitter em tom de indignação. De volta ao banheiro, entro no chuveiro. A água quente conforta meu corpo cansado e minhas tensões e logo me faz recordar a cena com aquele homem. Fico curtindo e repassando em minha memória os sentimentos e as sensações de medo e prazer que tive quando fui perseguida por ele. Fico excitada. Sinto minha pele, meu rosto. Sinto-me mulher desejada!

Minha feminilidade começa a aflorar de modo natural. Minha mente viaja para a adolescência. Lembro-me da primeira vez em que fui paquerada e de como me senti feliz. A ingenuidade daqueles tempos da adolescência não voltaria jamais. No entanto, o que tinha vivido com o homem que me seguia trouxe de volta as sensações pueris da adolescência. Eu não imaginava que tais sensações pudessem ser sentidas novamente. Acreditava que a maturidade trazia a sabedoria e, com ela, a perda de algo que não se poderia recuperar jamais.

Aquela tarde, ao ser perseguida pelo desconhecido, se confirmou, para minha surpresa, o oposto de minha percepção. Algo estava irrompendo e simultaneamente transformando o cerne de meus conceitos. Sabia que isso era algo positivo, pois uma vitalidade renovada preenchia meu corpo. Podia sentir meu coração bater mais forte. Aquele cotidiano enfadonho estava sendo desanuviado como o orvalho que se desfaz com o nascer do sol. Não era mais adolescente, mas, ao mesmo tempo, voltava a acreditar no mistério que era a vida.

Tive vontade de me vestir e voltar para o lugar onde tinha encontrado aquele homem. Isso me faz sentir uma leve angústia. Algo perdido no ar se apresenta em meu presente. Um homem obcecado por meus encantos ficou perdido nesse passado irreconciliável. Tinha certeza que não o encontraria novamente. Era isso que estava perdido no ar, mas não em minhas memórias e sentimentos. Esses novos sentimentos que estava sentindo e que faziam recordar minha adolescência ingênua eram algo misterioso. Eu não sabia se essas experiências poderiam mudar o rumo de minha vida, dar início a uma série de fatos, de causas e efeitos, que pudessem desencadear um mundo novo para mim. Afinal, sou casada. Esse homem não sabe disso? Claro que não! Ou será que sim? E mesmo casada ele me quer? É isso que estou querendo dizer? Estou ficando confusa. A paixão é irrefreável. O que estou sentindo por esse estranho pode me levar ao extremo da separação. E meus filhos pequenos? Definitivamente, não poderia pensar e sentir tudo isso.

Comecei a refletir a respeito. Em como minha vida andava e como ela estava monótona. Estava avessa a novas situações. Fazia sempre as mesmas coisas. A inércia invadia grande parte de meus dias. No entanto, isso só ficou claro agora que sinto esse frisson pelo homem desconhecido e estranho. Essa inércia, não percebi antes, estava escondida. Precisei de um estopim para essa inércia se revelar a mim mesma. Claro que foi inesperado. Imaginava que nunca pensaria em outro homem, já que minha família é tão estável e bonita. Filhos crescendo. Marido bonito. Trabalho maravilhoso. Tudo com o que sempre sonhei? Sim. Agora, talvez não. Não sei, estou confusa. Sim. Definitivamente, sim. Tudo com o que sempre sonhei!

No entanto, eu comecei a perceber que o que sentia era algo efêmero. Não era algo sustentável como o amor. Mas também sabia que estava me sentindo encalorada como quando se ama. Entrei em conflito porque sabia que não podia sentir amor por aquele homem que tinha acabado de conhecer. Mal sabia se o veria novamente. E, o pior, como posso falar que isso que estava sentindo era amor? Amor? Soava estranho na linguagem, mas não no coração. A lógica e a moralidade categorizam os sentimentos, e só assim nos liberamos das amarras conscientes e deixamos o coração fluir. Uma armadilha para o coração. Nesse ponto estava protegida, porém o coração saltava para um amor estranho, misterioso e efêmero. Percebia que minha mente ajustava minhas percepções para o sentimento de prazer e conforto, como se estivesse regulando a frequência de um rádio. Desejo deixava de ser apenas desejo. Racionalmente esse ajuste de percepções salientava a afetividade pelo homem estranho. Mas o amor não deveria se consumar só depois do desejo, da satisfação sexual e do convívio? A moralidade e a lógica chegaram, e me rendi a elas. Decidi que eu entraria no campo do amor em relação àquele homem somente após ter passado por toda essa sequência de experiências; e não poderia ser diferente. Não. Isso não. Não voltarei para os antigos caminhos cerebrais que nos fazem agir e reagir sempre do mesmo jeito. Estou em conflito. Mas qual mulher não fica em conflito? Será que não seria possível o amor à primeira vista? Seria o amor um conceito que deveria passar por uma série de experiências, como tinha acabado de prejulgar? Ou outra série qualquer de conceitos que ainda não tinha descoberto?

Comecei a perceber com esses questionamentos que o amor não pode ser prejulgado. E que, por detrás da simples palavra "amor", algo de muito mais complexo e profundo estava para ser revelado para mim.

Concluí que não podia falar nem uma coisa nem outra. Agora sei daquilo que não posso falar. O mistério tinha se apresentado para o meu eu. Isso me fascina. Nunca tinha sentido ou percebido tal situação.

A partir desse momento desligo o chuveiro e começo a me secar. Ligo o secador e começo a pentear meus cabelos. Sento-me, me olho no espelho, estou me sentindo muito bela. Passo cremes no rosto. Som alto. Me embrulho numa toalha e passo do banheiro para o quarto. A luz indireta do abajur deixa um clima sensual. Minha janela está entreaberta e as cortinas, totalmente abertas. Noto que um homem do outro lado do prédio está me olhando de binóculo. Fico irritada e fecho as cortinas. Continuo a me secar e me lembro de tudo que tinha acabado de pensar sobre o amor. Volto a abrir a cortina e finjo que estou olhando algo lá embaixo, na rua. Finjo olhar algo na rua para mostrar ao homem que me observava que não sei que ele está me olhando. Tiro a toalha e fico completamente nua. Percebo que o homem que me olha de binóculo nem se mexe, só olha para mim. Usa isso como forma de poder. Sinto-me desejada ao mesmo tempo em que provoco esse jogo de sedução. Começo a colocar minha camisola semitransparente. Sei que meu corpo delineado na contraluz deve deixá-lo louco. Enquanto provoco aquele homem desconhecido, penso na vida dele, fantasio se é casado, se mora sozinho, quantos anos tem, no que está pensando, o que sente. Uma série de percepções e variáveis surge por causa de minha simples ação. Mas fico triste quando me lembro do homem que me seguia hoje à tarde. Esse que me olha é qualquer um. Esse é realmente um estranho. Queria que o homem desconhecido de hoje à tarde estivesse aqui me olhando escondido. Isso sim.

Uma coisa leva à outra, me modifica e modifica o outro. Vivências imersas nesta multiplicidade de ações e desejos. Lembro-me dessa frase, que li ontem num livro e que não quer me dizer nada neste momento. No entanto, percebo que tudo isso serve como suporte para nossas vidas e que nos satisfaz uns aos outros.

Estas experiências que estão no porvir, cheias de mistérios e indefinições, fazem com que eu comece a pensar numa coisa. Não sei exatamente o quê, pois não quero classificar e conceituar estas novas experiências. Tenho certeza só de uma coisa. A partir deste momento, conectada com minha intuição, estarei aberta a novas experiências que antes me bloqueavam tanto, mas hoje sei que me instigam a viver novos mundos. Será um movimento de construção e de amor. Talvez eu esteja descobrindo o que realmente seja o amor. Algo que se parece com jogos de amor.

Não consigo mais ler a carta. Desligo o computador. Fico indignado. Não havia nada que ela revelasse. Não entendo por que Hillary me deu aquela carta de Rachel. Amanhã conversarei com ela para saber o que entendeu dessa carta. Haveria, de forma oculta, um enigma que revelasse o culpado pelo assassinato do marido de Rachel? Estaria implícito na carta que o culpado era eu? Esta seria a prova do crime cometido por mim, que Hillary estaria acobertando? Por um momento fico ainda mais tenso. No entanto, relaxo ao lembrar que a carta foi enviada três dias antes da morte do marido de Rachel. Como poderia estar escrito nela que eu que matei para salvá-la de seu marido se a morte aconteceu três dias depois? Impossível. A carta não revelaria nada. Eu não seria descoberto. Esta carta não é uma prova do crime. Mas e essa foto que recebi? Com estes dizeres atrás da imagem de Rachel: "Eu sei que foi você quem matou o marido desta mulher". Volto a ficar intrigado. Resolvo tomar remédio para dormir e sei que vou capotar nos próximos 15 minutos.

22

Na manhã seguinte, falo com minha secretária sobre a programação do dia. Vemos as horas vagas da semana para compensar minha ausência de ontem. Peço que ligue para todos os pacientes pedindo desculpas em meu nome e dizendo que me disponibilizo a atendê-los em outro horário.

Ao meio-dia, saio para almoçar e ligo para saber de Chloé. Tento umas três vezes e na última ela atende, escuta minha voz e desliga. Está desligando de propósito. Ela sabe que sou eu, o que me deixa mais culpado. Decido ligar para Sophie, que me atende bem animada. Peço desculpas por ontem, por nosso desencontro. Ela diz que me entende, já que o que aconteceu foi mais importante. Sophie pergunta como está minha amiga, se melhorou. Respondo que está melhorando, mas ainda não dá pra saber o que ela tem. Fico mal por mentir mais uma vez, mas ao menos assim ela vai querer me ver.

Afinal, eu poderia me sentir culpado se foi o Príncipe da Noite quem armou tudo? Quem olha de fora não acreditaria, pois me veria agindo. Mas, se pudesse olhar dentro de mim, para minha consciência, saberia que o Príncipe não faz parte de mim, que ele me domina, que ele é maior do que eu, quase como se houvesse duas pessoas no mesmo corpo. Infelizmente só eu sei, esse é o problema.

Volto ao consultório e Victor está na sala de espera. A secretária diz que ele confirmou que viria para o primeiro horário depois do almoço. Dentro de minha sala ele fica sentado, sem dizer nada, olhando para a árvore do lado de fora do prédio, o que sempre fazia antes de falar. Então me pergunta:

— Você ficou preocupado na última sessão, quando eu disse que matei minha mulher?

— Fiquei — respondo —, não posso negar.

— Que bom. Essa era minha intenção.

— Notei isso também. Percebi que você estava falando de modo figurativo. Você matou simbolicamente sua mulher.

Ele fica me olhando com um rosto de desdém e retruca:

— Mas tem pessoas que matam outras de verdade, não só simbolicamente, não é, doutor?

— Não há dúvida — respondo. Ele volta a olhar a árvore.

Nessa hora, claro, penso no assassinato do marido de Rachel e no quanto a frase de Victor caía como uma luva sobre mim. Mas evidentemente ele não estava falando disso. Ele volta a falar:

— Mas, meu caro doutor, eu gostaria de lhe revelar um fato.

— Pode falar.

— O senhor não me conhece há muito tempo... Fico feliz que tenha aceitado me analisar nestes últimos cinco meses. A questão é que este tratamento não fará sentido se eu não for direto ao assunto.

— É pra isso que estou aqui, para ajudá-lo. Na verdade, sempre achei que você dá voltas, sem ir direto aos fatos. Parecia que tinha algo a me esconder. Na última sessão, em que você me relatou o fato de que tomou remédio para impotência, achei completamente normal. Até eu já tomei esse remédio quando passei por uma fase ruim. Então, não vi sentido em supervalorizar a questão. Mas depois, no final da sessão, você me revelou que tinha matado sua mulher, falou daquele modo obscuro, entrecortado; achei esquisito. Não conseguia ligar os fatos. Na verdade eu estava precisando disso, que você me expusesse todas as suas percepções, as suas vivências, seu passado, para eu poder, enfim, te entender melhor. Então, concluindo, fico feliz que você tenha chegado a este ponto. Pode falar.

— Bem, doutor, o que eu quero te dizer e fiquei todos estes meses para contar, acabei me enrolando mais do que devia... Bem... Antes de qualquer coisa, eu posso confiar absolutamente no senhor?

— Sim. Com certeza. O que é dito nesta sala fica aqui dentro. Seria antiético eu falar o que é dito nas consultas para outras pessoas, revelando o autor dos atos. Pode confiar plenamente.

— Então eu tenho que confiar. Mas ainda assim é um tiro no escuro. Confiar em outra pessoa, mesmo que essa outra pessoa seja seu analista, é duvidoso. Concorda?

— Não concordo. Na maioria das vezes precisamos delegar ao outro o abismo existente em nosso ser. Compartilhar alivia esse medo abissal. Tudo fica mais claro. Como se acendêssemos a luz do quarto escuro da mente e pudéssemos examiná-lo de modo mais objetivo.

— Assim sendo, prefiro compartilhar com o senhor. Talvez possa me ajudar. Melhor ir direto ao ponto, sem rodeios.

— Sim.

— Eu matei minha mulher. Não é um ato simbólico como o senhor falou. Eu realmente a matei. Ninguém sabe e ninguém descobriu. Tudo foi executado de maneira muito limpa, sem vestígios. Eu não tive a intenção de matá-la. Mas a verdade é que naquele dia eu cheguei mais cedo do trabalho. E ela estava em nosso quarto, em nossa cama, com outro homem. Eles estavam juntos. O que eu iria fazer? O som estava alto. Eles não perceberam que eu tinha entrado. Eu só iria chegar cinco horas depois. Estava em outra cidade, tinha ligado pra ela e confirmado o horário em que ia chegar. Ela me atendeu tão doce... Não podia imaginar que estava mentindo. Mas ela estava. O mais triste foi a mentira. Como ela poderia dissimular depois que eu chegasse? Como ela poderia conviver com aquela mentira? Eu não acreditava que estava casado há mais de dez anos com uma mulher que não conhecia. Você já viveu alguma vez isso que eu estou dizendo, doutor?

— Não. — Fico pensando na similaridade do ocorrido com Rachel e o marido dela. A mesma história, só que não havia sido o marido quem matara Rachel: eu o matei para salvá-la.

— Ninguém vive tal coisa. São poucas as pessoas que carregam a culpa de um assassinato, não é, doutor? Você está entendendo a gravidade do que eu estou falando?

— Sim, claro que sim. Posso sentir sua dor. Mas prefiro que você não pare; sei que, apesar de ser muito difícil, você precisa falar tudo.

— Claro que sim, doutor. Quando falei para você sobre o remédio, o remédio para impotência, é porque fazia um tempão que minha mulher e eu não fazíamos mais nada. Talvez por causa disso ela tenha procurado outro na cama. Me sentia culpado por não fazer sexo mais como antes. Mas ela deveria conversar comigo, falar sobre o que estava incomodando. Talvez assim nosso destino fosse outro. Mas ela preferiu seguir o caminho mais óbvio! Não posso dizer que ela tenha sido culpada por eu tê-la matado, claro que não. Mas eu perdi a cabeça. Sou uma pessoa cruel, sem sentimentos... Depois que eu descobri o que ela estava fazendo, armei tudo, armei a viagem. Sabia que eles se encontrariam escondido. Mas eu tinha mais raiva dele. Você me entende? Eu queria matar o homem que estava dormindo com minha mulher, e não ela. Mas na hora, na confusão da situação, mirei nele, atirei, mas acabei acertando nela. Um tiro certeiro no peito. Vi seus olhos irem embora. Coloquei-a em meu colo e vi seu último suspiro, doutor.

Ele começa a chorar descontroladamente. Nesse momento é melhor eu não dizer nada; que ele chore o quanto quiser. Enquanto isso, sinto muita pena dele. Sei o que está sentindo. Sinto a mesma dor de Victor. Alguns anos atrás um fato trágico marcou minha vida como a deste homem, de modo avassalador. Nascemos, vamos crescendo, vivemos a juventude e jamais imaginamos que um dia faremos parte do redemoinho que nos levará a um assassinato. Vemos o mundo de forma pura e ingênua. Nunca imaginamos que poderemos um dia passar para o lado negro da vida. Isso é para vilões de desenho animado. Vejo Victor desesperado, chorando convulsivamente, e partilho de sua dor com lágrimas silenciosas.

23

No final do dia ligo para Hillary, minha psicanalista, e pergunto se ela pode me atender logo mais, como combinado. Ela confirma que estará livre às 20h. Demoro um pouco pra chegar porque Sophie ligou perguntando se nesta quinta eu poderia participar do programa. Eu disse que precisamos conversar melhor. Marcamos de nos encontrar no restaurante de um hotel amanhã à noite, quarta-feira. Sophie, aliás, Manuelle. Não consigo me acostumar com o nome Manuelle. Ela parece entusiasmada com minha participação na rádio. Parece que nada do que eu fiz em Paris a afetou. Parece não estar chateada com o fato de o Príncipe da Noite tê-la trocado pela dançarina do Crazy Horse.

Chego ao consultório de Hillary e começamos a conversar.

— Hillary, ando pensando muito em Rachel nos últimos dias. Hoje mesmo um paciente me relatou um caso parecido que me deixou bem mal. Gostaria de saber o que você pensava sobre Rachel quando assumiu ser a psicanalista dela, depois de mim. E o que aquela carta significou pra você. Tinha algum significado oculto nela que não dá para descobrir num primeiro momento?

Depois de fazer a pergunta, me sinto um pouco ridículo, pois, se ela soubesse alguma coisa do que tinha acontecido no dia fatídico do assassinato do marido de Rachel, teria tocado no assunto. Mesmo assim, insisto que ela fale algo novo, algo que eu não saiba sobre Rachel, para montar o quebra-cabeça que está em minha mente. Quando Hillary começa a falar, parece estar fazendo uma dissertação sobre Rachel.

— Gabriel, a partir do momento em que Rachel percebeu os novos mistérios que se ligavam diretamente à vida, foi como se tivesse obtido um novo estímulo em sua existência. Ela começou a se recordar de todos os momentos em que perambulou entre sentimentos de felicidade e tristeza, excitação e melancolia, em que foi extrovertida ou tímida. E se recordou também de momentos menos claros, mais indefinidos, sem os extremos daqueles sentimentos de felicidade ou tristeza. Como quando estudava matemática na escola. Sua atenção e concentração para aprender tal disciplina eram imensas, mas sentia que em seu coração o aprendizado não surtia nenhum eco de vibração, positiva ou negativa. Ela não podia falar como suas amigas, que odiavam estudar matemática, nem como certos meninos da turma, que adoravam estudar a matéria. Esses sentimentos opostos e bem definidos não existiam para ela, e isso a intrigava. Rachel sabia da importância da matéria. Estudava, não desprezava em nenhum momento o mundo dos cálculos. Mas algo dentro dela, como um autômato, se apresentava quando começava a destrinchar uma fórmula matemática. E isso se transferia para sua vida cotidiana. Muitas vezes entendia que sua vida era como as fórmulas matemáticas, sem sentido prático. E concluía que devia assumir as experiências enfadonhas de sua vida, em nome da moralidade, algo a zelar. Eu mesma, Gabriel, não entendia o que ela queria dizer com aquilo. Mas foi justamente o oposto do que ela fez quando assumiu trair seu marido.

As palavras de Hillary sobre Rachel faziam parte do universo dela, apesar de não acrescentar muita coisa para o que eu estava querendo saber. Mas Rachel era assim, a incongruência em pessoa. Ela não era direta. Ela tinha o dom da palavra, da oratória, e usava isso não para tornar-se mais clara, mas para se esconder ainda mais em seu íntimo. O que Hillary está falando tem um enorme sentido, pois Rachel não deixou de ser obscura diante dela também. Peço para Hillary continuar.

— Senti que Rachel percebia, intrigada, a qualidade de um sentimento indefinido diante da vida. Ela deixou de pular entre as polaridades óbvias que nos levam aos extremos, do que gostamos ou não gostamos, e começou a perceber os meandros da vida. Ela chegou a me relatar um mundo de nuances existente entre aquelas extremidades de sentimentos e os que faziam parte da vida dela. Ela expôs a importância de ter um amante. Ela o colocou fora da moralidade, como se ter um amante não fosse um fato para condenação moral de si mesma. Assim, deixou de sentir culpa. Ela começou a amar fora dos limites de sua própria vida. Ela me relatou que conheceu um homem e que estava se relacionando com ele, mas nunca me disse seu nome. Ela o preservava muito. Para mim não importava o nome, apenas a estrutura de sua conduta, afinal estava analisando Rachel e não o amante. Como você sabe, nunca fiz questão de saber o nome do amante. Agora eu gostaria de saber, pelo que aquela carta revela.

Nesse momento sinto um alívio enorme, porque tenho certeza de que Hillary não sabe que eu era o amante de Rachel. E também fico aliviado pelo fato de Rachel nunca ter revelado isso pra Hillary. Honroso de sua parte. Na época eu senti um desejo irrefreável por Rachel, e quis me relacionar com ela. Ou o Príncipe da Noite quis. Na época, a melhor coisa que eu poderia fazer era deixar de ser seu psicanalista. Talvez a maior besteira que tenha feito em minha vida. Mas não posso culpar somente a mim, porque o Príncipe da Noite fez parte dessa ação nefasta em minha vida.

Hillary continua falando:

— Gabriel, você sabe que Rachel não era uma pessoa muito clara. Você a tratou durante um bom tempo. Então, sabe muito bem do que eu estou falando. Por isso, para falar dela, não podemos também ser simplistas; precisamos tentar enxergar todos os detalhes sobre ela, concorda?

— Sim, claro, estou completamente de acordo. Na verdade, tudo o que você está me dizendo só me esclarece ainda mais as artimanhas que ela usava para se posicionar diante da vida, o que de certa forma me ajuda a entender muitas coisas. Eu só toquei neste assunto, sobre a Rachel, volto a dizer, porque tenho um paciente com as mesmas características dela. Talvez eu possa entender melhor este meu novo paciente, sabe?

— Você está certíssimo na analogia. Por isso digo que, por mais que certas coisas pareçam óbvias, ou redundantes, ou até mesmo abstratas, sei que você, que foi analista dela, entenderá o que digo. E assim poderá conjecturar as fórmulas psicológicas de seu jeito.

— Eu agradeço, Hillary. Pode continuar.

— Então, quando ela transpôs a barreira moral e conquistou um amante, a partir desse momento conquistou o mundo. E começou a sentir e pensar que assim deve ser tudo na vida, inclusive aquilo que rotulamos de amor. Não somente no amor, mas também em todas as outras coisas que existem neste mundo. Como seria viver a experiência que nunca se viveu sem amar ou odiar, e não recair nessa polaridade de sentimentos? Simplesmente viver a nova experiência. Rachel descobriu que isso é um problema entre as palavras e o mundo em si. Algo de errado dentro do nosso olhar faz com que nós categorizemos o que vivemos, e deixemos de ser livres. Ela própria me disse isso, Gabriel, complementando que talvez façamos isso para facilitar nossas vidas. Para simplificarmos, talvez, ou porque assim o queremos. O espaço enorme entre a linguagem e as experiências estava aparecendo em sua consciência, o que muitas vezes não é preenchido ou percebido. Portanto, um universo a ser descoberto estava para ser revelado a Rachel. E tudo isso era assumido na figura do amante desconhecido. Ele era o objeto que despertava esses questionamentos dentro de Rachel.

— Entendo, Hillary, e tudo faz sentido. Por favor, continue.
— Gabriel, essas reflexões fizeram com que Rachel sentisse certa confusão dentro de seu ser.
— Ela já estava muito confusa quando eu a analisava. Só não revelou querer um amante.
— Talvez tenha contado pra mim por eu ser mulher. De qualquer maneira, entendi que o chão, o porto seguro dela, tinha ido por água abaixo. Como se algo de inseguro se aproximasse para devastar a presa que estava na mira do caçador. O porto seguro dela estava ficando longínquo, e isso a amedrontava. Isso fez com que Rachel rapidamente pensasse em coisas boas, pelo menos no retorno delas, e quisesse voltar para seu casamento. Ter uma vida normal, sem culpas. Ela quis se desfazer do amante. Mas ela mesma achou que era tarde demais. O retorno ao porto seguro havia fracassado. Uma maré de devaneios invadiu sua estabilidade psicológica. Lembro-me de Rachel ter dito que só havia uma forma de acabar com tudo

aquilo e voltar à vida normal. Mas ela não foi clara. Era óbvio, Gabriel, que a inércia do fluxo de consciência dela estava tomando um rumo sem volta, e a guiava de modo imperativo para um lugar que ela própria desconhecia.

24

Saio do consultório de Hillary aliviado por suas palavras e por saber que ela não tinha conhecimento de meu caso com Rachel, fato que poderia pôr tudo a perder. Minha vida se tornaria um caos. A verdade é que eu estou sozinho diante dos dilemas de minha vida. Não posso ser direto com ninguém, nem com minha psicanalista, como Victor tinha compartilhado o assassinato da mulher. Começo a me questionar se não deveria falar com as autoridades sobre o crime passional cometido por Victor diante da esposa. Mas, se fizer isso, devo igualmente relatar meu crime por legítima defesa. Ao chegar em casa, sinto enorme vontade de ler o final da carta de Rachel. Abro o computador e recomeço do ponto em que parei.

Mesmo sem me sentir intimidada pelo jovem, continuo um pouco receosa de estar sendo seguida. Andando pelas ruas, avisto uma entrada de metrô e para lá me dirijo. Acredito que é melhor prevenir do que dar mole ao azar. Sou mulher, portanto, na selva das ruas de uma cidade como esta, fico mais indefesa, propensa ao infortúnio. Desço as escadas do metrô olhando para trás, para ver se ele ainda me segue. Nada. Por um momento fico aliviada. Finalmente ele decidiu ir embora. Ou talvez tenha ficado lá do lado de fora do metrô me esperando sair. Se eu sair, ele continua a perseguição; se continuar meu caminho aqui dentro do metrô, ele me esquece.

Não! Mais uma alucinação minha. Ele apenas sumiu, esqueceu, foi embora. Só isso. Posso voltar e terminar o que tinha que fazer? Não! De qualquer maneira, não posso voltar porque ele pode estar esperando para ver se eu subo as escadas. Existe essa possibilidade. Não é só alucinação minha, e sim uma possibilidade racional, uma hipótese. Por isso, mesmo não querendo pegar o metrô naquela hora, passo a catraca, desço a escada rolante, o tempo todo pensando no que terá acontecido com ele.

Meu coração começa a voltar a bater no compasso. Muita gente a meu redor. Olho as pessoas, cada qual em seu mundo. Uns conversam, outros carregam sacolas e muitos falam ao celular. Um meio sorriso aparece em meu rosto. Em minha mente aparece a figura daquele homem que a princípio tinha me assustado. Começo a lembrar que ele não era nada assustador e que talvez eu tenha sido uma boba em reagir daquela maneira tão assustada. E se fosse alguém que me conhecia de algum lugar? Ou alguém que se interessou por mim? Concluo que, apesar de ele estar me seguindo, com certeza não era um psicopata nem um bandido. Mas não podia me culpar; estava preocupada porque tinha acabado de sair do banco e sacado muito dinheiro. Então, a neurose que as pessoas de cidade grande sentem quando andam nas ruas com muito dinheiro chega a ser quase natural.

É precisamente esse "quase natural" que me fez sentir mais indefesa e alerta na selva da cidade, da sociedade. Percebo que não poderia agir de outra maneira caso estivesse vivendo com aquele estranho alguns momentos de uma paquera fugaz. Foi uma situação anômala e sem balizas que, é claro, não me deu nenhuma garantia e segurança. É só me lembrar dele que eu me sinto seduzida, um ar leve se instala em meu coração e me acho bonita. O papel de fêmea foi concretizado, o macho tinha sido enredado pelas teias da sedução de uma mulher.

Aquele momento tinha sido um sopro de ar na poeira do universo. E, como tal, talvez não voltasse a acontecer. Não daquela maneira, com aquele homem de terno, mala preta e olhos profundos. Aquele sentimento de medo e prazer velado foi exclusivo daquela situação. Um arrependimento dominou meu coração tão rápido como o jorrar de um vulcão. Eu agora queria ter a oportunidade de ter conversado com ele ou reagido de maneira a incitar alguma comunicação.

Enquanto esperava o próximo metrô chegar, entre centenas de outras pessoas, eu procurava aquele homem desconhecido. Um sentimento de desesperança invadia meu ser. Naquele dia eu estava mais sensível por razões desconhecidas. O homem sumiu. Ele nem desceu a escada. Agora eu me sentia só. O metrô chega num barulho ensurdecedor. Todos entram alvoroçados, eu por último. Nenhuma cadeira vazia. Muito aperto. Eu fico em pé. As portas se fecham. Eu me viro e olho, do lado de fora, o homem estranho. Agora, talvez porque me sentisse segura com a porta do metrô fechada e que nos separava, ele me parecia lindo. Um sorriso alarga minha feição imediatamente. O homem segura com uma mão a mala preta e com a outra acena para mim. Eu, num outro tempo, respondo acenando como se não fôssemos mais desconhecidos. O trem parte, sumimos do campo de visão um do outro.

Não consigo mais ler a carta de Rachel. Uma lágrima cai de meus olhos. A recordação é muito forte. Continuarei a ler a carta outro dia. Hoje meu cérebro está estafado. Preciso descansar.

25

Depois de algumas semanas os machucados gravados em meu corpo estão desaparecendo. Não preciso mais usar gorro nem boné para esconder a palavra *freak* estampada em minha cabeça. Os cabelos preencheram o resto do ferimento, que agora aparece num tom mais esbranquiçado. Nas costas, onde esteve gravada a palavra *crazy*, as letras estão esbranquiçadas como na cabeça. Será que algum dia essa palavra sem sentido sairá de minhas costas? Na cabeça não tem tanto problema, porque os cabelos escondem. Mas e nas costas? Precisarei fazer uma tatuagem para esconder esse ato de violência? Se ao menos eu soubesse com que finalidade isso foi feito... Na verdade não faz a menor diferença. O importante é que eu estou bem. Penso em algum momento em que estivesse sendo perseguido, que pudesse ser vítima de algum plano de tortura de alguém ou algum grupo. Sei lá, pensamos tantas coisas quando passamos por situações-limite. A violência cresce de maneira vertiginosa, e começamos a imaginar os maiores absurdos, que, infelizmente, podem ser realidade! E assim passamos a visualizar atrocidades.

    A grande questão é que o tempo fez com que os machucados fossem sumindo. Em algumas semanas minha vida tomou o rumo normal. Posso respirar mais tranquilo. Parece que aqueles dias em que me sentia perseguido por um desconhecido foram apenas um pesadelo. Um pesadelo sem sentido. Agora estou preocupado com meus pacientes da clínica e as crianças do Hospital St. Mary. Por outro lado, estou bem melhor também porque deixei de lado as questões do passado. Comecei a me concentrar nos acontecimentos do presente. Parei de retomar a leitura da carta de Rachel e decidi que era só uma carta que falava das descobertas da vida dela, de questões da liberdade feminina, de seus desejos sexuais, dos limites psicológicos que eram percorridos, de suas puladas de cerca sem culpa. Uma carta que, a meu ver, deveria ser esquecida. Definitivamente, estou muito melhor depois que esqueci esse assunto. Rachel desapareceu de minha vida depois da morte do marido e nunca mais me deu notícia. Muito menos para Hillary, que foi sua psicanalista depois de mim. Não tem sentido ficar remoendo. Bem, tinha aquela história da foto que me foi enviada, semanas atrás, dizendo que sabia quem tinha matado o marido dela. Foi muito esquisito, mas eu não posso fazer nada. O assunto não teve sequência e não seria eu, o bobo, que iria levá-lo adiante.

Na verdade mais um fator me deixa respirar tranquilo e aliviado: a ausência do Príncipe da Noite. Ao que eu saiba ele não está aparecendo. Quase como se ele tivesse tirado férias. Mas não posso saber absolutamente, pois a forma como ele aparece sem deixar rastro faz com que eu perca grande parte de suas cenas.

As mulheres de minha vida, pelo que eu saiba — uma vez que o Príncipe é o *serial killer* do sexo e me esconde suas conquistas —, vão de mal a pior. Ao menos isso não está me atrapalhando agora. Talvez eu já tenha me conformado, mesmo sem parar de tentar, em não conseguir ter um relacionamento sério. Minha grande vontade, que é casar, ter filhos, talvez tenha que ser deixada para outra encarnação — se é que isso existe. O Príncipe da Noite não vai parar, definitivamente, de roubar esse desejo meu. No entanto, apesar de querer me relacionar com Manuelle, ou Sophie, nossa relação tomou outro rumo depois que participei de seu programa de rádio, dando opiniões, inserindo um ponto de vista psicológico que pudesse ajudar mulheres e homens com seus problemas cotidianos e existenciais, em centenas de situações que me levavam sempre para o mesmo lugar-comum. Na verdade estou mais feliz por estar próximo de Manuelle do que por participar de seu programa. Aquela tarefa foi apenas um subterfúgio que encontrei para não me distanciar dela, que tanto amo, e pelo menos ter a oportunidade, mesmo distante, de tentar contornar a situação. Redimir-me de meus erros, o que parece impossível. Quanto mais tento me aproximar de Manuelle, mais ela faz questão de deixar claro que somos apenas amigos. O problema é que ela está começando a se relacionar com um homem desconhecido, a julgar pelas inúmeras vezes em que a vejo sorrindo ao conversar em um bate-papo de internet, ou ao telefone. E o ciúme corrói minha alma.

A doce Chloé, depois daquele episódio do Hospital Royal London, desapareceu completamente. Por mais que tentasse ligar para ela, não me respondia. Voltou-se contra mim. Depois daquele dia em que fugiu do hospital e eu não fui atrás dela — controlado pelo Príncipe da Noite, que me levou pra aquele enfadonho *pub* —, tudo mudou. Parece que algo irreversível se colocou em nossa relação esporádica.

A enfermeira que trabalha no Hospital St. Mary, Evelyn, nunca mais me olhou na cara. Depois daquele dia em que me apresentei a ela e li seu nome no crachá, nunca mais falou comigo mais do que o essencial. Com certeza ela caiu nas garras do Príncipe da Noite e, claro, culpa a mim pela rejeição.

Chegar à conclusão nefasta, porém real, de que estou sozinho é inevitável. Do trabalho pra casa, da casa para o trabalho. Obrigações, tarefas, decepções amorosas, tudo anda quase sincronizado. Apesar da conclusão dramática, estou respirando mais aliviado, pois os momentos de tortura psicológica e violência cessaram. Apesar de as mulheres não assumirem um fluxo mais equilibrado em minha vida, ainda assim eu as amo, apesar da barreira que Sophie e Chloé colocaram em nossas relações. Quanto a Evelyn, depois que não a reconheci naquele dia no hospital, provavelmente um dia depois de termos dormido juntos, também não tenho mais a menor chance com ela. Três tacadas com um mesmo golpe liquidadas pelo Príncipe! Minhas opções, por ora, estão enterradas.

O que me deixa feliz neste momento é o telefonema de um grande amigo de Angola, da cidade de Luanda, dizendo que chegará a Londres amanhã. Ele trabalha como enfermeiro no Hospital St. Mary e é meu fiel companheiro. Precisamos colocar o assunto em dia. Marcamos um encontro depois do trabalho no restaurante de um hotel que apreciamos.

Um grande evento empresarial está acontecendo no restaurante do hotel, que está repleto de mulheres. Peço uma mesa para esperar meu amigo. Sinto o perfume quase visível que exala das mulheres que confraternizam após algum, evento ou seminário, não dá pra saber ao certo. O salão não é muito grande, mas ali devem estar mais de 50 mulheres que o preenchem vistosamente.

Enquanto me sento, tenho certeza de que elas não percebem o que provocam dentro de meu coração, não só nele: em todo o meu corpo sinto arrepios indizíveis. Ia tomar apenas uma água, mas a agitação feminina me faz pedir algo mais forte, um uísque com gelo. Bebo enquanto me distraio com a paisagem. Um turbilhão de sensações perpassa entre seus corpos para o meu. Mesmo não os tocando, a sensualidade é nítida para mim. Quem disse que o corpo é aquilo que tocamos? Meu corpo esbarra o corpo delas a meio metro de distância. É como se houvesse esse campo que chamamos de áureo ou energético em forma de carne, osso e pele; é como se eu pudesse tocá-los realmente. Tocar um corpo a centímetros de distância pode parecer algo mágico, mas na verdade é mais real do que qualquer outra coisa que possamos tocar, ver ou comer. É algo que mexe dentro de nós.

Se eu não estivesse aqui em Londres, neste hotel, se estivesse lá longe, no Japão, por exemplo, no futuro, e me recordasse deste momento, algo dentro de mim seria tocado tão fortemente como está acontecendo aqui e agora. O que quero dizer é que esta realidade não está presente só aqui, mas extrapola minha imaginação e aquilo que toco ou vejo com meus próprios olhos. É como se existisse algo dentro de mim que me comandasse e me levasse a ter as sensações tão indecifráveis e maravilhosas transmitidas por estas mulheres.

Elas festejam de forma natural e simples um dia de trabalho concluído; nem imaginam que modificam profundamente o rumo de minha vida. Não sabem que são parte de todas as minhas ações diárias. Não sabem que, em minhas pequenas ações ou nas grandes, é a elas que dedico meu espírito, minha cabeça, meus desejos e tudo aquilo que eu puder chamar de eu. É para as mulheres que vou ao trabalho, para elas que acordo, escovo os dentes e tenho ambições na vida. É por causa delas que sinto meu coração bater mais forte e posso sentir o cheiro vermelho da vida em minhas veias repletas de sentimentos.

O garçom me oferece petiscos para acompanhar a bebida e pergunta se espero alguém. Estou esperando meu amigo Divas há mais de meia hora. Quem me vê acha que estou sozinho. Só se for no sentido simbólico, pois me sinto repleto, mais acompanhado impossível. Tenho impulsos de sentimentos incessantes que se transformam em linguagem. Uma vontade de falar com alguém sobre tudo isso que estou sentindo ou de sair correndo por uma praia, suar muito e pular na água do mar para aquietar profundamente o grito dos sentimentos e desejos que essas mulheres me provocam.

Pressinto nessas mulheres um burburinho em uníssono de sopranos. Peço uma caneta e um papel para o garçom e começo a escrever tudo o que estou sentindo e que me acompanha desde quando percebi que comecei a amar profundamente as mulheres e a própria vida. Escrevo numa caligrafia quase ininteligível para mim mesmo. Minha mão nunca foi firme para escrever; mesmo sendo jovem, tremo irrefreavelmente; as palavras formadas dessas sensações emolduram como um quadro o papel à minha frente.

Na parte inferior de meu corpo, brotando de meus pés, centenas de veias como talos de flores ascendem direto para o núcleo central de meu coração sedento de vida. Glóbulos vermelhos carregam o oxigênio como mensageiros do amor por todos os canteiros de meu corpo e de minha existência. Pequenos seres que mais se parecem com amoras afeiçoadas perpassam pelas minhas artérias em outros jorrares constantes e pulsantes de minha finitude.

O garçom me perguntando se quero mais uísque. Meus olhos captam a mulher que me espia pelo canto dos olhos. Ela está acompanhada de mais três pessoas. Provavelmente o que está à sua frente é seu marido, um pouco mais velho do que ela. As outras duas mulheres conversam. Quando encaro a que me espia, ela desvia o olhar com certo ar de culpa, mas eu continuo a encará-la. Percebo que fica inquieta, ao mesmo tempo em que gosta que eu a perceba. Volto a escrever meus sentimentos e impressões do mar de mulheres que habitam não só este restaurante, mas minha mente.

Os objetos e as pessoas, como brisas, sopram ligeiramente mais forte na formação de meu mundo interior; observo-o, solitário, como o surgimento de um caleidoscópio que se apresenta a mim em um universo particular e rico de imagens e sons e cheiros... Seduzido pelo mundo e por este encantamento exterior, como a sereia que encanta o viço do homem seduzido e o torna preso ao mastro edificante do desejo que embeleza a vida, sou lançado ao movimento, o primeiro deles. Minha perna começa a se mexer, meus braços, meus sentidos, meu pensamento, meu coração. Algo em meu corpo não quer, exige a anulação do fluxo de tudo que percorre meu ser, aquilo que me torna homem, mulher, animal, vivo... De modo contraproducente e enganoso. Forço a resistência diante da própria vida, do movimento inexorável. Quero anular-me. Logo percebo que de nada adianta a terra se esforçar em iluminar o sol, maestria imponderável e imensurável do fluxo do mundo espetacular e visceral. Apenas o contrário, como todos sabem. Minhas células são o sol e a terra, e o homem é o câncer. Por isso, não luto mais.

Se eu fumasse, agora seria um bom momento para parar e fumar um cigarro. Fico parado num olhar contemplativo, tudo parece estar mais lento. Não entendo mais as palavras que estou escrevendo. Elas transcendem o simples gosto pelas mulheres e atingem um ato falho e trágico. Recordo-me da frase de Nietzsche: "E se a verdade fosse uma mulher?". Vejo que o que eu escrevo a partir de uma sensação de prazer diante das mulheres me leva para caminhos que precisam ser revelados por mim, como uma missão, não religiosa, mas uma missão de vida. Ou, como diria Nietzsche, a descoberta de uma verdade. Absorto, retorno ao papel e continuo a escrever.

Atingindo tal conhecimento, não luto mais contra a própria vida. Abro meu ser, deixo-o se abrir... receber o inaudito da fonte da natureza. E, como hóspede e turista de mim mesmo, ciceroneio minhas células para continuarem seguindo o rumo perfeito e harmônico que deixa meu ser simplesmente ser. A vida continua bela e formosa, em seu ritmo constante e criativo, quando, de repente, sem mais querer a nulidade de um pessimismo aterrador dentro de meu mundo interior, aquelas minhas células, que no auge de sua formação encantada se pareciam mais com amoras afeiçoadas, agora se parecem com monstros de um filme assustador, começam a se digladiar como raios e trovões em dias chuvosos. Como num tufão que devasta as casas, os carros e as cidades, algo de putrefato percorre todo o meu corpo, na proliferação infinda e sarcástica das novas células distorcidas. Estas novas companheiras que não são bem-vindas... Deixam as células sadias e em todo o meu corpo injetam informações enganosas e "malfeitas".

As células em meu íntimo vão, pouco a pouco, perdendo a anima da vida. Desorientadas, batem como carros que atravessam o sinal vermelho da rua Whitehall, a linda rua que liga Trafalgar Square à praça do Parlamento. Algo começa a desmoronar a vida, não consegue sustentá-la mais como em belos tempos de glória. Algo da natureza se rebela, assim como algo no homem, e em mim, de intempestiva atitude se manifesta. A desarmonia segue seu fluxo constante como na harmonia, e o caos se anuncia para a rebelião da vida ínfima de minha alma. A alma só quer tomar uma atitude contra a morte. Ela quer a vida, a única salvação que me resta, este querer das profundezas do desconhecido que há dentro de mim e que diz a única coisa neste instante de tragédia e ardil ato falho. A alma diz querer a vida!

Ao parar de escrever, olho para o lado e vejo outra mulher me observando com insistência, como se estivesse absorta e hipnotizada. Uma curiosidade imensa se esconde naquela atitude tão marcante. Não entendo como pude escrever tudo aquilo. Como é que, a partir de um sentimento tão forte e prazeroso que tenho por meio de todas essas mulheres, escrevi algo tão trágico, que não é diferente da realidade do mundo? Será que aquela mulher que me olha me alimenta a descoberta da realidade do mundo? Não literalmente, mas como símbolo. Será que através das mulheres eu posso descobrir o verdadeiro conhecimento? Talvez seja verdade. Começo a me aproximar dessa conclusão. Talvez eu possa descobrir a pedra do conhecimento olhando e sentindo dentro delas. É isso. Minha intuição parece não falhar. Agora, não menos inquieto, posso perceber um pouco pra onde todos esses sentimentos me encaminham. O futuro nos aguarda.

Ainda espero por Divas. Ele está atrasado quase duas horas. Decido ligar novamente pra ele; o telefone, que antes estava fora do ar, agora chama. Ele me atende pedindo desculpas. O aeroporto estava sem teto para pousar, não pôde me ligar porque estava no avião. Diz que só agora vai pegar suas malas. Combinamos nossa conversa para amanhã ou durante a semana. Peço uma última dose de uísque antes de ir embora.

27

Acordo no meio da noite em um quarto muito bem decorado. Olho para o lado e vejo uma das mulheres que estavam no restaurante do hotel, seminua. Começo a me ajeitar. Não acredito que dormi com essa mulher. Não lembro como vim parar aqui.

De uma hora para outra, começo a me recordar de algumas coisas que vivi sem ter consciência delas, quase como se fizessem parte de outra pessoa que não eu. Fatos que não sei exatamente se fui eu, Gabriel, que vivi e, portanto, me esqueci. Ou se esqueci porque estava tomado pelo Príncipe da Noite, considerando o fato de que não recordo muitas das coisas que ele faz. É quase como se pudesse dizer que são poucos os momentos em que me percebo através do Príncipe da Noite. Seria difícil se eu, Gabriel, também tivesse problemas de memória. Ou será que tenho problemas de memória somente quando o Príncipe se apodera de mim? Será que estou me esquecendo dos fatos de minha própria vida?

Tudo isso me deixa intrigado quando começo a me lembrar de certas situações que não tenho a menor noção de ter vivido. Por exemplo, o que esta chave está fazendo em meu chaveiro pessoal? Uma chave que é provável que eu mesmo tenha colocado e que não sei para o que serve. Não faz sentido. Como não tenho a mínima lembrança da enfermeira Evelyn, que trabalha comigo no Hospital St. Mary? Outro exemplo é o fato de eu ter me lembrado de um telefonema que Manuelle, minha Sophie, fez há quase um ano para me dizer que ia morar em Londres. Como esqueci completamente de notícia tão importante? Ou será que, ao me telefonar, ela acabou falando com o Príncipe da Noite e por essa razão eu não me lembro? O que mais me aguarda neste mundo estranho de esquecimentos? A questão é que, se eu me lembrasse do telefonema de Manuelle, poderia ter me encontrado com ela há um ano. Tudo seria diferente.

    A questão de minha memória me intriga demais. Por que a memória se liga também ao destino que duas pessoas estão traçando em suas vidas. Se minha memória não tivesse falhado, eu não deixaria Sophie chegar a um país novo e estranho sem ao menos recepcioná-la com gentileza. A fragmentação das recordações me deixa louco. Essa memória seletiva, esse mar de imagens cerebrais que seguem um fluxo inconsciente, é atordoante.

    A vida é mesmo esse fluxo inconsciente das marés de nossa mente. Por que não nos lembramos muitas vezes daquilo que deveríamos ter a obrigação de lembrar? Por que, às vezes, nos lembramos de imagens que nos tocam tão profundamente em momentos tão fugidios de nosso cotidiano? Agora, por exemplo, pelo simples fato de pensar nas falhas de minha memória ou nas falhas da memória do Príncipe da Noite, me vejo da seguinte forma: estou sentado na cadeira de um consultório médico, aguardando uma consulta casual e rotineira; estou ali esperando ser chamado, e uma memória invade meu ser, ou seja, uma memória dentro de outra memória. Uma cadeira de balanço, eu com sete anos de idade em minha casa lá no Brasil; minha irmã, um ano mais velha do que eu, usando vestido jeans e fitinha no cabelo, ao meu lado em outra cadeira de balanço. Que imagem, que sensação, tudo tão presente. Tudo isso tem lógica?

Nada me fez lembrar disso agora, pelo menos não que eu saiba. É possível percebermos tudo? Ou o não percebimento faz parte da construção ilógica que nossa mente dispara em nossa memória? Se assim for, aconteça o que se passou comigo agora ao lembrar de minha infância. Nada mais mágico. De certa maneira, fico fascinado com essa desconstrução de causa e efeito que nosso cérebro fabrica, no quanto o cérebro se mostra ocultando. Nossa linha de pensamento ainda está para ser revelada para mim como num sonho, um sonho inacabado. A escrita da vida deve ser uma desconexão de sonhos.

Voltando ao esquecimento do telefonema de Manuelle, e que me distanciou dela, começo a pensar na possibilidade de nossos caminhos estarem traçados por algo maior. Será mesmo que nosso destino está traçado? Porque nos reencontramos de qualquer maneira, mesmo que eu tenha perdido a memória. Vamos pensar em duas pessoas que têm uma relação muito forte, mas estão distantes uma da outra — temporal e espacialmente —, e ainda por cima vivendo as intempéries da vida, que as distancia mais. A pergunta é: será que, se essa ligação for forte o suficiente, algo fará com que elas se reencontrem um dia? Foi o que aconteceu comigo e Manuelle. Claro que o Príncipe da Noite já nos distanciou novamente.

Quando amamos, chamamos a pessoa amada com a força do pensamento? Ou então podemos chamá-la com a força de nosso sentimento, de nosso coração? Será que há alguma resposta para tantas perguntas? De qualquer maneira, com tais pensamentos tenho a esperança de que, mesmo com os problemas que o Príncipe gerou em nossa relação, nós dois venhamos a nos reencontrar um dia. Eu e Manuelle, eu e minha Sophie. Pelo menos é essa lógica de pensamento que os fatos estão mostrando. Ou não? Mesmo que a dúvida assole minha alma, sinto uma luz em plena escuridão.

28

Acordo no meio da noite enroscado entre dois corpos femininos. Jane e Charlotte. Tento acordá-las, mas elas estão mais dopadas do que se possa imaginar. Quando me lembro de como foi bom dormir com duas mulheres lindíssimas, percebo como a vida pode realmente ser bela. A definição do Belo é isso para mim. Não consigo mais dormir. Fico olhando para o teto enquanto sinto a pele quente e sedosa delas, sobrepostas na minha. Um cheiro de vinho no ar. Sempre o mesmo vinho que tomamos juntos: Brunello di Montalcino. *Il vino dei poeti*. O vinho dos poetas.

Olho para o relógio e vejo que ainda são 22h. Tenho uma grande ideia. Ao mesmo tempo, não tenho nenhuma vontade de sair do meio de mulheres tão encantadoras. Jane e Charlotte representam o néctar de bacantes à procura de seu Dioniso. Eu sou Dioniso, elas são minhas Bacantes, me regozijo com isso. No entanto, a ideia que tive neste momento é mais forte do que seus corpos que me entrelaçam. Voltarei depois para meu ninho repleto de prazer. Jane e Charlotte, minhas eternas Bacantes do amor, sempre estarão com suas portas abertas a me esperar.

Vagarosamente, tento sair de entre seus corpos enroscados no meu, Charlotte quase acorda. Quando estou de pé, olho para trás e vejo os olhos de Jane, semicerrados, olhando para as minhas nádegas, perguntando se vou embora. Digo que já volto; ela pede para eu voltar logo. Saio da sala e vou até a sacada, onde avisto a noite com um luar esplêndido. Começo a me lembrar do que tinha escrito no restaurante do hotel quando esperava Divas. Pego o celular e ligo para o programa de Sophie:

— Temos mais alguém na linha. Quem está falando? — Sophie fala com voz sedosa e modulada para um programa de rádio.

— Boa noite, Sophie e seus ouvintes. Sou eu novamente... — falo com minha voz característica.

— Apesar de já conhecermos sua voz, diga para os ouvintes quem está falando.

— Quem fala aqui é o Príncipe da Noite.

— Príncipe da Noite! Eu já sabia que era você. É um prazer tê-lo em nosso programa. Estava fazendo falta. Semana passada você não ligou para nos abrilhantar com suas doces poesias. Será que hoje você vai nos surpreender novamente com suas poéticas palavras sobre as mulheres?

— Espero que sim, Sophie. Mas antes, como sempre faço, quero saber que sapato você está usando.

— Claro! Sapato alto preto, de couro, com pedrinhas falsas de brilhantes, que emolduram quase como uma flecha a fita do contorno que se prende a meus pés.

— Lindo!

— Agora que supriu seu fetiche, você poderia suprir o nosso com suas doces palavras?

— Sim.

— Espere! Antes quero colocar um Noturno de Chopin para envolver suas palavras.

Enquanto escuto pelo telefone o Noturno, olho para a lua encantadora que me hipnotiza, minha voz soletrando palavra por palavra junto com a suavidade daquela música. Vou falando em ritmo cadenciado:

"Na parte inferior de meu corpo, brotando de meus pés, centenas de veias como talos de flores ascendem direto para o núcleo central de meu coração sedento de vida. Glóbulos vermelhos carregam o oxigênio como mensageiros do amor por todos os canteiros de meu corpo, e de minha existência. Pequenos seres perpassam minhas artérias em outros jorrares constantes e pulsantes de minha finitude. Aquelas artérias são os túneis das megalópoles, e chegam a meu cérebro misterioso e acinzentado como troncos de árvores que purificam o ar desta cidade. O vermelho-escuro do líquido assombreado me percorre; ele é o mar de minha alma corpórea e fugaz, que invade minha cabeça, dá vazão à vida e ao olhar telescópico de meus olhos, sedentos pela luz exterior que brilha em minha retina."

Quando termino de falar, Sophie, do outro lado da linha, fica embevecida. Não sabe o que dizer. É nítido seu fascínio. Depois de um tempo, viro para trás porque escuto um barulho. Vejo, abraçadas ao lençol, Jane e Charlotte, que me olham com curiosidade e sedução.

Sophie, quebrando o silêncio, pergunta mais coisas, que ouso falar mesmo sendo observado por Jane e Charlotte. Procurando estender o assunto, Sophie me pede para repetir a poesia ou pelo menos parte dela. Digo que sim, com prazer. Repito a poesia completa, agora não mais olhando para a lua, mas olhando e me aproximando de Jane e Charlotte. Começo a falar em outro tom, sussurrado, como se estivesse falando ao ouvido de Sophie e dos ouvintes. Na verdade, estou falando a poesia ao pé do ouvido de Jane e Charlotte, envoltas no lençol. Jane deixa transparecer uma excitação que altera sua respiração. Charlotte abre o lençol e me enreda entre elas, que começam a me tocar. A respiração de Jane provavelmente é ouvida na rádio, porque o telefone está bem perto delas, e a música não serve mais de fundo para minhas palavras.

Quando termino, Sophie pergunta como as ouvintes podem fazer para me encontrar. Ela diz que esse seria o interesse de suas ouvintes, mas para mim é evidente que é seu próprio interesse. Falo que seria impossível, pois sou homem de uma mulher só, o que deixa Sophie mais fascinada ainda. Desligo o celular. Jogo-o no chão e me entrego às garras irresistíveis destas duas mulheres deliciosas. Eu, o Príncipe da Noite, me entrego a Jane e Charlotte sob o majestoso luar. Somos guiados novamente pelo Deus do Vinho, que ressurge eriçado por aquelas palavras de sedução proferidas pelo Príncipe a Sophie e suas ouvintes.

Duas vezes por mês eu costumo jogar golfe no London Golf Club. Gostaria de praticar mais esportes, mas a correria do trabalho muitas vezes não me permite. Consigo manter a forma correndo três a quatro vezes por semana na rua, no parque ou na academia. Isso é indispensável para minha saúde física, sem falar do benefício que o exercício diário causa em minha mente. Depois que meu amigo Divas chegou de Angola, não conseguimos ainda nos reencontrar. Queria conversar, saber como foi sua viagem e compartilhar alguns fatos que estavam acontecendo em minha vida. Ele, que não poderia ir ao clube por estar de plantão, acabou de me ligar para dizer que o substituíram e poderemos então nos encontrar.

Quando chego em sua casa para pegá-lo, ligo para avisar que estou esperando no carro. Ele acha muito estranho eu estar esperando na frente da casa dele, porque me ligou ontem à noite dizendo que, se fosse jogar golfe comigo, iria no carro dele, pois dormiria na casa de uma amiga que mora perto do London Golf Club. Digo que ele deve ter sonhado que me ligou. Ele confirma que sim, ligou, tem certeza que ligou e não estava sonhando; tanto é que eu lhe disse que tinha uma novidade de trabalho pra lhe contar. Garanto que a novidade de trabalho eu mencionei quando ele ainda estava em Angola. Mas ele discorda e disse que nunca liguei enquanto ele estava em Angola. Acho tudo muito esquisito. De novo minha memória falhou? Num primeiro momento, acho que Divas se confundiu, mas depois tenho que dar o braço a torcer, pois percebo que não lembro desse telefonema. O que não invalida o fato de ele ter existido de verdade. Afinal, quem tem problema de memória sou eu e não Divas. Digo que já estou a caminho.

No clube jogamos e colocamos o assunto em dia. Divas está com uma cara ótima, mas parece que algo o perturba. Não quero lhe perguntar no primeiro momento, mas depois sinto que poderia ajudá-lo de alguma maneira, e pergunto para saber o que lhe incomoda. Afinal, não aguento mais falar de meus problemas. Mas Divas fala antes:

— Sabe, Gabriel, acho que nesse tempo todo que nos conhecemos nunca falei sobre minha vida em Angola.

— Não que eu não tenha lhe perguntado, Divas. Você sabe que sempre tive curiosidade para saber como foi sua vida lá.

— Eu sei, eu sei. Não estou reclamando, meu amigo. Na verdade, minha vida lá foi muito boa. Tirando o fato que eu não conto pra ninguém.

— Estou aqui pra isso, Divas. Você sabe que pode confiar em mim, não sabe?

Percebo que Divas sempre quis me falar o que está prestes a falar; talvez estivesse esperando a melhor hora.

— Sei, claro que sei. Ainda mais que você, apesar de amar este país, é estrangeiro como eu, o que estreita ainda mais nossos laços. A verdade, Gabriel, é que, sempre que volto para Angola e revejo minha família, meu povo, fico muito mexido. Minha mãe hoje em dia já não atina muita coisa. Mas até dois anos atrás ela tinha uma percepção maior das coisas. Sempre que me encontrava, ficava muito assustada porque achava que eu era um fantasma.

— Como assim, Divas? Você nunca me contou isso! Que problema mental sua mãe tinha?

— Até a época em que ela ainda tinha certa consciência, não tinha nenhum problema.

— Como assim não tinha nenhum problema, se ela achava que você era um fantasma?

— E eu era um fantasma! Pelo menos para minha família eu era um fantasma!

— Como assim, Divas?

— Você está preparado para escutar a história real mais absurda que já escutou na vida, meu amigo?

— Você está me deixando assustado, Divas! Conte logo!

— Bem, tudo começou quando eu tinha 16 anos. Eu era um negro muito sadio. Já era alto como sou hoje e já tinha este corpo forte e atlético que conservo sem muito esforço. Talvez o fato de não ter nascido subnutrido, como muitos de meus amigos de escola, tenha sido uma das maiores infelicidades de minha vida. Um belo dia ensolarado, eu e outros amigos jogávamos bola num lugar desabitado. Mas o local era tão incrível, apesar de ermo e encalorado, que depois da escola, quase todos os dias, íamos brincar nesse campinho. Acho que devia dar quase uns seis quilômetros de distância de minha casa. Era um sacrifício caminhar até lá, ter disposição pra jogar futebol duas horas e depois voltar. Mas... sabe como nós somos no auge de nossa energia, não sabe? Um dia estávamos jogando, fui chutar a bola no gol e ela atravessou bem longe o travessão, Gabriel. Olha, se eu te contar como eu era perna de pau, você não vai acreditar!

Divas começa a rir, e ao mesmo tempo sente tristeza, apesar de querer escondê-la.

— Eu não era essa beleza que sou no golfe.

— Bem, amigo, não posso dizer que você seja uma maravilha jogando golfe; eu também não sou. Continue sua história, não me deixe intrigado.

— Foi no dia dezesseis de março, me lembro como se fosse hoje, Gabriel. Eu chutei a bola e ela foi bem longe do campinho. Tentei ver para onde a bola ia, mas era impossível. O sol estava insuportável, nos cegava quando olhávamos naquela direção que dava pra uma rua de areia. Um amigo que devia ter uns dezessete anos, o nome dele é Kizua, acabou passando pelas mesmas coisas que eu... Foi atrás da bola; ele corria muito. Antes mesmo que fizéssemos alguma coisa, ele já tinha saído para pegar a bola. Kizua corria como uma flecha. Quando nós o vimos voltando com a bola nas mãos, ele não estava sozinho. Um soldado do exército, fardado e com mais cinco deles, todos muito fortes, armados, veio em nossa direção. Num primeiro momento não dava para perceber o que era exatamente. Nós sabíamos que era Kizua porque ele falava pra fugirmos. Dava pra escutar sua voz... Mas, quando percebemos o que era, já era tarde demais. Nossos destinos iriam mudar em segundos. Ah, se eu não tivesse chutado a bola naquele momento, o caminhão do exército não iria ver Kizua correndo atrás dela. E eu talvez não morasse aqui em Londres... Talvez não fosse enfermeiro. Talvez morasse ainda lá em minha terra natal. Apesar da dificuldade e do imenso trauma que sempre é voltar para minha terra.

— Eu ainda não entendi, Divas. O que é que o exército tem a ver com sua mãe achar que você era um fantasma?

— Pelo simples fato, Gabriel, de que todos aqueles adolescentes que estavam naquele dia jogando bola, inclusive eu, foram colocados à força no caminhão! Fomos obrigados a servir o exército por causa da guerra. Mas ninguém informou isso para as famílias daquelas crianças! Para nossas famílias era como se tivéssemos sumido. Todos. Não sabiam o que tinham acontecido conosco. Eu só fui dispensado do exército sete anos depois, com a amenização da guerra.

— Sete anos sumido?

— Sete anos, meu amigo! Sete anos na guerra! O exército pegava todos os garotos que estavam na rua soltos. Garotos considerados fortes, que poderiam participar do combate. Foi na guerra que eu aprendi sobre primeiros socorros, que comecei a entender um pouco da medicina, da saúde! Por isso hoje tenho paixão pela enfermagem! Esta vontade de fazer algo de bom para alguém. Eu vi muita gente morrer em minhas mãos, Gabriel.

— Não acredito que você tenha vivido tudo isso, Divas. Como você foi forte! Não sei nem o que te dizer, estou espantado com sua história.

— Então, quando fui liberado depois de sete anos, a primeira coisa que fiz foi voltar para casa. Minha mãe, quando deu de cara comigo, achou que eu era um fantasma. Ela berrava para meus outros irmãos, Gabriel, desesperada, falando que eu estava lá. Eles também não acreditavam que era eu... Achavam que fosse mesmo um fantasma! Afinal, nós todos que estávamos jogando bola aquele dia, e que sumimos de uma hora para outra, estávamos mortos. Procuraram-nos durante anos. Como não aparecíamos, era como se tivéssemos morrido! Aparecer assim, de uma hora pra outra... Com o começo da crise de Alzheimer de minha mãe, claro que ela só podia achar que eu era um fantasma. Não podia ser de outra maneira.

— Que história!

— O pior de tudo é que a última vez em que minha mãe me viu eu tinha dezesseis anos. Nessa época ela tinha uma saúde exemplar. Depois, quando reapareci, sete anos depois, ela já estava com Alzheimer. Então, a última imagem que ficou registrada na memória dela é que eu tinha morrido! Ela nunca veio a saber, com meus irmãos, que eu não morri, que estou vivo! Mas ela não reage mais, Gabriel. Não tem mais consciência de nada. A última imagem que ficou foi a mais triste que uma mãe pode ter, perder seu filho e nem ao menos saber onde ele está. Hoje em dia, Gabriel, eu olho para minha mãe, lá no fundo dos olhos dela, e tento falar para algum ser que está lá no fundo, escondido, e que eu sei que ainda é ela. Daquele jeitinho que ela era, sabe? E tento dizer: "Mãe, Dona Aisha, sou eu, seu filho, sou eu, mãe, eu voltei! O teu filho Divas está aqui! Estou aqui, mãe! Me desculpe, por favor, me desculpe por não ter conseguido voltar antes! Eu não morri, mãe! Estou vivo! Amo a senhora, nunca se esqueça disso! Amada Aisha! Amo a senhora, minha mãe!".

Divas começa a chorar. Eu o abraço, tentando suprir aquilo que é impossível. Meu coração palpita junto com o dele, e não me aguento, também choro silenciosamente.

30

Chego ao programa de Sophie, minha Manuelle. Ela está radiante, mais do que o normal. De início acho que é por minha presença. Logo mais, tenho a triste sensação de ser por outro motivo que desconheço. Será que é o novo relacionamento que a está deixando assim? Não posso dizer que aquilo me incomodou, apesar de desejar a maior felicidade para ela. Mas, é inegável, eu queria ser a causa de toda essa paixão. Pergunto como vai a vida, quem sabe ela solta alguma informação, alguma pista do que está sentindo. Mas ela é lacônica. Responde com meias palavras. Está mais interessada em falar sobre o programa, a pauta do dia, e como anda motivada pelo trabalho. Enfim, não consigo nenhuma informação sobre sua vida pessoal. Mas, também, o que eu faria a respeito? Mataria o objeto do amor dela? Impossível. Não sou um assassino. Apesar de ter matado o marido de Rachel, aquilo foi um ato de defesa, para salvar a mim e a ela. Essa recordação parece que virou TOC, transtorno obsessivo-compulsivo, uma paranoia que insiste em bater na mesma tecla. Quanto a Sophie, se ela está amando outra pessoa que não eu, o máximo que posso fazer é me conformar, nada além disso.

O programa começa. Não consigo prestar muita atenção ao significado das palavras de Sophie, a não ser em sua beleza, no tom de sua voz. Contemplo-a, mas disfarço, finjo que estou atento ao que ela diz. Quando ela me faz uma pergunta ao vivo, fico embaraçado porque não entendi muito bem; respondo qualquer coisa. Depois que respondo, ela continua a falar, mas percebe que eu estava meio aéreo. Ela reage com leveza, sem cobrança, sem peso. A postura de mulher inteligente ou simplesmente de mulher apaixonada pela vida. Tento tirar os olhos dela para me concentrar no que vim fazer aqui, trabalhar, expressar minha opinião aos ouvintes. Quando começamos a escutar uma ouvinte falar sobre seus problemas de família, em especial com seu marido, Sophie passa a bola para mim, perguntando o que eu acho.

— Este caso, Sophie, retrata muito bem o que muitos homens e mulheres vivem atualmente. Aquilo que eu chamo de nossa era pavonada. Diga-me qual é o homem que não gosta de ver sua mulher sendo observada por todos ao entrar ou sair de um restaurante. O homem quer ter o carro da moda, a mulher quer a bolsa da moda, e por aí vai. Sei lá, quaisquer que sejam os objetos de desejo que precisam ser possuídos para suprir outra falta. Objetos de fetiche que suprem um desejo desvairado. Esses objetos de fetiche estão mais ligados ao exterior, àquilo que se quer representar, e não àquilo que se quer ser, não realmente aquilo que prezamos para uma vida boa. É o embate da superficialidade contra a essencialidade, vencido pelo mais rasteiro, mais óbvio. A guerra do ter para ser, contrária àquilo que chamamos de autêntico no homem, que preza o ser para depois ter. A fase de vida que o marido dessa ouvinte atravessa, e que muitos homens da faixa dos 50 anos igualmente vivem, precisa ser deixada de lado. Um homem que quer conquistar meninas mais jovens para suprir o medo da própria finitude desloca o sentimento da maturidade para retornar à sensação de jovialidade, mas a sensação é a ilusão do medo da perda. Nada melhor do que um relacionamento maduro, conquistado ao longo do tempo, para centrar o indivíduo e o casal. Isso deve ser mostrado para o parceiro de modo lento, sem que haja embate, confrontação. Caso aconteça dessa maneira, o efeito pode ser o oposto, podendo chegar, no limite, à separação do casal. O homem em busca da menina que irá suprir o medo de sua finitude e lhe trazer novas esperanças de vida, e a mulher, do outro lado, entristecida por ser sido trocada por uma jovem que poderia ser sua filha, com a pele viçosa e plena de jovialidade.

Continuo a resposta da ouvinte, comum a tantas mulheres:
— Homens pavões. Mulheres pavões. Exibicionismo puro, vivências egocentradas e autorreferentes. Na verdade, acredito que vivemos na era da humanidade "pavonada", a tendência a querer se exibir como um pavão que exibe sua cauda majestosa para a fêmea hipnotizada. Não há nenhum mal nisso, a não ser quando se ultrapassam todos os limites e a vida se resume a isso. Nem todos são assim, ou são apenas em determinadas circunstâncias e desejos. Vivemos múltiplas sensações vulneráveis que ora são uma coisa, ora outra, e perdemos de vista nossa identidade única, nos encontrando na fragmentação plena de nosso eu. Precisa haver muito diálogo entre o casal, muita transformação e novas experiências para os dois que se amam. E, por que não falar, existe a terapia. O grande problema é quando o casal não quer se ajudar, quando tudo está fadado ao fracasso. O que me parece, no primeiro momento, não ser o caso desta senhora que liga para o programa. Ela parece querer tomar alguma atitude a respeito, Sophie.

— Obrigada, Gabriel. Mais uma vez você deixa para nossas ouvintes uma opinião esclarecedora. Esperamos que a senhora possa seguir os passos de nosso psicanalista convidado e que o seu relacionamento possa durar de forma saudável por muitos e muitos anos.

— Eu é que agradeço, e com certeza vou fazer alguma coisa para meu relacionamento de trinta anos não acabar — diz a ouvinte. — Obrigada, Gabriel. Sophie, parabéns pelo programa, sempre escuto onde quer que eu esteja. Parabéns.

Dou opiniões mais algumas ouvintes, e o programa termina. Retiramos os fones de ouvido, começo a me preparar para sair. Sophie conversa com os técnicos da rádio, faz perguntas sobre a pauta do próximo programa. Estico ao máximo as poucas coisas que tenho para fazer na rádio, querendo usufruir de sua companhia, mas não tenho mais nenhum motivo para permanecer ali. Sophie parece não me dar muita atenção, então o melhor que tenho a fazer é ir embora, apesar de querer convidá-la para almoçar. Mas, como não quero ouvir uma negativa, me despeço:

— Então, Sophie, até semana que vem!

— Ah, sim. Gostei muito do que você disse hoje na rádio. Senti muita segurança no que você estava falando. Me fez lembrar de um ouvinte que liga pra nós toda semana.

— Ah, é? Mas ele participa do programa como eu, dando opiniões?

— Não. Ele sempre liga recitando suas poesias sobre a vida, sobre as mulheres. Você nunca ouviu?

— Não, não é sempre que eu consigo escutar o programa. Na verdade, não escutei nenhum de que eu tenha participado. Não gosto de escutar minha própria voz.

— Por quê? Você tem uma voz bonita. Devia escutar, ia se

surpreender. Aliás, acho o registro de sua voz bem parecido com o do homem que liga pra falar as poesias.

— Você parece fascinada por ele, não é?

— De certa forma, sim. Ele deve ser uma pessoa bem interessante, pelas coisas que fala. Ainda mais sendo tão misterioso. Não fala nem seu nome verdadeiro.

— Ah, até aí você também não fala que se chama Manuelle.

— Eu sei, só que Sophie é um nome, eu uso porque é meu nome artístico, meu personagem. Ele não é misterioso.

— Qual é o nome dele? — Estou enciumado por vê-la falar nele sem parar, com aqueles olhos reluzentes que parecem estar apaixonados por um cara que ela mal conhece.

— Já disse ele não tem nome. Eu não sei.

— Mas, então, ele fala o quê?

— Ele fala que é o Príncipe da Noite.

Fico estarrecido. Não posso crer. O Príncipe da Noite está ligando para a rádio e falando com Sophie, conquistando-a. Não consigo pensar em mais nada a não ser a revelação de Sophie, que ecoa em minha mente. Como é possível?

31

Chego em casa depois da revelação de Sophie sobre as peripécias do Príncipe da Noite. Mal tenho tempo para refletir melhor a respeito quando pego, na caixa de correio, outra daquelas cartas misteriosas. Não tenho vontade de abrir, com medo do que possa estar dentro. A última vez que recebi uma dessas cartas fiquei perturbado com a foto de Rachel, com aquela frase atrás da foto "eu sei que foi você que matou o marido dela". Não quero que todas aquelas sensações ruins retornem, mas é inevitável.

Com a carta na mão, entro em casa e noto que o envelope está lacrado com sangue. Tétrico. Abro o envelope, rasgando-o lentamente pela lateral. O som do papel rasgado fica mais evidente diante de minha perturbação. Deixo cair o pedaço rasgado e retiro de dentro outro envelope. Uma carta dentro de outra carta, o que isso quer dizer? Parecem aquelas bonecas russas que você abre e cada vez tem uma menor dentro.

No outro envelope, que também está lacrado, há uma fotografia. Quando vejo a foto, fico chocado: um homem com um capuz preto deitado no chão. Viro a foto. Está escrito: "Você conhece esse homem morto, não?". Viro novamente a foto. E percebo que o encapuzado é o marido de Rachel. Dou-me conta de que é o mesmo local onde aconteceu a tragédia, a casa de campo de Rachel e seu marido. O corpo na foto é do marido de Rachel? Não parece ele, mas também não me lembro muito bem. Desmaiei logo após o tiro porque na briga levei uma coronhada na cabeça. Não me lembro bem como ele era. Lembro-me dessa camisa branca. Sim, definitivamente é ele. Quando a bala o acertou, manchou a camisa de sangue, muito evidente sobre o branco. Isso ficou marcado em minha cabeça. Mas não me recordo do que aconteceu depois, nem como saí de lá ou o que Rachel fez com o corpo. Ela nunca mais falou comigo. Mas por que depois de dois anos alguém começa a me atormentar com esse assunto? Será que Rachel tirou a foto antes de esconder o corpo? Não tinha mais ninguém naquele dia, a casa era afastada, sem vizinhos próximos. Será que Rachel está me torturando? Mas para quê? Não teria sentido; não sou culpado de nada.

Estou confuso. Não sei o que fazer. Decido ligar para Hillary e digo que precisamos conversar.

— Hillary, eu estou confuso. Preciso me abrir com você, a única pessoa em quem posso confiar.

— O que anda acontecendo, Gabriel?

— Não sei, Hillary, de uma hora pra outra comecei a me sentir perseguido.

— Como assim? Isso é real ou apenas uma sensação de perseguição?

— É real.

— Gabriel, sempre achei que você tivesse síndrome de pânico. Se acalme! Não tem por que sentir isso. Tente racionalizar.

— Estou pensando racionalmente. Estou sendo perseguido.

— Mas por quê? O que você fez? E por quem?

— Eu não sei por quem, Hillary. Também não fiz nada. Mas a gente não vê todo dia as pessoas se matando pelos motivos mais banais?

— Sim, sim, é verdade. Mas sempre tem alguma coisa por trás, você entende? E, no seu caso, não tem por que ter isso. Pelo que sei de sua vida, pelo que você me conta, acredito que você não anda escondendo nada de mim, estou certa?

— Sim, sim, está certa. Eu não escondo nada de você. Mas, sei lá, a perseguição existe. Só sei dizer que é real.

— Bem, se acalme por enquanto. Venha conversar pessoalmente.

— Está certo. Vamos conversar pessoalmente.

Quando desligo o telefone, percebo que estou sozinho. É claro que não falo tudo para Hillary. Ela não tem conhecimento das variáveis que estão em jogo. Como eu poderia contar para ela? Nunca! Ela não entenderia. E ainda iria me perguntar o que aconteceu depois do assassinato, o que fizemos com o corpo... Tudo isso me apavora, chega a me dar náuseas. Quando o telefone toca novamente, crente de que é Hillary retornando a ligação, atendo:

— Pode falar, Hillary.

Ninguém fala nada, só silêncio do outro lado da linha. Olho no identificador de chamadas, mas o número do telefone não é reconhecido. Não aparece nenhum número no visor do celular; está bloqueada a identificação da chamada. A voz do outro lado da linha se pronuncia:

— Sou eu, Gabriel!

Custo a crer. Mas tenho quase certeza. Não é possível. Prefiro checar:

— Eu quem?

— Eu, Gabriel, sua Rachel.

— Rachel? É você? — pergunto, assustado. Minha dúvida desaparece com a confirmação do som da voz dela.

— Sim, Gabriel, sou eu.

Desligo o telefone num impulso. Não posso acreditar que Rachel ligaria depois de tanto tempo. A mulher que estragou minha vida voltou para me infernizar.

32

No dia seguinte, depois do trabalho, Divas passa no consultório e diz que tem uma *happy hour* no restaurante de uma amiga. Como minha cabeça ainda está um turbilhão, pensando naquela foto com o homem morto que supostamente era do marido de Rachel, decido embarcar no carro dele e ir junto.

No carro de Divas, que não consegue parar de falar, fico absorto em meu próprio mundo. O telefonema misterioso de Rachel não sai de minha cabeça. O que será que ela quer falar comigo? Não devia ter desligado na cara dela; agora não tenho como saber. Além disso, a foto do marido dela chegando justo naquele dia, minutos antes de ela me ligar...

Divas interrompe o fluxo de meu pensamento:

— Então, Gabriel, um amigo me convidou para sair junto com mais duas mulheres num encontro casual. É um amigo meio fresco, sabe, disse que deve ser o encontro de pessoas muito cultas e viajadas. E que, se rolasse alguma coisa além, melhor.

— Desculpa esnobe de todas as pessoas que fazem MBA, mas no fundo querem preencher a solidão e se sentir amadas.

— Como você está amargo, Gabriel.

— Não, é que não aguento mais as frustrações dele. Não é do Charles que você está falando?

— Dele mesmo. Como você sabe?

— Pela descrição que você fez dele. Ontem ele me ligou pedindo milhões de coisas, nem fiz questão de entender bem. Estava entre uma consulta e outra, com a cabeça cheia.

— É, ele sabe ser chato mesmo.

— Com toda a certeza.

— Não precisa ficar mal-humorado. Estamos indo para uma festa. Vou apresentar pra você uma mulher que mora em Los Angeles e que você vai amar, tenho certeza. Ela não faz meu tipo.

— Não estou sendo amargo. Eu só não aguento mais pseudointelectuais em minha vida.

Nesse instante recebo uma mensagem de texto de Hillary, pedindo para eu ligar urgente. Como nós tínhamos acabado de chegar ao restaurante, resolvo ligar para ela depois. Não quero me perturbar com mais um inconveniente. Desligo o celular.

Entramos no Axis restaurante-bar e procuramos pelas amigas de Divas.

— Não sabia que era este restaurante, Divas! — digo entusiasmado.

— Por quê, Gabriel? Você já conhece?

— Sim, claro que sim. Uma surpresa, porque é um de meus restaurantes prediletos. Estive aqui pela primeira vez depois de assistir a *O Rei Leão*, há quase dez anos. Assim que cheguei aqui em Londres.

A *hostess* que nos atende na entrada do restaurante se vira para mostrar a mesa onde as amigas de Divas nos esperam. Do fundo do bar aparece uma mulher de mais ou menos 1,80 m, vistosa, de cabelos compridos, magra, maçãs do rosto salientes e sorriso largo. Ela vem a nosso encontro.

Divas e eu nos olhamos. Parece cena de filme em câmera lenta, e pergunto se era aquela mulher que ele ia me apresentar. Divas dá um sorriso que salienta seus dentes brancos.

Gosto de ver aquela mulher exuberante, mas, ao mesmo tempo, pressinto o Príncipe da Noite se aproximar dentro de mim.

Quase como se o tempo tivesse parado, minha fantasia vai um pouco mais além: um filme paralelo e simultâneo à caminhada daquela mulher desconhecida me faz vislumbrar a entrada triunfal de uma diva hollywoodiana indo de encontro a seu "muso". No caso, seria eu o seu muso? Pobre de mim, justo eu, que não seduzo mulher alguma, que tenho a maior dificuldade de conversar com elas. Será que esta mulher estonteante vem vindo em minha direção porque o Príncipe da Noite já se faz notar dentro de mim? Queria achar que eu, Gabriel, tenho capacidade para ser o muso temporário daquela diva. O tempo para, mas a imaginação, não.

No sobressalto irrequieto de meu frisson, percebo que ela fica igualmente nervosa em minha presença. Percebo nela um desconforto que beira as emoções que estou sentindo em relação a ela. Uma via de mão dupla de sentidos se dá entre nossos corpos. Ela cumprimenta Divas meio afoita, mas não deixa de olhar para mim. A amiga que a acompanha, mesmo presente, sumiu para mim nesse momento. Minha atenção e a de todos no restaurante estavam voltadas para aquela mulher. Sua sedução aflora a cada movimento.

Ao me cumprimentar, ela esbarra no garçom que passa e uma taça de vinho tinto cai em cima de mim. Minha camisa fica completamente vermelha. Ela se espanta com o ato desastroso. Sinto o vinho esparramar, como se o sangue do amor aflorasse em minha camisa branca. Ela trata de pedir desculpas, consternada, tentando consertar o problema. Mas não faz nada, somente pede desculpas, dizendo que a culpa foi sua, enquanto olho para ela, fascinado com sua beleza.

Mesmo que quisesse me livrar das garras da paixão — ou amor —, seria impossível. Na hora posso vivenciar um pouco do que o Príncipe da Noite sente em sua obsessão pela paixão. Algo irrefreável que faz com que nos esqueçamos de todas as maldades. Irresistível como uma droga! Afinal, eu mal me lembro de todas as coisas que me perturbavam há poucos segundos.

Esta mulher quer me enredar na paixão, não tenho saída, vou cada vez mais para o fundo nessa atração irresistível. Enquanto vejo sua boca abrir e fechar, seus lábios carnudos dizendo apenas desculpas, agarro sua mão e, olhando-a bem nos olhos, digo, segurando sua mão com o corpo levemente arqueado em sua direção:

— *Au fond, vois-tu, mon erreur, ma grande folie, c'est d'avoir chargé ton coeur de tout le poids de ma vie.*

Estou falando francês! Como é possível? Ela não entende uma só palavra, nem eu! Ela está perplexa, parece que me escuta com a voz do coração de uma dama. Eu continuo, quase sussurrando:

— *Le jour où l'on s'est aimé, j'ai cru qu'en ce coeur offert j'allais pouvoir enfermer tout mon univers. C'est de cette erreur profonde que maintenant nous souffrons. On ne fait pas tenir le monde derrière un front. Ton coeur est tendre et sincère, ardent et soumis. Mais tout seul, pouvait-il faire que je me passe de ma mère et de mes amis!*

Quando termino de falar, beijo sua mão e digo:

— Eu só falo francês quando algo me faz lembrar Paris, a terra da paixão. Muito prazer, me chamo Gabriel.

Nesse exato momento sinto que a conquistei. Mas agora tenho certeza absoluta que o Príncipe da Noite estava escondido, pronto para atacar. Desta vez eu não havia perdido a memória, o Príncipe tinha me deixado observar tudo. Percebo que ele decorou aquelas palavras, é o jogo de sedução que utiliza para conquistá-la. Enfim tenho a oportunidade de acompanhar uma de suas façanhas. É um absurdo. Ela está tomada pelos meus encantos, mais os do Príncipe do que os meus propriamente ditos. E eu, fascinado pelos encantos dela.

Sentamos os quatro à mesa, eu, Divas, ela e sua amiga, que eu mal tinha cumprimentado, não me lembro ao certo. Mas o Príncipe é resoluto, seu tiro é certeiro. Durante o jantar, a conversa segue seu fluxo como um rio. Em dado momento, ela, com suas pernas compridas, atravessa por debaixo da mesa com seus pés e os encosta em minhas pernas, enquanto continua escutando a conversa como se nada estivesse acontecendo. Olho para ela e dou um meio sorriso; ela retribui, colocando a mão em seu brinco dourado. Esse simples ato me dá uma sensação de preenchimento. Algo parecido com o sentimento do primeiro beijo que Sophie e eu nos demos, lá no alto da montanha, quando éramos adolescentes. Um acontecimento único. Claro, estou vivendo o que devia ser comum para o Príncipe da Noite, mas para mim, não. Foram poucas as vezes que algo tão inaudito aconteceu comigo. Por isso, enquanto ela continua a brincar comigo com sua perna por baixo da mesa, prosseguimos nosso jantar, eu numa espécie de transe.

Quando retorno desse transe de sensações e olho para aquela mulher, vejo que estou deitado em minha cama. E a morena, que roçava sua perna na minha enquanto jantávamos, está bem ali em minha frente, despindo sua roupa, revelando sua lingerie preta num corpo que não tenho palavras para descrever.

Mal sabe ela que seria nossa primeira e última noite. Não porque ela voltaria para seu país de origem, mas porque o Príncipe da Noite já estaria ocupado com sua próxima mulher. Saberia ela que eu, Gabriel, nunca faria tamanha maldade depois que dormíssemos juntos? Eu ligaria para ela no dia seguinte, coisa que o Príncipe nunca fez nem faria. Observando-me através do Príncipe, sinto um prazer inenarrável porque estou prestes a dormir com uma mulher com quem eu nunca imaginei que dormiria. Ao mesmo tempo, sei que ela será mais uma vítima das garras do infalível Príncipe da Noite. Começamos a nos beijar. Sinto na pele o paradoxo, mas não posso deixar de aproveitar o momento que estou vivendo. Assim, o Príncipe toma as rédeas da situação, e eu observo e sinto tudo da melhor forma que posso.

33

A única coisa que tenho em mente no dia seguinte é falar com Hillary. Chego ao consultório e ela, afoita, me pergunta por que não liguei em resposta ao recado deixado no celular. Respondo que tive alguns problemas e que não pude ligar. Ela me pede para sentar na poltrona em que sempre sento, de frente para ela, e me entrega um papel. Começo a ler.

— Mais uma carta de Rachel? — pergunto, espantado.

— Não. Me parece que é a continuação daquela carta que ela enviou.

— Você me chamou até aqui, Hillary, pra ler uma carta de Rachel? Eu não aguento mais essa história. Essas cartas não querem dizer nada. Foi você a última analista dela, eu não tenho mais nada a ver com isso. Desculpe!

— Acho melhor você ler até o final.

— Você sabe que não gosto de voltar ao passado.

— Sei, mas desta vez é importante. Eu, como sua analista, tenho a obrigação de mostrar esse e-mail que Rachel me enviou ontem.

— O e-mail é de ontem? Como assim? Não é daquela época?

— Isso que eu queria dizer. Apesar de no começo parecer uma continuação daquela carta, não é. Isto faz parte de um e-mail que ela me enviou ontem, depois de todo esse tempo desaparecida.

— E você respondeu?

— Sim, e ela ainda não me retornou. Disse que tinha gostado do fato de ela ter voltado a falar comigo. Só depois fui ler o e-mail, e aí percebi que ela queria uma resposta mais sólida. Mas, antes de escrever, quis que você lesse para eu saber o que falar para ela. Então, por favor, Gabriel, leia até o final.

Depois que Hillary falou, achei muito estranho porque coincidia com a foto do marido morto dela que recebi ontem. Será que Rachel decidiu falar nessa carta tudo o que aconteceu naquele dia? Fico receoso diante da possibilidade; inquieto, começo a ler a mais nova carta de Rachel:

"O voyeurismo e a perseguição estavam em meu caminho. Esses dois itens fazem parte do jogo da sedução na humanidade e não podiam faltar em mim. Isso para não falar no prazer do mundo atual através dos meios midiáticos. Milhões e milhões de pessoas se expondo para serem vistas ou para simplesmente verem. O "ser visto" e deixar-se ver. O "ser percebido". O perceber. Algo tão comum nos dias de hoje que, arraigados em nosso ser, nos fazem viver como verdadeiras taturanas que fogem para seus ninhos para não serem atacadas pelos gaviões que as espreitam do alto de seus arranha-céus. Ou, quando não há riscos para a sobrevivência, usufruímos do suco do prazer de sermos perseguidos pelo ser amado ou apaixonado e, assim, nos expomos, exibimos, chamamos a atenção, procurando nosso outro desconhecido. O fetiche do desconhecido no outro."

Fico abismado porque esse texto é meu. Fui eu que escrevi, salvo alguns comentários que ela mesma colocou, mas na essência é idêntico ao que escrevi. Impossível. Duas pessoas poderiam pensar sobre o mesmo tema, sobre o mesmo assunto, mas nunca escrever da mesma maneira. A coincidência é absurda. A única hipótese é Rachel ter mexido em minhas coisas. Mas como ela poderia entrar em minha casa e roubar o texto que estava em meu computador? Hillary me interrompe:

— Você entendeu por que eu te chamei aqui?

Perplexo, indago por quê. Como Hillary poderia saber que o texto era meu? Ela pede para eu ler a carta até o final, depois conversaríamos a respeito. E sai da sala para fazer café.

As cartas de Rachel nunca mencionaram muita coisa a respeito daquele dia fatídico. Ao contrário, as palavras só expressam a conquista de sua liberdade, da afirmação de seus desejos, de novas descobertas de seu ser. No entanto, diferente de tudo que ela escreveu até agora, aquela nova carta — enviada para Hillary não sei ainda por quê — denotava algo misterioso, que se encaixava no absurdo daqueles acontecimentos que se sucediam comigo. Como as fotos dela e do marido, que me torturavam mais do que qualquer coisa. Agora preciso descobrir o que Rachel quer dizer com tudo isso. O que se esconde atrás de suas intenções? Rachel, antes desaparecida, está se preparando para voltar. Mas não para voltar amigavelmente, pelo que tudo indica. Ainda não dá para saber por que ela quer fazer isso. Por que voltou? De qualquer forma, todos os acontecimentos estão conectados a mim. Ela quer que eu saiba, mas não somente eu; quer colocar na jogada outro observador que saiba de algo. Por isso enviou o e-mail para Hillary e não para mim. Se ela enviasse o e-mail para mim, não deixaria provas sobre o que está querendo fazer. Sempre achei que esta mulher era mais intriguista do que o normal, além de certo teor de neurose em sua forma de ver o mundo. Mas até aí eu não ia imaginar que ela pudesse se voltar contra mim. E por que ela agora parece se voltar contra mim? O que eu teria feito de tão grave que atormenta sua alma? Tento me colocar no lugar de Rachel para entender sua mente. Então, começo a pensar numa série de possibilidades vãs que não me levam a nada. Chego à seguinte dúvida: teria o Príncipe da Noite feito algo de que eu não soubesse? Teria rejeitado Rachel? O que ela estava esperando depois da morte do marido? Por acaso Rachel esperava que eu me casasse com ela? Nunca prometi isso, mesmo porque acho que o casamento é um projeto fracassado. Não porque não queira, mas pelo fato de que o Príncipe da Noite não suportaria a prisão do casamento. Mesmo que algum dia eu, Gabriel, conseguisse me casar, não iria durar muito tempo devido às infidelidades constantes que o Príncipe iria me proporcionar. Duas coisas iriam acontecer: a infelicidade inevitável da mulher traída que casasse comigo e a grande possibilidade de algum dia eu ser assassinado por um marido traído.

Hillary chega com o café.

— Descobriu mais coisas? Já leu até o final?

— Não, ainda não, Hillary. Estava pensando em coisas que Rachel dizia quando eu a analisava. Acho que nunca comentamos a respeito. Mas eu observava um padrão neurótico em seu comportamento. E a inconstância de pensamentos que a levavam para extremos. Ela não tinha muito bem definidos dentro de si os limites da moralidade, da ética.

— Concordo com você, Gabriel. O que me deixa assustada é o porquê dessa carta. Sinto que é uma obsessão, uma espécie de obsessão vingativa, você me entende? Mas o alvo não está bem definido. No começo daquela outra carta, ela falava de suas vaidades, de suas transgressões em relação à família. Se você recordar, naquela carta estava deixando claro, mesmo que de forma indireta, que estava traindo o marido.

— Não tinha pensado dessa maneira, Hillary. Mas faz todo o sentido — falei com certo receio, pois Hillary tinha atingido o ponto nevrálgico da carta. E eu não tinha percebido que, com aquelas palavras, Rachel enviara um código para a psicanalista interpretar. Eu estou tão dentro da situação que não enxergo. Agora está claro: Rachel está revelando tudo para Hillary. Fico com medo de ler o final da nova carta: será que ela conta que eu sou o amante? Que traía o marido comigo? Pior: será que revela, mesmo que através de códigos a serem interpretados por Hillary, que eu matei seu marido? Fico com vergonha de Hillary. Quero sair o mais rápido possível dali. Despeço-me de Hillary, que pede para eu ficar mais e ler a carta até o final. Mas eu não aguento a pressão de não saber o que tem na carta e o que realmente Hillary está sabendo ou concluiu. Preciso ler o final em outro lugar, para não precisar dissimular diante de Hillary. O grande problema é que, ao sair atrapalhado do consultório de Hillary, acabo esquecendo a carta em cima da mesa dela. Voltar agora revelaria meu nervosismo. Não posso.

34

Depois de ler parte da carta, fico muito impressionado. A única pessoa que me vem à mente é Sophie. No entanto, preciso falar com Rachel urgente. Se ela voltou, se mandou e-mail para Hillary e me ligou ontem, alguma coisa ela está querendo. Não dá para saber o quê. Agora só posso esperar que ela volte a me ligar.

Ligo para Sophie e ela me pergunta se quero acompanhá-la num programa sobre sexo que será gravado na rua, com depoimentos de pessoas comuns. Não estou nem um pouco interessado; quero apenas sua companhia, nada mais do que isso.

Mas topo. Depois do trabalho vou para a estação Westminster, onde marcamos de nos encontrar.

Quando saio do metrô, encontro Sophie com mais uma mulher e um operador de áudio. Estão muito animados, agitados, discutindo como vão fazer as entrevistas. Eu me sinto um peixe fora do aquário, mas continuo ali, observando e admirando Sophie. A outra mulher é a repórter do programa. De repente ela se vira pra mim e diz que descobriu de onde me conhecia. Fico surpreso, porque não a reconheço. Ela diz que me viu no *pub* no dia em que estava entrevistando um pessoal e que eu estava na mesa ao lado; diz que não falou comigo, mas se lembra de minha presença porque eu prestava muita atenção ao que eles falavam. No primeiro momento não lembro, depois me recordo claramente que foi no dia em que eu esperava Sophie para conversar e a deixei porque o Príncipe da Noite saiu com uma das entrevistadas da mesa. Quando ela começa a mencionar que eu fiquei com uma das moças, desconverso dizendo qualquer coisa para Sophie, que está mais preocupada com o trabalho do que com qualquer outra coisa. Sinto que estou incomodando. Penso em ir embora quando começam a falar com as pessoas na rua.

A repórter se aproxima de várias pessoas, ninguém quer falar com ela. Sophie tenta ajudar, o cinegrafista também, em vão. As pessoas na rua parecem muito ocupadas e não dão a mínima atenção para eles. Decido ajudar. Depois de cinco minutos, um homem muito bem apessoado surge do meio da multidão e para na frente de Sophie. Fico meio enciumado. Sophie e a repórter ficam visivelmente encantadas com ele, que diz:

— A senhorita pode me entrevistar, se quiser.

A repórter balbucia alguma coisa e não diz nada. Sophie chama sua atenção, pede que prossiga a entrevista.

— Eu reparei que as senhoritas não estavam conseguindo nenhuma pessoa para ser entrevistada, quis ajudá-las —, diz ele, com ar sedutor.

— Você reparou em mim? — diz a repórter, espantada.

— Sim, eu estava sentado ali tomando meu café e admirando você, quero dizer, seu trabalho.

— Ah! Nem deu pra me ver no meio dessa multidão.

— Como eu não iria reparar numa moça tão bonita?

— Vamos trabalhar, Marylin! — corta o operador de áudio, irritado.

— Sim, claro. Seu nome, por favor?

— Patrick — responde ele, tão dono de si que me deixa nervoso. É ridículo como ele se porta diante das duas. Elas nem percebem que ele está falando para seduzi-las. Fico pensando se é dessa maneira que o Príncipe da Noite age diante das mulheres; e como ele deve criar inimigos, já que eu, mesmo sem conhecer Patrick, não o tolero mais nenhum segundo.

— Marylin Seyfried, prazer. Mas pode me chamar de Mary.

— Sophie também se apresenta. As duas estão disputando sutilmente Patrick, querem ver quem chama mais a atenção dele. Não acredito que duas mulheres, longe de serem adolescentes, estão se portando como garotas imaturas. Eu, que já estava mal, fico pior ainda. A sensação de estar fora do jogo me lembra a infância turbulenta, a rejeição das mulheres.

A repórter prossegue com a entrevista:

— Então, Patrick, você poderia nos dar um depoimento sobre o amor?

Ele consente com a cabeça, e ela continua.

— O que é o amor para você? Tem algum fetiche em especial? Qual a sua mulher ideal, como ela tem que ser?

— Quantas perguntas ao mesmo tempo!

— Também acho, me desculpe. Uma de cada vez. Bem, como é sua mulher ideal, Patrick?

— Minha mulher ideal? Eu gosto de vários tipos de mulher... Talvez não exista a ideal... A mulher ideal é aquela que dá atenção pra você. Ah, sei lá, Marylin. Talvez seja balela. Ou eu não estou falando a verdade. Vou tentar falar minha verdade, não essa coisa genérica que acabei de dizer. Quando estou num lugar como Londres, cidade repleta de mulheres maravilhosas, uma mais perfumada que outra, com todos os tipos de cabelos lindíssimos — lisos, ondulados, curtos, longos —, bem vestidas em estilos variados, com maquiagens mais agressivas ou mais discretas... Sei lá, quando eu, Patrick, me encontro neste Éden britânico cheio de ninfas, procuro aquilo que eu mais gosto, que é uma mulher feia!

Todos começam a rir. Ele fala de um jeito engraçado, parece um comediante nato. Os ciúmes desaparecem. Fico mais tranquilo, porque percebo que os olhos de Sophie não se mostram mais tão desejosos para o lado de Patrick. Assim como eu, ela percebe o ineditismo daquele estranho que apareceu do nada para lhe conceder entrevista. Patrick continua a falar:

— Eu nunca disse isso pra ninguém. Mas talvez esse seja um bom momento para eu revelar meu fetiche. Eu gosto de mulher feia. Eu poderia estar agora com uma mulher belíssima. Mas o que isso ia me trazer em troca? A mulher bonita submete você a ela, você precisa fazer todas as suas vontades! Enquanto ela fica lá, parada como estátua, você tem que fazer tudo na cama para satisfazê-la! Sem receber quase nada em troca. Você quase tem que dizer obrigado por estar ali naquele momento saboreando a fruta do Olimpo. Ao contrário, a mulher feia... Nossa, a mulher feia é diferente, não fica parada na cama! E eu adoro beijar uma barriga gordinha! Alguma celulite é normal! Gosto de tirar qualquer encanação da cabeça dela, mostrar que mulher de carne e osso é assim, com pneuzinhos, gordurinhas, não aquela coisa ditada por rótulos. Mulher feia se sente agradecida por você estar ali naquele momento. Eu gosto disso! Ainda mais se você for bem apessoado. Daí ferrou... Se você for aquele tipo de homem que jamais olharia para uma mulher feia, elas irão fazer o que você pedir! Pra uma mulher assim, você nem precisa implorar por uma massagem! Ela ficará a noite inteira massageando, acarinhando, cuidando de você, perguntando em seu ouvidinho se você está melhor. O céu é o limite para uma mulher assim. Chegando ao ponto de você ter que pedir pra ela parar. Agora eu pergunto a você: a mulher linda vai fazer massagem em você? Se fizer, dois minutinhos será muito. Ah, não, já sofri demais, agora eu só saio com mulher feia.

Marylin fica boquiaberta, quase assustada com o que acaba de ouvir. Sophie, ao contrário, ri mais do que eu, que me divirto com a situação toda.

— Enfim, é isso, Mary: gosto de mulher feia.
— Muito obrigada por sua participação.
— De nada, foi um prazer.

Marylin se despede de Patrick, desconcertada, enquanto Sophie conversa com o operador de áudio. Fico observando Patrick pedir o telefone de Marylin, dizendo que quer marcar um encontro qualquer dia desses. Irritada, ela se vira sem nem responder e sai no meio da multidão, provavelmente ofendida com o convite, certa de que ele a tinha chamado de feia. Ela volta para deixar seu cartão de visita. É provável que ela não se importe em ser considerada por Patrick uma mulher feia, ou quem sabe tenha vencido seu orgulho. A única coisa que me deixa satisfeito é que Patrick não investiu seu charme em Sophie. Se o tivesse feito, eu não teria aguentado.

Terminada a gravação, Sophie e eu jantamos no restaurante Bud's at Silver Run, que fica mais ao norte de Westminster. Fico pensando na possibilidade de o Príncipe da Noite aparecer. Como eu desejo que ele apareça! Estou me achando desinteressante e sem assunto, apesar da comida e do ambiente perfeitos, e de Sophie estar radiante. Já é tarde demais, o jantar acabou, e Sophie se apressa para ir embora. Definitivamente, vou voltar para casa sozinho.

35

No dia seguinte, tenho uma surpresa ao chegar ao consultório. Assim que entro, avisto, sentadas na sala de espera, Chloé e sua mãe. Espantado, pergunto o que elas estão fazendo ali. Afinal, não via Chloé desde o dia em que ela fugiu do Royal London Hospital. A mãe de Chloé comenta meu ótimo senso de humor, fico sem entender nada e apenas rio junto com ela. Chloé me fere com aquele seu típico olhar melancólico e profundo. A mãe se despede de mim, dizendo que volta em uma hora, enquanto Chloé entra em minha sala. Fico pensando o que tinha esquecido, de que parte de minha vida eu não lembro; Chloé é minha paciente há quanto tempo? Assustado e me esforçando para recordar alguma coisa, entro e me sento na frente de Chloé. Depois de algum tempo, ela começa a falar. Diz que as artes plásticas estavam deixando-a mais calma, que finalmente encontrou alguma forma de transcender, e que isso a faz se sentir bem enquanto passa por um momento difícil. Por vergonha de perguntar o que ela está vivendo, fico quieto escutando. Chloé continua a falar sem parar, eu continuo admirando-a. É nítida sua capacidade de articular as palavras. Ela fala por meio de símbolos, de enigmas a serem decifrados.

Metáforas constantes fluem em suas frases, como se ela estivesse falando qualquer coisa corriqueira. Emocionada, ela me agradece dizendo que a terapia foi uma das melhores coisas que eu poderia ter feito por ela. Me pergunta se pode ler o texto que escreveu sobre a escultura abstrata que tinha terminado semana passada. Eu mal sabia que ela esculpia. Sinto-me um trapaceiro; como é possível uma pessoa reunir tanta fragilidade, incompetência e falta de memória como eu? Seria tudo culpa do Príncipe da Noite? Nem isso eu sei!

Chloé começa a ler, mas parece que decorou o texto, ou então o está criando neste momento.

Agora eu estou aqui. Finalmente! Minha querida paciência, que bom tê-la aqui a meu lado na caminhada eterna de minha consciência. Neste momento tão especial, engendro, dentro de mim, mais algumas artimanhas de nossa ignorância perante a vida, providas de algo inesperado. Providas também de profundo tédio e melancolia que sinto quando sondo os mecanismos e esforços a que minhas veias e artérias, quase podres de tanta poluição e sujeira, estão sujeitas, no bater impreciso de cada milésimo de segundo de nossa existência, repleta de acontecimentos inesperados. Assim quem sabe eu, você, todos nós conseguiremos enxergar mais claramente, através de nossos olhos e ouvidos pulsantes do interior de nossos corações, alguma coisa outra que não seja mais esta!

Fico atônito com essas palavras, ditas por Chloé de modo tão simples e profundo. Dona de si, Chloé é uma mulher que enxerga além, embora ainda não entenda aonde ela quer chegar. Depois de uma pausa, ela continua sua epopeia surrealista.

Aparentemente, vivemos uma vida lá fora e outra aqui dentro, mais no navegar de nuvens insólitas refletidas na cor do mar. Mais no descompasso constante de cada passo futuro, e do passado, do que nas conexões deste momento presente, que representam e presenteiam o que é atual, o que é momentâneo, o que não é mais a hora agourada pelo agora do "era". Ah, desculpe-me de mim mesmo... Você está atrasado de mim. E agora não é mais agora há horas! Onde está nossa consciência agora? No agouro do que já era, no presente ou no passado do futuro? No próprio passado do passado do futuro. Ou ainda estamos no completamente inverso disso? Os versos poéticos, nunca corretos, do que já não mais o "é". Nem uma só parte dessas partes entrecortadas pelo tempo. Por vezes na desesperança da linha tênue entre a vida e a morte. A quietude e o tormento... A amargura do eucalipto que reside em nossas terras não nos entristece mais. Não sentimos mais a ação de seu sabor, não porque nos é desejada a renegação dessa característica de nossa alma, o paladar, mas porque talvez não tenhamos mais os horripilantes, porém produtivos, fedores e outras coisas mais que só o adubo orgânico possui e pode proporcionar à natureza. A mãe universal não tediosa da repetição e do ciclo constante à permanência da vida, lá fora e aqui dentro. Será que a infertilidade vai nos levar a algum lugar, às secas terras, aos meandros das incertezas, à impotência de nossas pernas, à transparência de qualquer alma humana perdida no grande obscuro das mentiras veladas pela vida em si e pela vida em nós? Perdida na cegueira da transformação e da "transautomutilação" de tudo que nos cerca de dentro para fora e de fora para dentro? A cegueira da não inteligência, do apego incessante? Do baixar a cabeça sem nenhuma percepção vil e atraente de quem faz, obrigatoriamente, tal movimento? Com direção apontada para o que há de mais funesto e intolerável até para qualquer animal sem razão? Nesse momento, o desejo da comum cegueira talvez me fosse mais desejado, não porque não temos mais vontade de viver; temos, e muito, mas como? A covardia de viver na verdade absoluta do que me é circunscrito pelas inutilidades da vida no mundo é como o oposto do saltitar das alegrias e situações não justapostas, na devida posição contrária do que há de pior no cerne da bebida e da droga de nossas impotências e de nossas vãs percepções. Incapazes de descobrir o que é a não flagelação da destruição de nossos próprios corpos. Uma matemática programada... pode-se supor, também, para maior compreensão do que o "lá fora" aqui dentro representa e pode representar. Quando a existência de pequena parcela de otimismo está presente e felizmente viva em nossos corpos. Ah, aí vem a lógica! De todo e qualquer mecanismo. Talvez mecânico ou químico. Ou, ainda mais desafiador, aparentemente abstrato no mecanismo repetitivo de nossas emoções e pulsações diversas que, em todo e qualquer ser desta e de outra vida, o "lá fora" aqui dentro tem! E retém! Nesse fundo de íntimas verdades e mentiras, desde o começo até o final, de nosso nascimento e nossa morte. Como um ato infinito do vislumbrar, a possível mudança para outra e qualquer coisa não sabida ainda. Mas o carregar e descarregar vampiresco de corpos cheios de qualquer coisa que, em determinado momento, expelem, pelejam e soltam mais alguma coisa. É constante. Como a não inteligência poderia um dia ser desejada? Não entendo! Nascemos com a finalidade de simplesmente viver. E para viver é preciso fazer algo mais? Crescer, reproduzir, comer e morrer? Viajar, ser livre, conhecer, comer e morrer? Ser chamado de algo extraordinário, descomunal, inaudito? E dormir, sonhar e ter pesadelos? Ter medo da vida, da morte e se suicidar? Não compreendo para quê tudo isso! Não é o medo da morte que me aflige, apesar de sua permanência em minha consciência, mas é o tédio de qualquer coisa que me é transportado de uma vida lá fora aqui dentro que me anula na não vontade de fazer algo, de viver algo. Por vezes nem tão simples assim, para meu profundo desgosto. É a indiferença e o tédio que queimam em minha alma... Não querer desperdiçar qualquer triste tempo de minha consciência como último e fugaz. Vida lá fora aqui dentro, que me anula um pouco mais a desesperança e a infelicidade. Agora está feliz, alma penada repleta da vontade calamitosa de sadomasoquismo constante? Talvez sim! Por um momento saí da total abstração e morte de meu ser para sair e entrar em vida! Em tinta histórica! Que pena, só saiu isso. "Desculpe-me de mim mesmo." Ah, o ressentimento secular! Nossa praga contemporânea! Sou assim e assim devo ser, pois esta é minha verdade temporária. Melhor dizer, verdade momentânea. O devir nos espera! Agora que não estou mais cega, não quero perder a visão novamente. Poderia a vida aparente se tornar de novo possível? Já sei o que está dentro de mim mesma, pelo menos em parte. E, dessa maneira, nada me surpreende mais do que o absolutamente necessário: minha mediocridade diante do todo. Não há mais nada, a não ser as voltas do eterno retorno ao mesmo ponto de igualdades da vida! Como o suicídio poderia ser desejado? Matar-me? Matar-me? Mata-te, pobre alma triste e infeliz. Mas a incapacidade de se matar foi registrada no nascimento orgânico físico-psicológico da humanidade! Como o martelo nojento de uma opressão desnecessária! Quanto tempo mais viverei? Para ver e dizer a mesma coisa? Quanto tempo mais viverei?

Depois que Chloé acaba de dizer aquelas palavras, que representam sua escultura abstrata, fico atônito. Ela espera que eu diga alguma coisa, e meu longo silêncio parece perturbá-la. Encabulada, ela decide me perguntar se eu quero um dia ver a escultura em seu estúdio. Digo que prefiro encontrá-la no consultório. Sem saber como reagir, ela decide ir embora. Quando está saindo, eu a chamo:

— Chloé, o que aconteceu? A sessão não acabou ainda.

— Sim, mas por hoje basta. Às vezes não entendo suas atitudes, Gabriel.

— Mas por quê? Acho que, se eu sou seu analista, não podemos nos encontrar fora do consultório.

— Eu entendo. Mas nós nos encontramos para fazer sexo. Isso você quer, não é? E você me disse que meu caso seria particular. Já que...

— Já que o quê?

— Nós combinamos que não íamos falar sobre isso, lembra?

— Sobre isso o quê, Chloé?

— Como assim, Gabriel? Você combinou comigo. Você disse que iria me ajudar na terapia neste momento difícil de minha vida. Disse que eu deveria encontrar algo que me motivasse, que me trouxesse de novo para a vida. E que eu não deveria ficar me lamentando, me deprimindo. Eu só estou fazendo o que você me aconselhou. E disse que nos encontraríamos fora de seu consultório, apesar de ser antiético para um psicanalista, porque eu estava com esse problema.

— Me desculpe, Chloé, mas... que problema? Você nunca é clara, fala através de metáforas sempre, tem um grau de abstração muito complexo... Ouça, o que você acabou de me falar sobre sua escultura... Eu fico muito impressionado com seu grau de complexidade, mas, às vezes é muito mais simples sermos diretos. Porque eu adorei o que você falou sobre sua escultura abstrata. Foi mágico ouvi-la falar. Do fundo do meu coração, eu entendo perfeitamente o que você queria dizer com tudo aquilo. Mas eu só preciso saber o que realmente está acontecendo em sua vida de tão trágico. A última vez que nos vimos foi no London Royal Hospital e você fugiu de mim.

— Essa é sua última lembrança de mim?

— Sim.

— E na semana passada, quando dormimos juntos noites seguidas?

— Sim, me lembro, não estou falando disso. Você sabe do que eu estou falando.

Minto para Chloé. Disso eu não me lembrava. Eu estava dormindo com Chloé ou era o Príncipe da Noite?

Irritada, Chloé revida:

— Gabriel, você é esquisito. Você pedia para eu não falar sobre isso, sobre o que tínhamos combinado. E agora pede pra eu dizer. Eu não entendo!

— Eu sei, só preciso saber o que combinamos.

— Pois bem! Combinamos que não iríamos falar sobre meu câncer. E que dormiríamos juntos; seria uma exceção, já que não sabíamos se eu sobreviveria. E que eu faria terapia com você sem nunca tocar no assunto, procurando coisas novas na vida que me pudessem tirar da depressão. Esse é o nosso acordo, Gabriel. Você não se lembra?

— Claro que me lembro, meu amor!

Abraço Chloé, assustado com a revelação de sua doença, ao mesmo tempo em que fico abismado com meu esquecimento. Ela tinha revelado que tinha câncer para o Príncipe da Noite? Por isso eu não me lembrava de nada? O Príncipe estava tendo um relacionamento com Chloé? Será que ele a amava e Chloé era a única mulher com quem se relacionava mais de uma vez sem descartá-la? Teria acertado com ela fazer análise comigo para que não ficasse deprimida neste momento trágico? O Príncipe da Noite estaria amando? Seria possível? Enquanto estou assustado por saber do câncer, e pelas revelações sobre o Príncipe da Noite, ela começa a chorar em meus braços, que a abraçam como se eu fosse seu pai.

36

Depois que Chloé sai, fico desolado. Um sentimento devastador. São muitos choques psicológicos: os acontecimentos durante e depois de Paris, a mais recente carta de Rachel que Hillary me mostrou, e agora a notícia de que Chloé está com câncer. É muito para suportar. Sem esquecer que o Príncipe da Noite tem dormido com Chloé mais de uma vez por semana. Isto é, estou tendo um caso, um relacionamento sem saber, como é possível? E mais o telefonema de Rachel! Muita coisa misteriosa me envolvendo. As palavras violentamente marcadas em minha pele, *crazy* e *freak*, teriam um real significado diante de minha vida?

Além de todas essas preocupações, está na hora de receber meu paciente mais enigmático, Victor. Desde o dia em que Victor, neuroticamente, me revelou ter matado sua mulher, nunca mais tocou no assunto. Nem por isso eu esqueci o lado obscuro dele. Quando penso em Victor, olho para o relógio e percebo que já está na hora de chamá-lo. Torço para ele faltar, como fez na semana passada por causa de uma viagem a trabalho. Não porque não queira analisá-lo, mas para ter um respiro depois da revelação de Chloé. No entanto, quando vou à sala da secretária, vejo Victor sentado na sala de espera e o chamo.

— Sentiu minha falta semana passada, doutor? — ele pergunta, com certa ironia. Não entendo se ele tem a intenção ou se desafinou no tom de sua fala, expressando sem querer um grau de ironia. De qualquer maneira, lacônico e sério, digo que sim.

— Melhor assim. Bom, vamos aos fatos da semana.

Fico esperando que fale e ele fica me olhando, impassível. Como não entendo bem o que ele quer, resolvo perguntar objetivamente.

— Pode me contar. Quais são os fatos de sua semana?

Desta vez ele deixa evidente a ironia, até então oculta por certo pudor.

— Eu que pergunto, doutor!

— Como assim, você que pergunta? O analista aqui sou eu.

— Será?

— Como é?

— Talvez seja melhor nós mudarmos os papéis e eu analisá-lo, que tal?

— O tom de sua fala não está correto, Victor. Eu acho que você não pode se encaminhar por aí. Por que não falamos, por exemplo, da sessão em que você disse que matou sua mulher? O que você queria dizer? Acredito que tenha sido simbolicamente, mesmo porque, caso isso tivesse mesmo acontecido, você não estaria falando com tanta frieza, não é?

— O senhor acha que as reações das pessoas são previsíveis assim?

— Não exatamente, mas acredito que você estava usando uma metáfora.

— E o senhor, quando mata as pessoas, usa uma metáfora para se abster do ato em si?

— Repito o que já disse na sessão anterior: eu não sou o analisado aqui. Voltemos para o senhor, Victor.

O jogo de palavras de Victor estava me assustando. Estaria ele transferindo seus problemas para mim ou algo mais permeava suas intenções?

— Eu só estou divagando, senhor Gabriel. Pense comigo: caso cometa um assassinato, como um tiro no coração da vítima. Pense: como conviver com esse crime como se nada tivesse acontecido? Mesmo que não sejamos descobertos pela polícia, é algo possível ou estaremos predestinados à perseguição implacável e invisível de nosso psicologismo? Nossa mente nunca esquecerá esse ato. Ela é a única que não pode ser enganada. Pode ser que ninguém tenha visto, mas você viu. Você estava lá. Você quis esconder os fatos. Você matou. Você!

Aquela divagação me remetia obviamente a Rachel e ao marido dela.

— Como somos frágeis, como podemos ser tragados pelo imprevisível e inevitável do outro?

Decido interrompê-lo e mudar de assunto.

— E sua mulher morta, como está? — brinco, utilizando seu próprio tom sarcástico.

— Morta — responde ele, seriamente.

— E você quer que eu escute isso e não tenha nenhuma reação negativa?

— Por que não? Somos parceiros, não somos?

— O simples fato de eu ser seu analista não quer dizer, evidentemente, que eu concorde com os seus atos.

— O que é que isso tem a ver? Se por acaso o senhor descobrisse um adultério, o que faria?

— Isso não vem ao caso.

— Repito, é de seu total interesse. Não estamos mais *me* analisando. Ah, não! Que retrógrado! Isso é passado. Agora o analisado é *você*! Veja que ótimo.

O tom de Victor é nitidamente ofensivo. Decido então interromper seu discurso manipulador.

— Por favor, retire-se.

— Não, não, só mais um pouco. Você já vai entender por que agora estamos analisando *você*.

— Por favor, Victor, retire-se da sala. Você está saindo do verdadeiro objetivo que o trouxe aqui. Assim não tem sentido. Ou você muda ou se retira.

— Eu me retirar? Quem é você para mandar em mim?

— Não sou ninguém — respondo no mesmo tom de achincalhe que ele usa para falar comigo. — Pois bem. Se você não sair, saio eu! — Digo e me levanto em direção à porta. Victor fica meio sem reação, depois fala autoritariamente:

— Sente-se! Eu mandei você se sentar, Gabriel. Sei tudo o que aconteceu entre você e Rachel!

Nesse momento, estou com a mão na maçaneta, quase abrindo a porta, e volto para meu lugar. Não posso sair. O que ele está dizendo? Fico parado, de costas para Victor, sem me mexer, até que ele começa a falar novamente.

— Eu sou o namorado de Rachel. Ela me contou tudo. Contou-me do assassinato. Do tiro certeiro que você deu no peito do ex-marido dela. Eu posso imaginar como está sua cabeça agora com essa revelação minha. Não tem coragem de olhar em minha cara? Por isso eu ordeno que você se sente! Isso! Assim, está melhor. Engraçado... Como é bom ver os olhos de uma pessoa amedrontada. Ainda mais sendo *você*. Não imaginava que pudesse sentir essa espécie de prazer. Já sentiu isso, Gabriel? Não, claro que não! Foi você que matou uma pessoa.

No caso específico, está amedrontado porque foi pego no ato, foi descoberto. Mas está assim temeroso porque pode ser entregue para a polícia? É só por causa disso, Gabriel? Não, não, você está pensando errado de novo. Você deveria ter sentido vergonha quando deixou Rachel na mão. Quando abandonou a pobre mulher indefesa. Por que matar o marido dela?

— Foi legítima defesa!

— Ah, e fugir depois que ele estava morto, foi o quê? Por que ameaçar Rachel? Ficou com medo que ela contasse o que realmente aconteceu naquele dia?

— Ameaçar? Não estou ameaçando Rachel. Foi ela que desapareceu, sumiu, sei lá. Nunca mais nos falamos depois daquele dia.

— Como assim "nunca mais se falaram"? Não é o que ela me diz. Quantas vezes você acha que eu tive de acalmá-la, ela em prantos porque você tinha ligado ameaçando-a? Hein? E você acha que ela sumiu por quê? Vamos! Fale olhando nos meus olhos! Você acha que ela sumiu porque estava feliz ou porque estava se sentindo ameaçada por você? Fale! Seja honesto!

— Victor, eu não sei o que Rachel contou a você sobre aquele dia. O fato é que a única coisa que eu, infelizmente, fiz foi ser seu amante, concordar com tamanho erro. Mas eu também não tinha o domínio de mim. É difícil explicar.

Estou atormentado por aquela situação. Inacreditável que isto esteja acontecendo. Continuo:

— Eu só quero que você pare com essa tortura, com essas ameaças! Não aguento mais! Seu tempo acabou!

Ao ouvir isso, Victor tira um canivete suíço do bolso da calça. Ele aproxima a lâmina de meu pescoço. Fico estático, sem piscar. Quando olha para o relógio, diz:

— Seu tempo acabou! O *seu*! Continuamos na próxima sessão.

Respiro aliviado. Victor, sadicamente, usou o mesmo jargão que eu uso para marcar o término da sessão de terapia por causa do tempo expirado.

37

Considero meu dia encerrado, embora tivesse mais três pacientes. Como poderia pensar em qualquer outra coisa? Só quero ler o que Rachel escreveu para Hillary. Talvez naquela carta haja alguma explicação para o que está acontecendo. Ligo para Hillary e peço que me mande a mensagem de Rachel. Tento aparentar calma para ela não perceber que eu estou transtornado. Como ela só poderá me mandar o e-mail no final do dia, resolvo então voltar a trabalhar.

Quando acaba a sessão do último paciente, vou direto para casa. Estou exausto. No caminho, checo o celular para ver se Hillary já enviou o e-mail. Nada! Envio uma mensagem de texto pedindo para ela não se esquecer. Ela responde quase imediatamente se desculpando pelo esquecimento, mas explica que só poderá enviar dentro de meia hora. Fico mais angustiado. Começo a pensar em Victor e no que ele seria capaz de fazer. Ao chegar em casa, recebo uma mensagem de Hillary avisando que conseguiu me enviar o e-mail antes. Corro para o computador, abro a mensagem e começo a ler de onde tinha parado no consultório de Hillary:

Então, de repente, alguém o chama no restaurante onde ele estava tomando café da manhã no meio de todas aquelas mulheres, inclusive eu, que o observo sem ele saber. "Aceita mais café, senhor?" — o garçom pergunta para aquele homem. "Sim" — ele responde. Neste momento, me dou conta que ele estava completamente absorto em seus pensamentos e percebo que eles oferecem mais café porque querem que ele vá embora. Olho para os lados e as mulheres não estavam mais ali, eu era a única. Estava só, junto com aquele homem. Ele toma o último gole de café para ir embora quando me vê de relance saindo do restaurante.

Ele acha que eu não o percebi me observando, fiz de tudo para ele não notar. É nítido como ele fica embevecido com meu rosto angelical. Sou uma loira com carinha de menina, com ares de bibelô. Sem querer, saímos do restaurante ao mesmo tempo. Ele acaba ficando atrás de mim. Estamos indo para o mesmo lugar. Vez ou outra ele me olha interessado, mas disfarçando. Ele acha que eu não percebo. Passado algum tempo, vejo que continua me seguindo. Fico feliz por não ter desistido. Finjo estar um pouco preocupada por ele me seguir. Entro numa loja de lingerie para fingir despistá-lo. Na verdade, não quero que ele pare de andar atrás de mim. Ele diminui o passo assim que eu entro na loja. Perfeito. Ele pegou a isca.

Que absurdo! A outra carta que Rachel tinha escrito há muito tempo — e que nunca acabei de ler — detalhava nosso primeiro encontro, como nos conhecemos. Eu pensei que tinha sido ao acaso. Pensei que eu seguisse aquela mulher, desconhecida pra mim, e não o contrário. Ela queria que eu a seguisse. Ela fez de tudo para isso acontecer, como mostra esta nova carta. Meu Deus! Como fui bobo. Ela escreveu quase a mesma carta, mas revelou o principal: seu ponto de vista me observando. A única diferença, e o que mudava tudo.

Antes, na antiga carta, nada tinha significado, tirando o fato de que só eu sabia que aquela carta demarcava nosso primeiro encontro; fora isso, nada mais tinha valor a não ser as palavras vagas que falavam sobre a afirmação do desejo de Rachel, como interpretara Hillary. Por isso, nunca revelei à Hillary que eu era "o homem", aquele homem que a seguia não podia ter nome. Mas era eu! Infelizmente era eu! E sinto remorso por ter seguido essa mulher, que de neurótica não tinha nada. Ela era perversa, sádica, cruel. Rachel beirava a psicopatia. Era um plano para me pegar? Mas com que finalidade? Por que seria eu o escolhido? Continuo a ler a carta:

> Eu finjo não querer olhar para trás com medo de o homem perceber que eu quero exatamente isso, que ele me siga. Não sei se finjo bem que estou assustada... A vendedora da loja me pergunta o que quero. Quando finjo que estou apavorada, deixo a vendedora preocupada a ponto de perguntar se estou bem e me oferecer um copo de água. Não aceito, receosa de meu "perseguidor" perceber que sei que ele está me seguindo. Simulo medo e a vendedora insiste no copo de água. Rapidamente pego três sutiãs a esmo, todos da mesma cor com tamanhos diferentes, e peço para experimentar. A vendedora indica o provador enquanto faz sinal para as outras vendedoras, que não entendem nada. A loja está vazia, somos apenas quatro mulheres, contando comigo.

Mais uma vez paro de ler a carta de Rachel, porque é torturante a forma como ela expõe tudo com cinismo. Por que ela estava revelando isso para mim agora? Por que enviou para Hillary? Por que tamanho sadismo? Naquela época, quando me apaixonei por ela, estava convencido de que ela era complexa, para não dizer complicada, neurótica. Acredito que existe uma diferença enorme entre aquilo que é complexo e aquilo que é complicado. Complexo pode ser um sistema emaranhado por ramificações simples. Complicado é aquilo que é irreversível, não tem mais jeito, como uma doença terminal. Rachel conseguia ser as duas coisas ao mesmo tempo, complexa e complicada. Fico sem saber o motivo de seus enigmas. Vou tomar banho quando o telefone toca. Atendo. É Hillary.

— Você já leu tudo, Gabriel? — Hillary me pergunta, ansiosa.

— Não, ainda não. Parei no meio. Não aguento mais ler, Hillary. Essa mulher não tem mais o que fazer. Ela escreveu a mesma carta, mas descreveu do ponto de vista de quem sabia que estava sendo seguida.

— Sim, isso mesmo. Mas isso muda tudo.

— Não sei se muda Hillary — digo, querendo tirar o valor da situação, com medo de remexer ainda mais no assunto e Hillary vir a descobrir alguma coisa.

— Mas, Gabriel, esse homem provavelmente era o amante dela. Você não chegou a essa conclusão?

— Acho que não. Era um cara qualquer.

— Não, Gabriel. Tenho certeza de que Rachel está querendo dizer algo mais. Tenho certeza de que ainda vai nos escrever mais alguma coisa. Você não reparou que tudo está seguindo uma trilha? As coisas estão se encaixando!

— Eu não entendo esse seu fascínio, Hillary. Você sempre acha que tudo tem explicação. Não somos absolutos. Existem falhas, fissuras. Pode ser apenas uma carta reescrita. Por que ficar esmiuçando algo que deve ser esquecido?

— Tudo bem, Gabriel. Não sei por que repassei o e-mail pra você. Talvez por você também ter sido o analista de Rachel.

Pensei levianamente, achei que você se interessasse por ela.

— Desculpe, Hillary, não quis ser grosso. Claro, eu quero saber das coisas da Rachel. Mas ela sumiu há dois anos. Vamos dar a devida importância ao que merece. Na verdade ela só reescreveu a carta que tinha te enviado há dois anos, logo depois de sumir, nada além.

Desligamos meio atravessados. Hillary continua intrigada com minhas palavras tolas tentando fazê-la esquecer de Rachel. Espero que Rachel não apareça mais e nem sequer me ligue. O pior é a história de Victor ser seu namorado... Como ele pôde dizer que eu a torturava psicologicamente? Rachel inventou uma história absurda para Victor. Com certeza se fez de vítima e inventou outra versão dos fatos. Até aí nada de muito anormal. Agora, fazer com que seu novo namorado venha a ser meu paciente para tomar satisfação? E se ela não soubesse que Victor é meu paciente? É possível. Também pode ser que Victor tenha tomado as dores dela e decidido ser meu paciente para me fazer parar de "torturá-la". O que é igualmente absurdo. Melhor parar de pensar por um momento e tomar um banho relaxante. Quando chego ao quarto, fico petrificado com o que vejo: um par de sapatos, um em cada mesinha de cabeceira, envolto em sangue.

38

Olho no relógio e vejo que são 5h. Eu, o Príncipe da Noite, não gosto de acordar cedo. O pior é acordar às 8h. Antes disso, lá pelas 5h, 6h, não é tão ruim, mesmo porque é um bom horário para voltar a fazer sexo. Também é um horário maravilhoso para continuar dormindo e sonhando, mas dormir é coisa do Gabriel. O estágio profundo do sono, o famoso REM, deve acontecer para este bardo, eu, das 5 às 8h. Posso me chamar de bardo do sexo? O que acontece é que, quando acordo nesses horários para fazer sexo, meu corpo não estranha muito. Ao contrário, se acordar com um propósito que não seja sexo, tenho um sono infernal, e talvez volte a ser Gabriel... Cansaço e fastio inenarráveis! Meu corpo fica pesado e mole. Isso parece estranho e ainda não consegui descobrir a razão do mistério.

Quando Naomie me liga justamente para fazer sexo, não reclamo nem um pouco, apesar de sempre me assustar quando ela me chama de madrugada. A recompensa vem quando atendo o telefone e ouço sua voz doce e aveludada, com aquele sotaque italiano.

— *Bello, come stai? Io sono arrivata a Londra. Posso vederti?*

Apesar de ser inglesa, ela mora há 10 anos na Itália. Ouvindo sua voz, um sorriso transparece em meu rosto porque sei que Naomie está em Londres, finalmente. Fico feliz quando ela diz que acabou de chegar de Marrocos e quer ir direto para minha casa porque está com saudades. Me visto e fico à sua espera.

Naomie trabalha nas alturas, é comissária de bordo de linhas internacionais de uma companhia aérea. Num mesmo mês Naomie me liga de vários cantos do mundo. É uma delícia! Num dia me passa um rádio falando que está em Nova Iorque assistindo ópera, noutro conta que está no Leste Europeu, ou China, ou África. A mudança de lugares e possibilidades que Naomie vive espalha um *frisson* no ar ante a expectativa de saber onde ela está, o que está fazendo, com quem está se relacionando, as culturas que está conhecendo. Hoje ela quer dormir a meu lado, amanhã ela poderá estar em outro país. Não posso perder as poucas oportunidades de encontrá-la. Não quero romantizar nem ser trágico, mas um vazio de sua ausência perpassa meu ser quando ela se vai.

Naomie é morena de pele branquinha e tez rija. Não sei como explicar isso, nem estou afirmando que as peles femininas de outras nacionalidades sejam flácidas ou não rijas. Mas foi o que me veio à cabeça agora, essa lembrança de sua pele, de sua particularidade. Se paro para pensar, lembro de outras texturas similares que já foram encontradas e degustadas por mim. A quantidade de peles diferentes que minha boca já tocou é inapreensível. Mas o que me fez lembrar de Naomie agora não é sua boca nem seu cabelo ou sua forma de ver a vida; é especificamente sua pele.

Essa pele que, quando tocada, fica eriçada e pede mais o contato suave e pesado de minhas mãos. Pele que quer tocar a outra pele, se sentir tocada para se sentir viva, para se sentir presente para si mesma. Essa outra pele que revela minha própria pele. Sem ela não seria possível a percepção de minha própria tez. Minha pele tocando um objeto qualquer faz diferença. Mas a diferença torna-se brutal, abissal, ao tangenciar outra pele desejada, fazendo que minha sensibilidade seja potencializada ao extremo. Eu só poderia ter sentido enquanto ser que deseja, ao tocar e se sentir tocado por outra pele de mulher. Essa pele se chamava Naomie! A mulher que se faz presente, de tempos em tempos, para mim, seu Príncipe da Noite.

Inversamente, a pele de Naomie me rejeita depois do sexo, não quer minha presença constante. Nenhum relacionamento! Ela dita as regras. O Príncipe da Noite está fadado aos seus quereres. E isso me desnorteia. Afinal, quem não sofreu pela ausência da pele amada? Será que por me sentir rejeitado eu a desejo ainda mais? Talvez eu seja assim, só ame na impossibilidade de amar, na impossibilidade do ato da relação amorosa. E Naomie ocupa esse espaço em meus sentimentos. Minha zona de conforto, minha estabilidade, é a impermanência das mulheres, comandadas por mim, sujeitas à onipresença do Príncipe da Noite em seus corações. Se por acaso uma delas me coloca em xeque, rejeitando-me, como Naomie faz, despedaço-me em prantos. Esse é o ponto fraco do Príncipe da Noite. Meu ponto fraco é quando elas se posicionam diante de mim com a mesma atitude que eu tomo diante delas. Como não tive tempo de rejeitar Naomie, pois fui usado por ela desde a primeira vez em que fizemos sexo, um sentimento oculto e fragilizado surge dentro do coração do senhor da noite.

Naomie chega à minha casa, magnífica em seu uniforme de aeromoça. Deixa sua mala na entrada e trata logo de me beijar na boca. Depois, diz que vai tomar banho. Pede para eu pegar sua mala, bem autoritária... autoritária ao extremo, o que me fascina também. Ela sabe que pode fazer isso. Olhar para Naomie é como olhar fundo na mente do Príncipe da Noite. Naomie é minha versão na pele de uma mulher. Ela é uma loba.

Trago sua mala para dentro, preparo um espumante, a única bebida de que ela gosta, e levo para o quarto duas taças. A porta do banheiro está entreaberta. Decido entrar. Seu corpo é replicado por causa do espelho. Ela pede para eu me sentar no bidê enquanto me conta como está cansada do trabalho. Não quer saber de mim, de seu Príncipe da Noite. Enquanto passa o sabonete pelo corpo, fala coisas supérfluas. Observo mais sua sensualidade enquanto fala do que propriamente o significado das palavras. De uma hora pra outra, ela estende o braço e me leva para dentro do boxe. Digo que estou vestido, não quero tomar banho agora. Ela não fala nada e continua me puxando. Os pingos da água do chuveiro caem sobre nossos corpos. A pele de Naomie em completa nudez, exposta de forma tão natural. Minha pele estava protegida pela roupa, agora molhada pelo chuveiro e grudada em meu corpo. Ela tira minha camisa e a joga no chão. Agora estamos ambos em pele viva de desejo. Daí em diante, sabemos o que vai acontecer. Nossos corpos só não ardem mais em fogo porque a água ameniza o calor de nossas peles irrequietas de prazer.

No quarto, ela toma a taça de espumante e deita-se pronta para dormir. Após alguns poucos minutos, Naomie dorme. Inevitável. Ela sempre faz isso, com o sono atrasado por causa dos diferentes fusos horários. Não me incomodo. Gosto de sua presença, mesmo que seja dormindo. Sempre depois que fazemos sexo fico admirando-a. Olho para o relógio e me surpreendo: ainda são 23h. Pensei que fosse de madrugada. É o horário do programa. Pego o celular, no cômodo ao lado, e ligo para a rádio. Sempre que me identifico como o Príncipe da Noite, eles repassam para Sophie. O Príncipe da Noite tem entrada livre no programa dela.

— Que prazer enorme receber sua ligação, Príncipe da Noite — quem responde é uma Sophie entusiasmada.

— O prazer é todo meu, Sophie — falo enquanto faço cafuné em Naomie. Ela absolutamente não acordará escutando minha voz. Naomie tem sono profundo.

— Qual é a boa de hoje, Príncipe? Com o que você vai nos presentear?

— Com isto: os objetos e as pessoas, como brisas, sopram ligeiramente mais forte na formação de meu mundo interior. Eu observo-as solitário! O Príncipe da Noite percebe as inúmeras mulheres como o surgimento de espectros num caleidoscópio! Efígies de mulheres infinitas que se apresentam a mim num universo particular e rico de imagens e sons... e cheiros. O Príncipe, seduzido pelo mundo feminino, por esse encantamento exterior voluptuoso, é arrebatado pelo néctar do prazer! A sereia encanta o viço do homem seduzido irrefreavelmente por seu canto tenso e belo. Torna-o preso ao mastro edificante do desejo que embeleza a vida. A mulher sereia me lança ao movimento, o primeiro deles. Minha perna começa a se mexer, meus braços, meus sentidos, meu pensamento, meu coração. Algo em meu corpo não quer, exige a anulação do fluxo de tudo que percorre meu ser, aquilo que me torna homem, mulher, animal, vivo... De modo contraproducente e enganoso, forço a resistência diante da própria vida, do movimento inexorável. Quero anular-me. A sereia conquista e mata! O Príncipe exige ser morto pelo prazer! Mas logo o Príncipe da Noite percebe que nada adianta a terra se esforçar em iluminar o sol, maestria imponderável e imensurável do fluxo do mundo espetacular e visceral. Apenas o contrário, como todos sabem: precisamos nos render ao amor! Minhas células são o sol e a terra, e o homem é o câncer que se afasta da afeição do Éden! Decididamente, não luto mais! Aprendi que se entregar ao amor é uma incumbência primordial e divina!

Sophie novamente fica de boca aberta com as palavras que manipulo com maestria. Desligo o telefone, apesar de não querer. Ela pede para eu ligar sempre que puder. Digo que o Príncipe da Noite sempre estará presente em sua vida. Olho para Naomie, que não mexeu nem um músculo. Deito a seu lado e durmo de conchinha enquanto sinto sua respiração profunda vibrar em mim.

Acordo às 9h, atrasado para ir ao consultório. Estranho quando vejo uma garrafa de espumante e duas taças vazias. Quem esteve aqui hoje? Lembro-me do par de sapatos com sangue colocado um de cada lado da cama. Fico assustado, pois eles não estão mais aqui. É a segunda vez que os sapatos com sangue aparecem na mesma posição em meu quarto e depois desaparecem. Quem entrou na casa? Estou sendo vigiado? Por quem?

Vou à cozinha e vejo uma chave no chão do corredor. Que chave é essa? Me abaixo para pegá-la. Está manchada de sangue. Lavo-a na pia e fico observando a chave desconhecida. Será que é a chave de alguma porta do Hospital St. Mary? Do consultório com certeza não é. As chaves são somente estas que estão em meu chaveiro. Preciso perguntar para Divas. Talvez ele saiba. Mas por que ela estaria suja de sangue? Será que tem alguma coisa a ver com os sapatos que sumiram? Decido ligar para Divas:

— Oi, amigo Divas, vamos tomar alguma coisa depois do trabalho? Preciso conversar com você.

— Meu amigo, hoje é quinta-feira, não posso. Mas amanhã

vai ter uma festa da faculdade, das turmas que se formaram em 1998. Você não recebeu o convite?

— Não.

— Estranho, eu vi seu nome na lista. Será que você não viu?

— Sei lá, Divas. A verdade é que eu estou tão louco que devo ter visto e não me lembro.

— Mas você vai, não é?

— Não sei, não estou muito bem.

— Por isso mesmo! Vamos, você se distrai. Sempre é bom rever amigos antigos.

— Sim, tem razão, vamos. É amanhã?

— Sim. Vai ser na casa do Johnny, lembra dele?

— O milionário?

— Ele mesmo. Ofereceu a casa para a festa com todos os que se formaram.

— Mas que tamanho tem a casa dele?

— Não sei, Gabriel. Mas deve ser bem grande para caber todo mundo. Dizem que tem até campo de golfe. O legal é que vão decorar a casa com fotos das turmas, dos amigos. Por isso pediram para enviarmos fotos com antecedência.

— Mas eu nem vi nada!

— Tudo bem, mandei fotos suas que tinha aqui comigo. Da época em que você começou a conviver com minha turma. Estranho uma coisa, Gabriel. Como você não viu nem sabia de nada? Há um mês que eles estão organizando esse encontro!

— É como eu disse a você, ando muito atarefado e estressado, Divas. Agradeço por ter arrumado as coisas pra mim.

— Pra isso que servem os amigos, Gabriel. Bom, tenho que voltar para o trabalho, até mais.

Desligo o telefone e rumo para o consultório. No meio do caminho, recebo a ligação de um número internacional. Para minha surpresa, é Rachel:

— Preciso falar com você urgente. Por favor, não desligue — diz ela, com a voz trêmula.

— Rachel, por que você não me ligou antes? — pergunto, autoritário.

— Você que desligou o telefone na minha cara. Do que você está falando?

— Rachel, você desapareceu e depois de todo esse tempo me liga como se nada houvesse acontecido?

— Como assim desapareci? Está ficando louco, Gabriel?

— Do que você está falando?

— Sabe, definitivamente, eu não te entendo.

— Eu não posso dizer o contrário de você, Rachel. Por que você enviou aquela carta para Hillary?

— Do que você está falando? — sua voz agora está irritada.

— Do que eu estou falando? Você sabe muito bem do que eu estou falando. As cartas que você enviou para Hillary ontem. Falando que um homem perseguia você, mas você gostava. Não entendo por que você precisa dar indiretas assim. Mandou uma carta antes de sumir, e, depois de todo esse tempo, outra carta, quase igual à primeira, mudando pequenas coisas apenas. Mostrando que você sabia que estava sendo perseguida e gostava. É um absurdo o que você está fazendo, Rachel.

— Eu não mandei carta pra ninguém. Não sei do que você está falando.

— Você sempre me deixou louco com suas dissimulações. O que está querendo, Rachel? Diga! Me deixar louco? Se é isso, você está conseguindo. Você quer revelar para Hillary que seu marido morreu por minha causa. Não lembra que eu estava salvando você dele? Quer me incriminar? Torturar psicologicamente? — Falo sem dar pausa para respirar.

— Não precisa voltar ao passado. Aquilo está morto, acabou, Gabriel. Estou ligando para você porque não aguento mais. Mas eu preciso falar com você. Chego depois de amanhã. Vamos nos ver. Fica mais fácil falar. Tem certas coisas que é melhor falar pessoalmente, não pelo telefone.

— Não, eu não quero ver você, Rachel. Só quero que você pare de me atormentar. Chega!

— Por favor, é urgente. Estou desesperada com as coisas que andam acontecendo.

— Eu já falei pra você parar de se drogar.

— Não tem nada a ver com drogas. Eu parei faz tempo, Gabriel.

— Eu não acredito em você. Você mente, Rachel. Mente.

— Eu mentia. Agora não minto mais — diz ela, aos prantos.

— Pare de chorar! Não se faça de vítima! Pare de chorar senão eu vou desligar.

— Não, não desligue. É urgente. Escute, por favor.

Desligo o telefone na cara de Rachel, perturbado. Chego ao consultório e digo à secretária que preciso de um tempo antes de atender o primeiro paciente do dia. Entro em minha sala. Começo a respirar fundo para ver se me acalmo. Estou fora de mim. Chega uma mensagem de Hillary no celular, dizendo que Rachel acabou de enviar novo e-mail pra ela, revelando que o homem das suas cartas era seu amante, que matou seu marido. Fico assustado. Qual será o próximo passo de Rachel? Revelar a Hillary o nome de seu amante?

Meu dia no consultório começa como outro qualquer, embora minha cabeça esteja rodopiando num turbilhão. De qualquer maneira, mantenho o foco no trabalho, apesar da fadiga mental que quase me paralisa. Talvez possa comparar isso à inevitabilidade de uma catástrofe da natureza. Meu passado mal resolvido está irrompendo no presente como lava vulcânica explodindo sua ira. Placas tectônicas de meu inconsciente deixam surgir o monstro do passado. Rachel não é a única culpada da tragédia que aconteceu conosco. Se eu tivesse assumido na época que era seu amante, mesmo que isso explodisse devido à morte de seu marido, não estaríamos passando por isso agora. Poderia ter explicado que o tiro foi dado em legítima defesa. O marido iria matar a mulher e a mim. Eu quis nos salvar. Mas o fato de eu ter fugido, de não ter assumido o ocorrido, me incrimina. Retomar esse assunto agora daria no mesmo fim: minha condenação!

O grande problema é que eu não me lembro dos fatos exatamente como ocorreram até depois do tiro. Existe um espaço vazio em minha mente que precisa ser preenchido: recapitulando, depois do tiro fui parar em minha casa; quem me levou até lá? Rachel? E, pior, o que ela fez com o corpo do marido? Essa angústia, essas dúvidas, percorrem minha mente enquanto analiso meus pacientes.

No almoço começo a pensar em boa parte dos pacientes, nas suas inquietações. Olhar para o outro alivia minha própria angústia. Quando começo a pensar neles, ao contrário do que se possa imaginar, eu melhoro, meus problemas ficam mais distantes. Talvez seja minha maneira de meditar. Almoçando sozinho no restaurante lotado, repasso mentalmente os nomes: Emily, Shirley, Madeleine, Margot, Ellen, Suzanne, Louis, Andy, Steve, Craig, Drake, Simon. Só não posso pensar em Victor e Chloé. Estes últimos não me fazem esquecer de minha vida. Como eu quero anular-me, devo manter o pensamento longe deles.

Emily acaba de perder o filho e, em consequência, perdeu o emprego. Shirley está se divorciando porque o marido a trocou por outra mais jovem, fato que a deixa histérica e provoca crises de síndrome do pânico. Madeleine tem quase o mesmo problema de Shirley, com a diferença de que não perdeu o marido para outra mais nova; ela mesma não consegue conviver com sua idade avançada, apesar de ser muito mais sensata que Emily. Margot vive tensa porque não sabe lidar com as exigências do trabalho, que a afastam de sua família; como é ambiciosa, uma mulher com muito poder, não consegue deixar de lado o luxo que a vida social lhe proporciona, luxo esse pago pelo trabalho. Ellen é uma jovem que não se encontra na vida, exige-se demais, perfeccionista, com mania de grandeza, megalômana, nada está bom para ela, tem medo de viver sozinha. Mal sabe ela que está se encaminhando para isso, devido à sua soberba e mania de perfeição. Suzanne engordou mais de 30 quilos por causa de um problema na tireoide e está passando por uma crise de identidade.

Antes mesmo que eu consiga repassar as principais questões enfrentadas por meus pacientes, já é hora de voltar ao consultório. Passar o almoço todo pensando nos problemas deles não me ajudou nem um pouco a esquecer os meus. A fórmula que antes me salvava não está funcionando.

Ligo para Hillary e, como trabalhamos perto um do outro, peço que me encontre no *pub* The Old Swan depois do trabalho. Ela reluta. Como psicanalista, acredita que não podemos nos encontrar fora do consultório. Mas diz que irá.

— Mais uma vez aqui bebendo, Gabriel?

— Eu sei, eu sei que você não concorda, mas... eu me sinto mais à vontade.

— A bebida não vai ajudá-lo em nada.

— Por favor, sente-se aqui a meu lado. É que às vezes, bebendo, eu consigo falar melhor.

Começo a beber para falar tudo o que está acontecendo. Preciso contar para alguém; não posso guardar somente para mim. Apesar de não achar a melhor coisa falar para Hillary sobre mim e Rachel, talvez seja a única forma de alguém poder me ajudar.

— Não, não, eu prefiro ficar de pé.

Hillary está com um olhar desconfiado. Ela nunca tinha aquele olhar.

— Vamos! Sente-se! — repito.

— Não! — diz Hillary, incisiva.

— Então tome uma bebida, pelo menos! — insisto levianamente.

Mas algo em seu olhar esconde alguma coisa que eu ainda não entendo.

— Ah! Eu vou embora, Gabriel, não sei o que vim fazer aqui.

— Não! Por favor, não. Você é a única pessoa que pode me ajudar.

Pego nos braços dela.

— Por favor, não me toque assim. — Seguro seus braços, impedindo-a de sair.

— Me desculpe.

Nesse momento, deixo minha mão deslizar em seu braço, encostando de leve em seu corpo. Percebo que ela fica arrepiada.

— Por favor, não faça isso — ela implora, olhando em meus olhos.

— Ah! Me desculpe! — Eu volto a mim.

Não entendo o que estou fazendo. Estou seduzindo Hillary, minha psicanalista? Ou será o Príncipe da Noite que está aparecendo dentro de mim sem que eu perceba?

Hillary se vira e sai. Fico olhando-a de costas. E pensamentos que até então não tinha começam a aparecer em minha mente. São desejos em relação a ela. Tenho então a certeza de que não sou eu, e sim o Príncipe da Noite. Tenho medo de algum dia ele ter feito alguma coisa em relação a ela. Ela é a única mulher da qual o Príncipe da Noite não pode se aproximar. É mais do que uma amiga, é minha psicanalista, minha parceira de trabalho. Não é possível. Nesse momento ela se vira e vem voltando em minha direção.

— É a última vez que faremos isso. — Ela fala de modo inequívoco, parada em minha frente.

— Que nós faremos o quê, Hillary?

— Promete que não vamos mais nos encontrar fora do consultório?

— Prometo.

— Dá sua palavra de honra?

— Sim, com certeza.

— Jura por aquilo que é mais sagrado para você?

— Sim, eu juro pelas crianças doentes de que eu trato no Hospital St. Mary.

— Assim está melhor.

— Então agora você pode se sentar a meu lado para conversarmos? — falo em tom sarcástico, mas brincando com ela.

— Definitivamente, não!

— Não? Por quê?

— Porque eu prefiro assim. — Hillary segura meu queixo enquanto solta o cabelo, deixando transparecer a belíssima moldura do rosto anguloso. Sem intervalo entre um movimento e outro, num fluxo, ela me beija. Eu me entrego a seu beijo caloroso, sem entender nada. Neste momento, percebo que não é a primeira vez que fazemos isso. A sensação de seu toque me é familiar. Pelo menos é familiar para o Príncipe da Noite.

41

Sexta-feira de manhã. Acordei há uma hora e já estou me aprontando para ir ao Hospital St. Mary. No caminho, ainda dentro do carro, enquanto tomo meu café com leite do Starbucks, começo a me lembrar do beijo de Hillary. Fico na dúvida se ela dormiu em minha casa ou se paramos no beijo no The Old Swan. Como foi possível aquele beijo inesperado? Eu nunca havia pensado em Hillary como mulher. Uma mulher que pudesse ser desejada por mim. Não que ela não seja bonita. Ela é. E muito, apesar de já ter mais idade. Hillary tem 52 anos, mas conserva em seus traços uma beleza única. Em minha mente, eu bloqueava o desejo, pelo simples fato de ela ser minha psicanalista. Isso significa que, por uma questão ética, eu não poderia me relacionar com ela. Mas o que aconteceu ontem, pela sensação que tive, não foi a primeira vez. Hillary e eu já havíamos nos relacionado. Mas, como não falamos a respeito e não tínhamos falado nada até então, pensei que fosse impossível. Sempre que pensava em Hillary, via-a em minha casa, andando de camisola, mas achava que era apenas um fetiche de minha imaginação. Agora fico pensando se tais imagens não são reais. Pensar em Hillary andando de camisola em minha casa talvez seja um fato, a mais pura realidade. Não a minha realidade, mas a do Príncipe da Noite. Pode ser que, num acordo tácito, Hillary e eu, implicados pela ética de nossa profissão, não tocássemos no assunto. Será possível?

Esses fatos me intrigaram o dia inteiro. Mesmo estando com as crianças doentes no Hospital St. Mary, as únicas pessoas que conseguem me afastar do mundo e de meus problemas, nem assim consigo parar de pensar em Hillary. Os antigos métodos que me faziam sublimar não têm mais efeito dentro de mim. Até então, enquanto me concentrava no trabalho eu purificava a mente; escutar os pacientes me levava a descobrir novas perspectivas que faziam com que eu olhasse para minhas questões pessoais de maneira mais fácil. Mas não está mais funcionando. Além disso, trabalhar voluntariamente com as crianças me eleva. Isso também não está mais funcionando; os problemas de minha vida não me deixam sentir essa elevação com a mesma intensidade. Todas essas sensações podem ser temporárias. Quem sabe, quando tudo voltar ao normal, eu volte a me sentir como outrora. Tenho que esperar para ver o que acontecerá.

O dia de trabalho acabou. Rachel não ligou mais para me torturar. Nem sequer enviou algum e-mail para Hillary. Espero Divas para irmos à festa das turmas de 1998, ano em que terminei o mestrado em Oxford e conheci boa parte dos amigos que tenho aqui na Inglaterra, amigos de todas as partes do mundo, incluindo o próprio Divas. Seria muito bom rever amigos de uma época que não voltará jamais. Mas por acaso alguma época pode voltar? É besteira o que estou pensando, mas é o que sinto. Se eu pudesse mudar certas coisas em minha vida, aquele momento não seria um deles. A única coisa que mudaria seria Rachel: definitivamente, ela não faria parte de minha vida! Mas fez e faz parte, fato irreversível. Preciso parar de pensar em Rachel. Saio do prédio do consultório e espero Divas, que chega em menos de 10 minutos.

É só entrar no carro para sentir o bom humor de Divas. Talvez por ter sofrido tanto na vida, ele sabe sorrir como ninguém. Esfuziante. Já começo a deixar de lado os problemas quando chegamos à casa de Johnny, o milionário. Somos praticamente os primeiros a chegar. Nem o proprietário da casa está. Só algumas pessoas, amigos de Divas, não meus. Aproveito para dar uma circulada e observar a bela casa. Como o tema da decoração da festa são fotos da época de estudante, sinto uma onda de saudosismo. Algo melancólico. Procuro me ver em algumas das fotos, mas não me encontro em nenhum lugar. É claro que não enviei nenhuma foto, então não podia fazer parte da decoração da festa.

Divas se aproxima me trazendo uma taça de vermute. Eu me surpreendo: vermute?

— Sim — ele responde —, a bebida que todos nós tomávamos na época.

Entre um gole e outro, olhando para as fotos penduradas nos cantos da casa de Johnny, pergunto:

— Você já encontrou alguma foto sua?

— Sim, logo ali na entrada vi uma foto minha. Ah, tinha uma foto sua também.

— Sério, Divas? Eu quero ver.

— Venha até aqui então, Gabriel. Está aqui.

— Ah! Legal. Mas não lembro desta foto, sinceramente.

— Como não lembra? Foi tirada antes de brigarmos, não lembra?

— Não. Brigamos por quê?

— Ah! Claro que ia esquecer, não é? Mais conveniente para você.

— Não, sério, não lembro mesmo. Por que brigamos?

— Nós brigamos porque você ficou com a mulher que eu queria na época. E você sabia disso.

— Qual mulher?

— Daphany, aquela negra que estudava Direito, não lembra? Claro que lembra!

— Não, não lembro.

— Foi ela quem tirou essa foto de nós, por isso ela não aparece.

— Não lembro, Divas, mas, se fiz isso, peço desculpas. Não era minha intenção. Quando digo isso, você não pode entender o real significado.

— Sim, posso imaginar.

— Não, acho que não pode. É sério. Se pudesse voltar atrás mudaria tantas coisas em minha vida! E essa seria uma delas.

— Não tem problema, Gabriel. Também não foi tão grave assim. Acho que na verdade eu não teria nenhuma chance com ela. E, se eu desse importância para o que você fez, não seria seu amigo até hoje, não é mesmo?

— Você está certo.

Começo a olhar outras fotos.

— E esta?

— Esta foto foi de um dia maravilhoso. Você tinha acabado de chegar do Brasil. Estava se sentindo solitário e sem chão aqui na Inglaterra. E decidiu beber todas para se enturmar. Por isso você saiu com essa cara de bêbado.

— Sério? Não me lembro também.

— Estranho. Fatos tão importantes assim não se esquecem. Pelo menos eu não me esqueço. Posso te falar uma coisa, Gabriel?

— Sim, pode falar. Meu Deus, olha essa foto. Não acredito que sou eu. Como estava mais magro!

— Eu estava navegando na internet semana passada e acabei entrando num site de relacionamento.

— Ah, Divas! Você não precisa disso. Tantas mulheres correm atrás de você. Só precisa ter mais autoconfiança.

— Olha quem fala. Eu digo o mesmo sobre você, Gabriel.

— Estou falando sério, Divas. Você não precisa procurar mulheres em sites de relacionamento. Você é um cara interessante, só precisa acreditar nisso e deixar a coisa rolar.

— Eu não me inscreveria se não tivesse encontrado você lá, inscrito no mesmo site.

— Ah, pare com essa brincadeira. Olha só esta foto. Desta eu me lembro. Foi tirada numa viagem que fizemos nós dois com Jéssica e Pamela, lembra? Aquele dia em que voltamos de Stratford-upon-Avon.

— Sim, claro que lembro. Foi um dia especial. Mas, voltando ao assunto, o que eu queria falar com você, e talvez esta seja a oportunidade, é que eu não acho legal você ficar nesse site.

— Como assim você ainda está falando do site, Divas? Está bem, se inscreva. Não vou achar ridículo, vou dar a maior força! Sério!

— Tudo bem. Vou entrar. Não posso dizer que o site não funcione, afinal a quantidade de mulheres com quem você sai mostra isso. Pelo menos agora achei a fonte. Você podia ter me dito antes, não é?

— Está falando sério? Estou nesse site? Se estou, não fui eu quem fez a inscrição.

— Como não, Gabriel? Eu vi inclusive uma mulher que escreveu em sua página, não me recordo o nome dela agora, mas eu vi aquela mulher com você num *pub*. Se você não estivesse inscrito, não responderia pra ela com comentários maliciosos, não é?

— Como assim?

— Então, uma das coisas que eu queria criticar... Olha, eu acredito que todos devem ser livres para fazer o que quiser. Mas, como sou seu amigo, não posso deixar de falar.

— Sim, sim, me fale. Está me deixando assustado.

— Eu não concordo com seu comportamento no site. Afinal, você tem um nome a zelar. E hoje em dia nosso portfólio acaba sendo também o mundo virtual. Não queria que você saísse prejudicado por isso.

— Mas o que é? Fale logo!

— Bom... Primeiro não concordo com o nome que você usa para se identificar. Príncipe da Noite. Meio grotesco ver esse nome e sua foto.

Estou atônito. O Príncipe está usando minha integridade moral para se relacionar com mulheres em sites de relacionamento. Onde ele vai parar? Será que é assim que conhece suas vítimas?

— Em segundo lugar, meu amigo, não concordo com essa postura. E a quantidade de mulheres com quem você se relaciona, pelo menos é o que fica exposto para todos, é algo que faz você perder a credibilidade. Como sei que você tem uma reputação a zelar, pela ética profissional, achei que devia lhe falar para você pensar melhor a respeito.

— Divas, será que você pode pedir para alguém aqui na casa deixar que entremos na internet? Preciso ver esse site agora. Não acredito. Eu não lembro de nada.

— Sim, claro. Espere um pouco.

Depois de conseguir um computador no escritório da mansão, peço para Divas entrar no site.

— É esse site? E onde eu estou?

— Melhor você entrar em seu perfil, com sua senha.

— Eu não tenho senha nenhuma.

— Então espere um pouco. Vou fazer uma busca.

— Você está digitando Príncipe da Noite.

— É assim que vamos achá-lo.

— Não acredito!

— Pois acredite. Pronto. Está aqui o seu perfil.

— Ah! Que coisa absurda. Sou eu. Eu mesmo.

— Não, não é você, meu amigo, é o Príncipe da Noite. De certa forma, é difícil alguém achar você. Por isso não fiquei tão preocupado com seu trabalho. Mas uma hora ou outra as pessoas acham. Não sei como isso vai repercutir, entende?

— Divas, você pode me deixar sozinho um pouco? Não quero que perca a festa. As pessoas já devem estar chegando. Vou pra lá em 10 minutos.

Não posso acreditar. O Príncipe da Noite me inscreveu num site de relacionamento. Estou sozinho nesta situação, ninguém pode saber o que estou vivendo. É uma coisa entre mim e o Príncipe. Não posso contar para ninguém. Quem acreditaria em mim? Como iria contar para Divas que não fui eu, mas ele? Ele me chamaria de louco. Começo a vasculhar o perfil do Príncipe para ver o que acho. Uma infindável quantidade de mulheres. Provavelmente todas com quem ele já se relacionou ou ainda vai se relacionar. Então é assim que ele marca seus encontros? Talvez essa seja somente mais uma maneira de ele encontrar as mulheres que serão suas presas.

Vejo então a foto de uma mulher de vestido vermelho. É lindíssima, não tem como negar. Começo a ver as fotos dela. Tem algumas fotos comigo. Vou passando foto por foto. Parecemos bêbados em algumas imagens. Noutra imagem, vejo nós dois de roupão saindo do banho. Espera aí. Esta foto é da minha casa. Este é o meu banheiro. Percorro as fotos da mulher desconhecida, mais de vinte fotos comigo. Na penúltima ela está usando a chave como se fosse um cigarro, a mesma chave que está em meu chaveiro e não sei para que serve. A chave misteriosa está em sua boca! Fico espantadíssimo. Na última foto, a mesma mulher com o vestido vermelho com cara de bêbada, ainda com a chave na boca, faz uma pose extravagante segurando os sapatos. Não posso crer! Os mesmos sapatos que estavam com sangue, dias atrás, ao lado de minha cama.

42

Saio do escritório da casa de Johnny, o milionário, tão absorto que não consigo disfarçar. Antes mesmo que as pessoas comecem a chegar, acredito que tenho que ir embora para não deixar evidente meu transtorno. Vou falar com Divas, mas ele está entretido, conversando com os poucos amigos da faculdade que acabaram de chegar. Ainda bem que não conheço ninguém. De qualquer maneira, se eu não chamar Divas agora, será tarde demais, vou ter que ficar na festa. Consigo chamá-lo de longe. Ele vem em minha direção.

— Divas, eu preciso ir embora. Não vou conseguir ficar na festa.

— Como assim, Gabriel? Você acabou de chegar.

— Eu sei, mas depois daquela revelação do site...

— Esquece, Gabriel. Não falei para você ficar mal, mas para que consertasse algumas coisas.

— Eu sei, eu sei, é uma longa história, não vou poder contar pra você agora. Por isso preciso ir. Só queria avisá-lo.

— Entendo. Mas seria muito bom se você ficasse. Você está precisando se distrair. Nada melhor do que uma festa, amigo.

— Claro, Divas! Você tem toda a razão, a não ser que eu contasse que quem fez aquele perfil no site não fui eu!

— O quê, Gabriel? Você acha que é um perfil falso, somente para prejudicar sua imagem?

— Sim, com certeza é para me prejudicar. Mas a pessoa que fez o perfil não estava pensando nisso. Ah! É difícil falar disso.

— Tente, amigo. Quero entender e ajudar você, se possível.

— Vou contar tudo, Divas. Mas não agora. Agora eu só posso falar que tenho tido enormes problemas de memória.

— Isso eu já percebi. Mas achei que fazia parte de você. Desde que o conheci, você sempre deixou isso evidente.

— Como assim desde que me conheceu?

— Sim, nunca comentei porque achava que era uma fraqueza sua, não queria ficar tocando no assunto. Sabe quando percebemos algo errado em alguém e não temos muito jeito de consertar? O que fazemos? Não tocamos no assunto. Vou falar pra alguém: você é aleijado? Claro, a pessoa sabe que é aleijada. Seria desconcertante para mim, não saberia como você reagiria.

— Mas você fez errado, Divas. Posso entendê-lo, só que eu não sabia que tinha falhas de memória. Não desse jeito! Sabia, sim, mas era uma coisa que acontecia esporadicamente. Agora está ficando cada vez pior. Não sei o que fazer.

— Você precisa ir ao médico, Gabriel.

— Não, não é uma coisa tão simples assim. Não é um caso clínico. É um caso psicanalítico. De dentro de mim. Bom, acho que aqui não é o melhor lugar para falarmos. O fato é que não consigo ficar na festa, infelizmente. Tenho que ir embora.

— Pena, amigo. Ia ser muito bom se você tentasse ficar. Você quer que eu leve você? Está sem carro...

— Não, pode deixar. Vou pedir um táxi e ficar esperando do lado de fora. Sei lá, vou ficar esperando na esquina para ninguém me ver.

— Tudo bem. Faça o que achar melhor. Conversamos outro dia. Quero saber tudo o que está se passando, ok?

— Sim, sim, vamos conversar. Talvez seja melhor.

Preocupado comigo, Divas volta para falar com seus amigos. Não queria perturbá-lo com meus problemas. Eu não conseguiria encarar ninguém e ficar imaginando a possibilidade de o Príncipe da Noite ter falado com alguma mulher da época da faculdade e, pior ainda, sem saber com que mulher eu mesmo dormi. Sinto-me um crápula. Imagino como todas as mulheres se sentem depois que dormem comigo e eu nunca mais volto a falar com elas. O Príncipe da Noite me joga numa arena, pronto para ser devorado pela ira das mulheres rejeitadas por mim. Elas têm toda a razão! Não posso exigir outra atitude delas diante de minha postura. Um homem como eu não deveria estar à solta. Eu sou um mal para a sociedade. Um psicopata do sexo. É muito dolorido olhar para aquilo que sou e constatar essas verdades. Se ao menos pudesse mudar alguma coisa. Se eu ao menos pudesse tomar as rédeas de minha própria vida. Ah! É mais difícil do que posso imaginar. O Príncipe da Noite é um quebra-cabeça indecifrável. Sempre estou atrás daquilo que ele já fez. Sempre preso aos desejos ocultos que ele tem.

Enquanto tento entender aquilo que seria o meu eu, caminho até a esquina. Vejo alguns carros chegando à festa e reconheço apenas uma amiga da época. Olho para o lado oposto, para ela não me identificar. O carro passa; ela não me viu. Continuo a andar. Outro carro passa, provavelmente indo para a festa. Fico esperando o táxi que chamei por telefone, vendo carros entrarem na festa e outros passarem reto. O táxi chega. Acho que é o meu, pois para na esquina. Quando estou perto do carro, abrem a janela. Não posso acreditar. A adrenalina me invade, meu coração começa a bater mais forte. A mulher muito bem vestida que estava dentro do carro diz:

— Você vai me deixar entrar sozinha na festa?
— Não posso crer. É você mesma, Rachel?
— E quem mais poderia ser?

Ela abre a porta para eu entrar no táxi. Isto é mais estranho do que eu poderia imaginar. Rachel está diante de mim, no lugar mais improvável que eu poderia supor.

43

Entro no táxi, assombrado. Rachel parece mais radiante do que nunca. Como ela pode estar aqui?

— O que você estava fazendo na esquina, querido? — Rachel fala de modo casual, enquanto acende um cigarro.

— Não gosto quando você usa esse tom para falar comigo e ainda coloca esse "querido" no final.

— Mas você não é o meu querido? Se não é você, quem mais poderia ser?

— Fale para o taxista parar aqui do lado. Precisamos conversar.

— Podemos conversar na festa.

— Que festa?

— A festa de que você estava fugindo.

— Ah, não! Imagine, seria um absurdo você ir à festa, ainda mais comigo. Você nem foi convidada. Aliás, nem teria por que ser convidada, Você não estudou em Oxford.

— Como assim não estudei em Oxford?

— Não seja louca. Só falta você me dizer que estudou em Oxford. Era só o que me faltava uma revelação dessas. Estou tão louco assim?

— Não, eu não estudei em Oxford. Mas ia tanto lá para ver você que me sinto convidada para a festa.

— Você ia me ver em Oxford? Como, se isso foi há mais de quinze anos? Não nos conhecíamos ainda. Eu conheci você há três anos.

— Ah, que absurdo! Como homem tem memória fraca! Eu ia pra Oxford para as festinhas dos cursos, e foi assim que nos conhecemos. Eu era fascinada por você. Mas, claro, você nunca dava atenção para mim.

— Que história é essa? Você naquela época não devia ter nem dezesseis anos.

— Eu tinha exatamente dezesseis anos. Em 1997, um ano antes de você terminar seu mestrado, não foi?

— Sim, eu terminei em 1998. Mas nós nos encontramos um ano antes? Quantas vezes?

— Duas vezes apenas. E você sempre estava bêbado. Aliás, naquela época você bebia muito. Ainda bem que parou. Com a idade você não ia aguentar. Além do mais, ia ficar com barriga. Odeio homem com barriga. Se você visse meu novo marido, ia ver o que é um corpo de atleta.

— Victor é seu novo marido?

— Como você sabe?

— Ele veio falar comigo um dia desses. Espere aí, você fica todo este tempo sem falar comigo, some e reaparece assim, sem mais nem menos. Pior: fala comigo como se nada tivesse acontecido.

— Por que você sempre dramatiza, Gabriel? Eu não estou aqui no horário certo?

— Como assim no horário certo? Qual foi a parte que eu perdi e que não estou entendendo?

— Assustado como sempre. Olha, antes de entrarmos na festa, eu queria falar uma coisa.

— Você não quer falar nada não, mas eu quero falar. O que foi aquela foto que você me enviou semana passada?

— Que foto, Gabriel? Do que você está falando? É sério. Não sei por que você desligou o telefone nas últimas vezes que liguei pra você. Eu queria dar uma notícia ótima.

— Notícia ótima? Você quer me torturar com seus jogos psicóticos?

— Pare! Não gosto quando você acha que tudo faz parte de um plano para pegar você. Essa mania de perseguição, de achar que todo mundo está contra você. Eu sou a mulher que te ama. Nunca se esqueça disso.

— Você me ama? Hilário. Vou rir para não chorar. Imagine se fosse o contrário.

— Chega de brincadeira, Gabriel. Estou falando sério.

— Então, vamos falar sério. Antes de dizer qualquer coisa, gostaria que você me respondesse algumas questões. Pare de fazer maquiagem enquanto estamos conversando. Não gosto quando você não olha pra mim enquanto falo coisas sérias. O taxista está prestando mais atenção do que você. Por favor, você pode pedir pra ele olhar pra frente, já que escutar ele vai mesmo?

— Meu senhor, poderia, por favor, olhar para a frente?

— Diga que lhe daremos uma ótima gorjeta.

— Nós lhe daremos uma ótima gorjeta, pode ficar tranquilo.

— De quanto? E por que não posso ficar parado aqui escutando um casal brigar? — responde o taxista, que até então não abrira a boca.

— Fale que daremos trinta libras quando terminarmos de falar.

— Nós lhe daremos quarenta libras — Rachel responde.

— Hum... cinquenta libras.

— Fechado! Daremos cinquenta libras. Mas, por favor, finja pelo menos não prestar atenção em nossa conversa — digo ao taxista, com firmeza. Ele estende a mão coberta por uma luva preta de couro e ali eu coloco o dinheiro.

— Rachel, agora preste atenção em mim.
— Sim, pode falar.
— Então pare de se maquiar, por favor.

Pego as mãos dela e faço-a parar. Ela enfim me olha nos olhos.

— Assim está melhor! Rachel, eu quero saber tantas coisas. Primeiro de tudo, por que você enviou um e-mail para Hillary na semana passada?
— Eu estou grávida!
— Grávida? Como assim?
— Estou grávida, ora.
— Sim. Eu sei que isso sempre foi importante para você. Mas você não devia estar falando isso para mim agora. Fiz uma pergunta séria. E você brinca que está grávida?
— Acho que é muito mais importante do que qualquer coisa que você possa falar, não é mesmo? Afinal, queríamos tanto uma criança. Lembra do quanto tentamos?
— Não, Rachel. *Você* sempre quis uma criança e sempre fez de tudo para conseguir. Mas eu não faço parte disso. Nunca quis fazer. Você sabe bem.
— Como você pode ser tão grosso e insensível?
— Não posso participar de uma coisa que não tem nada a ver comigo. Eu só quero que você pare de me torturar e me esqueça, Rachel.
— Não acredito que você esteja falando comigo de modo tão frio.
— Não estou falando assim, pare de se fazer de vítima. E não comece a chorar, por favor. Não gosto de ver você chorar.
— Eu não estou chorando porque quero, Gabriel. Estou chorando porque eu conto pra você que, finalmente, vamos

ter um filho e você reage do modo mais absurdo que uma mulher pode imaginar.

— Olhe pra mim, Rachel. Olhe! — Ela levanta o rosto; as lágrimas distorcem a maquiagem enquanto caem pelas maçãs de seu rosto. Não posso ver mulher chorar que me dá uma dor no peito inexplicável. Sinto-me responsável e culpado. Mas, de qualquer maneira, falo, contundente:

— Este filho é seu e de Victor, e você vem se fazer de vítima pra cima de mim?

— Como assim de Victor? Você sabe muito bem que não é!

— O quê?

— Está desconfiando de mim, Gabriel? Que absurdo.

— Pare com a brincadeira, Rachel! Não admito que fale assim comigo. Quer me enlouquecer?

Rachel começa a chorar. Quando vou segurá-la para tentar acalmá-la, ela recosta sua cabeça em meu torso, e se aninha nele como se fosse um bichinho indefeso. De uma hora pra outra, ela levanta a cabeça num ato violento. Olha para mim quase como se quisesse me matar de tanta raiva e me dá um tapa na cara, com toda a força. Sai do carro correndo. Sinto um remorso indizível. Rachel me batia daquela forma desde quando nos conhecemos. Mas fazia tanto tempo que não levava um tapa dela que não me recordava de como doía. Não dói em meu corpo, dói dentro. Lembro-me imediatamente das várias vezes em que ela falava que queria ter um filho comigo. E eu sempre lhe falei "não" de modo muito convincente. Ela sempre me batia. Para ela era algo tão natural ser mãe, e pra mim algo tão surreal. Eu sempre negava porque sabia que o Príncipe da Noite nunca me deixaria em paz. Então, eu sempre respondia mecanicamente, de modo negativo. Para mim, não ter filhos era o natural.

Saio correndo do carro para pegá-la. Rachel é neurótica o suficiente para fazer uma besteira quando está nesse estado de espírito. Chego até ela e a agarro.

— Rachel, por favor, pare!

— Pare você. Não acredito que possa ter sido tão rude e grosseiro comigo. Depois de todo esse tempo, conseguimos.

— Conseguimos o quê, Rachel?

— Ter o nosso filho!

— Esse filho é nosso mesmo? Não é do Victor? Você está falando sério, Rachel?

— Esse filho é seu, Gabriel. Você vai ser pai!

— Não! Não, isso não pode ser possível!

Rachel me abraça. Ela está feliz e radiante como nunca. Sem entender uma só coisa que está acontecendo em minha vida, retribuo seu abraço. Depois de um tempo ela começa a se recompor. Seca as lágrimas com um lenço de papel e retoca a maquiagem enquanto a observo, admirado, contemplando sua beleza peculiar. Nesse instante começo a sentir a presença do Príncipe da Noite. Ele não poderia aparecer agora. Justo agora? Por quê, meu Deus? Nesse caos insano que está minha cabeça, o Príncipe, o senhor do obscuro, infalivelmente não me dá trégua.

Outra imagem, ou talvez recordação, me deixa mais intrigado ainda. Enquanto observo Rachel se recompor, várias imagens de sapatos femininos aparecem em minha mente. Imagens entrecortadas. Sapatos e mais sapatos. Sapatos de salto alto, escarpins, sandálias. Todos com saltos altos e finos. Aqueles saltos que me deixam louco. É como se eu conhecesse todos aqueles sapatos. São familiares. Mas de onde eles viriam? Por que isso agora? De repente vejo em minha mente, de forma vaga, minha imagem segurando aquela chave misteriosa que está em meu cháveiro e que não sei para o que serve. Estou indo para algum lugar, para alguma direção que não consigo visualizar. Está tudo nublado. Me recordo de algo muito importante, mas não sei o quê. Fico mais ansioso ainda. Quero me recordar de tudo, mas Rachel me distrai perguntando qual será o nome de nosso filho. As imagens fogem de mim como a fumaça some ao vento nebuloso.

44

Estou completamente bêbado na festa. Como vim parar aqui de novo? Acho estranho. Muitas pessoas vindo falar comigo, isso não é comum. Converso com elas como se as conhecesse há muito tempo. De algumas até me recordo, apesar de não saber exatamente de onde, outras nem faço ideia de como conheci e por que estão falando comigo. Eu era um indivíduo tão desinteressante em ocasiões sociais. Nunca fui o foco, sempre o mais quieto, calado. Recordo então que quem está no controle é o Príncipe da Noite. É assim que ele se porta? Poucas vezes pude perceber como o Príncipe age. E por que ele faz isso comigo? Por que o Príncipe ora me deixa ter consciência do que ele faz, ora não deixa? Será que agora ele quer me dizer algo? Isso é mais atordoante do que tudo o que possa imaginar. Minha vida toda fragmentada. Nesse instante, vejo Divas se aproximando de mim. Não gosto de, na presença dele, não ser completamente eu.

— Voltou? — ele pergunta.

— Sim, preferi seguir os seus conselhos. Nada melhor do que uma bebida para esquecer tudo, não?

— Posso dizer o mesmo. Você viu como está cheia a festa? Ah! Sabe quem está aí?

— Quem?

— Não lembro do nome dela... Foi um de seus casos — Divas sussurra.

— Onde ela está?

— Lá fora, no jardim. Está vendo?

— Ainda não. Onde?

— Estou atrapalhando alguma coisa, senhores? — Rachel aparece inesperadamente.

— Rachel? Você aqui? Que surpresa! Que bom revê-la depois de todo esse tempo — fala Divas, surpreso.

— Eu posso dizer o mesmo, querido. Que bom revê-lo! Eu sempre me lembrava de você. Falava para o Gabriel marcar um jantar a três. Mas ele disse que você tinha voltado para Angola.

— Fui mas voltei logo. Fiquei três semanas apenas. Vocês estão se vendo há tempos? — Divas pergunta, espantado.

— Sim, sempre! Não posso deixar este homem. Ele é tudo em minha vida. Você sabe disso! — responde Rachel.

— Não posso deixar você, minha amada — o Príncipe fala enquanto segura Rachel pela cintura. Sentindo o Príncipe falar aquele absurdo, fico intrigado, a mesma sensação que percebo nos olhos de Divas.

— Estou grávida de Gabriel! — Rachel diz, empolgada. Ele, sem saber o que fazer, prefere abraçar e dar os parabéns a Rachel, enquanto olha para mim como se perguntasse algo. Logo Divas decide dar os parabéns a mim também. Mal sabe que está falando com o Príncipe da Noite.

— Finalmente conseguimos! — conclui Rachel.

Divas, sem graça, diz que merecemos um brinde e que vai pegar as taças. Enquanto Divas se afasta, Rachel fala qualquer coisa sem importância para o Príncipe da Noite. Ele responde sem dar muita atenção, enquanto observa as mulheres na festa. Acho ridícula a postura do Príncipe, tamanha falta de sensibilidade diante de uma mulher que acabou de lhe revelar que está grávida. Mas até aí eu não tenho o controle de nada. Rachel sabe muito bem onde se meteu. Eu é que não entendo nada. Fico pensando como seria possível ter um filho de Rachel. Estávamos nos encontrando há quanto tempo? E Victor, seu marido? Ou será que Victor, meu paciente, é só um lunático que quer me torturar com suas psicoses? É isso. O próximo passo é perguntar para Rachel sobre Victor. Se conseguisse fazer isso, seria ótimo; o problema é que não consigo. O Príncipe me impede. De uma hora pra outra escapo do domínio dele e consigo perguntar:

— E Victor, Rachel?

— O quê? — ela me pergunta como se nunca tivesse escutado esse nome.

— Victor. O que você vai falar pra ele? — reforço minha dúvida. É nítido que ela não quer falar sobre isso agora, dissimula melhor do que ninguém, mas é impossível Rachel não saber quem é Victor. Neste momento, olho para o lado e vejo Divas me chamando no bar ao fundo. Ele mostra a garrafa e as taças, como querendo dizer que precisa de minha ajuda. Mas é claro que ele quer falar comigo, tirar as dúvidas. O problema é que eu não sei se ele ficará mais intrigado do que está agora, já que irá falar com o Príncipe da Noite. Chego à conclusão de que, se pudesse escolher, preferiria que o Príncipe não me deixasse perceber nada; é muito mais confuso, muito mais torturante.

— O que está acontecendo, Gabriel? O que essa louca está fazendo aqui? — Divas me pergunta, assustado.

— Onde está a mulher que você falou que era meu caso, Divas? — o Príncipe pergunta a ele, olhando ao redor.

— Como você pode falar assim? Rachel acabou de dizer que está grávida de você. Eu definitivamente não acredito. Você nunca mais se encontrou com ela. Pelo menos era o que dizia. Falava que ela tinha sumido. Mentia pra mim?

— Onde está a mulher que você disse? — o Príncipe interroga sem vacilar.

— Ah! Você quando fica bêbado perde a noção de tudo. Vamos lá. Rachel está sozinha.

— Não está. Olha lá, um homem já foi cantá-la.

— Mas ela está olhando pra cá. Está nos chamando, Gabriel!

— Diz pra ela que eu já vou. Vá lá e tire-a das garras daquele inescrupuloso. Claro que estou brincando com você — diz o Príncipe, sarcasticamente, para Divas.

— E você acha que não conheço seu tom irônico, Gabriel? Mas aonde você vai?

— Diga que eu vou ao toalete e já volto.

Enquanto Divas se aproxima de Rachel, faço sinal pra ela como se já voltasse, e ela me responde com a cabeça, concordando. Passo pelo jardim para ver se encontro a mulher que Divas falou que era meu caso na época da faculdade. Depois de um tempo, encontro-a. Não me recordo de seu nome, mas o Príncipe provavelmente sim. Me aproximo dela, que mostra estar feliz por me reencontrar. Descubro que a vítima do Príncipe se chama Yvonne e começamos a conversar. O Príncipe fala com ela como se não estivesse acompanhado por Rachel, como se ela até então não tivesse existido. Fico pensando como vai ser a reação de Rachel, já que ela é explosiva e neurótica, quando me vir falando com esta bela moça que não tem nada a ver com as crueldades do Príncipe. Yvonne está mais bêbada do que eu. Ela me olha com seus olhos azuis de gata abandonada. O Príncipe se aproveita desse momento indefeso para seduzi-la. Ela responde a seus carinhos de sedução espontaneamente. O braço dela toca o meu. Ela oferece seu Martini para eu beber. Bebo. Falo ao pé de seu ouvido enquanto seguro sua mão para ela me acompanhar. Ela, que não demonstra nenhuma resistência, me acompanha. Pronta para ser abatida pelo caçador da noite. Entramos num corredor qualquer, pego-a pelos braços, segurando seu corpo contra a parede, e me aproximo lentamente de sua boca. Ela fecha os olhos, entregue, solta, seguindo a inércia de meus movimentos em sua direção. Por fim, consumando o ato último, nos beijamos. Não posso negar que a forma como o Príncipe da Noite conquistou Yvonne não me intriga. É tão natural para ele como para mim é natural o comportamento oposto. De certa forma, sinto orgulho que o Príncipe aja de modo tão certeiro. Ele é uma flecha que acerta o alvo mesmo com os olhos fechados, por causa de sua natureza selvagem, inabalável. Sinto orgulho por um momento. Enquanto Yvonne arfa, ofegante, o Príncipe a arrasta para a lateral do corredor. Um pouco de cada vez enquanto não paramos de nos beijar. Ele tateia o trinco da porta ao lado, com os lábios presos aos dela. Abre a porta. Lentamente a leva para dentro do quarto desconhecido. Ela desgruda os lábios dos meus, enquanto olha para o Príncipe com olhos semicerrados e desejo evidente. Ele a segura pelos braços, carregando-a com firmeza; depois de alguns passos, repousa o corpo dela na cama macia. Sobe em cima de seu corpo, abrindo o vestido. Desfalecemos num êxtase vertiginoso.

Não posso dizer que não sinto nada. O Príncipe me deixou ver tudo de camarote, de um ponto de vista privilegiado. Enquanto ficamos absortos e desfalecidos um sobre o outro, Rachel abre a porta do quarto:

— Gabriel? O que é isso?

O Príncipe fica sem reação. Yvonne reage lentamente, preocupada. Eu me retorço por dentro, como se estivesse voltando ao normal. Rachel sai do quarto com os olhos esgazeados. Divas aparece na sequência, como se quisesse ter me salvado da situação. De certa forma, Divas deixa transparecer um olhar desapontado para mim. Mas é tarde demais. Yvonne diz para eu ir falar com Rachel, mas antes me dá seu telefone num cartão. Mal sabe ela que nunca mais me verá. Se por acaso eu a visse, seriam algumas poucas vezes mais. O Príncipe é infalível.

Começo a me recordar dos olhos ingênuos e apavorados de Rachel olhando pra nós dois. Seria verdade? Eu tenho mesmo um caso com Rachel? Por que ela teria reagido daquela maneira se não me amasse? O Príncipe não reage; ele não vai atrás de Rachel. Yvonne fica surpresa, mas, como está mais bêbada do que ele, volta a me beijar como se nada tivesse acontecido. O que me deixa mais assustado ainda.

45

Quase uma semana depois daquela festa paradoxal, torturante e ao mesmo tempo prazerosa, não tive mais sinal de Rachel. Sinceramente estou preocupado com ela e, ao mesmo tempo, aliviado por sua ausência, pois não iria sofrer os atos insanos de sua conduta perturbada diante de mim. É inevitável, sempre acontece quando Rachel e eu nos aproximamos. Quase como dois elementos químicos que reagem explosivamente se colocados no mesmo espaço físico, assim eu reagiria diante de Rachel, e vice-versa. Agora, como imaginar que eu teria um filho com ela, uma vez que o Príncipe não se relaciona com nenhuma mulher, algo que vai contra sua natureza, pelo menos que eu saiba. Isso me intriga demais.

Hoje é um daqueles dias em que eu não quero sair de casa, mas ainda é quinta-feira, preciso passar no Hospital St. Mary para ver as crianças e depois no consultório. Hoje, se não me engano, Chloé irá se consultar comigo. Estou muito ansioso pra revê-la. Intrigado que ela tenha câncer, tão jovem. Chego ao hospital. A primeira pessoa que encontro, para minha surpresa, é Evelyn, a enfermeira com quem tenho um caso. Aliás, com quem o Príncipe tem um caso, ou com quem ele dormiu uma, duas ou três vezes. Enfim, ela me odeia mais do que tudo porque a trato como se nada tivesse acontecido. Mas como vou saber quando dormi ou deixei de dormir com ela? Ou com qualquer outra mulher? Nossa relação ficou horrível desde a primeira vez em que o Príncipe dormiu com Evelyn e eu a tratei como se nunca houvesse a visto. Isso foi o pior de tudo. Aguentar os efeitos devastadores das mulheres rejeitadas pelo Príncipe era insuportável. Então hoje será diferente. Vou tratar Evelyn como se tivesse dormido com ela ontem, mesmo que não tenha dormido. Não tenho como saber; o melhor é ser cordial. Assim ela não terá ódio de mim. Ela passa por mim e nem me olha.

— Evelyn, tudo bem?

— Você vai falar comigo? — responde ela, intrigada.

— Sim, por que não? — retruco, mais intrigado ainda. Ora, ela não quer agora que eu fale com ela. Vai entender a cabeça das mulheres. Quando não falo, briga porque não falei; quando falo, briga porque falei?

— Você disse que era melhor falarmos somente quando estivéssemos fora do hospital.

Na hora penso: *disse isso? Por quê?* Decido improvisar.

— Então... Agora acho melhor falarmos aqui também.

— Você é quem sabe. Por mim, tudo bem. Aliás, quem estipulou a regra de não falarmos no hospital foi você e não eu — diz Evelyn, ofendida.

— Estamos aqui para mudar as regras, não é? — brinco para quebrar o gelo.

— Aliás, já que você tocou no assunto, adorei ontem à noite. Foi o máximo!

Novamente me pergunto, espantado, se dormimos juntos ontem à noite. Ela arremata:

— Quero repetir hoje à noite.

— Sim, com certeza. Era isso justamente que eu queria lhe falar.

— Todas as vezes que nos encontramos têm sido ótimas!

— Ah, é? Você gosta? Nunca fala nada...

— Você também nunca fala nada. E hoje, do modo mais surpreendente, resolveu falar comigo no trabalho? — Evelyn é sedutora. Aquela mulher com cara fechada desabrochava como uma rosa.

— Bem, eu vou ver as crianças e quando for embora passo aqui pra falar com você, tudo bem?

— Sim, claro. Mas não se esqueça.

Ela sai sem demonstrar nenhum sinal que estamos tendo um caso. Impressionante como ela finge. Eu não saberia fazer o mesmo. Fico atrapalhado. Quero dizer, atrapalhado quando tenho consciência do que estou fazendo. Porque na verdade eu devo fingir muito bem. Como iria administrar todas as enrascadas em que o Príncipe da Noite me coloca? É um absurdo. O Príncipe me coloca em xeque todos os dias, me exige um exercício mental para descobrir o quebra-cabeça de minha própria vida. É quase como se eu fosse um quadro que tem obscurecida a imagem dentro de suas molduras. Minha personalidade, para se manter intacta, deveria aos poucos preencher as pedras vazias que formam aquilo que seria o meu eu. O problema é que esse quadro não é estagnado, sempre se mantém em movimento, mudando as variáveis fragmentadas das imagens, tornando assim mais difícil a resolução do enigma. Quando eu penso que resolvi alguma coisa, a vida me mostra outra tarefa mais difícil ainda.

Enfim, chego à sala onde as crianças que se tratam de leucemia estão ensaiando *Cyrano de Bergerac* na maior vibração.

É impressionante o entusiasmo delas. Como elas lidam com a vida de modo tão despretensioso. Não há conflito interno. Elas estão ali, ensaiando textos que lhes são dados, personagens que falam sobre o amor, sobre a vida. O medo da finitude iminente não existe. O medo em si não existe. Sentir o carinho desses seres puros é o que abastece minha alma. Como eu posso ter medo? Que medo é este? Eu deveria me conformar com meu jeito; com todas as oscilações de formas e cores que o Príncipe da Noite reverbera dentro de meu ser? Mas eu, Gabriel, não sou o Príncipe. Como ser algo que não tem nada a ver com minhas condutas, formas de ver a vida, de pensar? São dois mundos equidistantes que não se cruzam. Eu sou uma anomalia. Duas almas habitando meu corpo.

Fico observando aquelas crianças, que em certos momentos se aproximam e falam comigo para me entrosar em seus mundos fantasiosos. Quando as crianças me deixam à parte, volto para o mundo da reflexão, na tentativa de entender minha identidade conflituosa. Em dado momento começo a sentir uma confiança inaudita no mundo, na natureza mágica e visivelmente ordenada, mesmo em sua deformação. Um sentimento que me dá coragem para ir falar com Evelyn e aceitar sua proposta de dormirmos juntos. Mas quem vai aceitar sou eu, Gabriel. Preciso fazer isso. É uma questão de honra. Se eu deixar sempre para o Príncipe os benefícios da vida será quase como se estivesse me castrando, não me permitindo usufruir um bem que por direito também é meu. Eu preciso viver. Não outorgar ao outro aquilo que deve ser sentido, tocado por minha mão, meu olhar, minha sensação. O Príncipe é o ladrão de minhas sensações. E, se eu posso fazer alguma coisa contra isso, devo fazê-lo agora. Espero premeditadamente o final da manhã, sem perder a sensação boa de estar na companhia daquelas crianças. Este lugar o Príncipe nunca saberá que existe. Ele é só meu. Meu refúgio.

A manhã está chegando ao fim. Quase meio-dia. Este é o momento em que Evelyn tinha pedido para eu falar com ela. Eu que deveria começar o movimento em relação a ela, eu, Gabriel. E não o acaso ou o Príncipe. Respiro fundo e vou em direção a seu departamento no hospital. Como ela é enfermeira de cirurgia, deve estar no segundo andar. Entro no elevador, desço três andares. Estou ansioso, pensando no que falar e em como me portar. O melhor é deixar a situação fluir, mas parece tão estranho quando estou me forçando a fazer algo. *Não que não queira* Evelyn, porque ela é uma mulher interessantíssima, além de ter uma beleza à flor da pele. Quem não teria a fantasia de dormir com uma enfermeira bonita e sensual? É um desejo coletivo. E eu o estou rejeitando, deixando-o de bandeja para o Príncipe da Noite? Não! Fico mais decidido ainda.

A porta do elevador se abre no segundo andar. Saio e vou para a direita, onde está a recepção do andar. Pergunto a um senhor que está atendendo no balcão onde eu poderia encontrar a enfermeira Evelyn. Ele faz um sinal com o braço para trás dele, onde avisto Evelyn, dentro da recepção. Eu não tinha notado sua presença, indicando que estava mais nervoso que de costume. Evelyn vem falar comigo e dissimula, me trazendo papéis de exame. Eu, sem entender nada, agradeço. Volto para o elevador me sentindo um palerma. Sei que não deveria ter feito aquilo. Olho para os papéis. São papéis de rascunho. Começo a folheá-los para dissimular, enquanto o elevador não chega, caso na recepção estejam me olhando. Olho para o lado e vejo Evelyn me fazendo sinal escondida, como se tivesse algo escrito nos papéis, enquanto as outras pessoas não dão a menor bola. Começo a procurar quando vejo entre as últimas folhas: *Me encontre no quinto andar, no quarto 25. Estarei lá em cinco minutos.* Consinto com a cabeça e Evelyn sorri.

A porta do elevador se abre. Vou apertar o botão do térreo para ir embora quando minha mão aperta o botão do quinto andar. Não! Eu vou embora, não vou ficar. O elevador sobe. No quinto andar, soam as notas musicais alertando a chegada ao pavimento indicado por Evelyn. Espero a porta se fechar. Não vou sair, não quero sair. Saio, abruptamente, um pouco antes de as portas se fecharem, quase me espremendo. Do lado de fora do elevador, me viro e fico pensando que ainda dá tempo de fugir. Mas não fujo. A porta se fecha. A vida tinha dado uma chance para mim, para Gabriel. Devo assumir as rédeas de meu destino? Mas será este meu destino? Ah, como é difícil trafegar em território que aparentemente não é meu. Lembro-me da jovialidade das crianças e do quanto elas tinham me estimulado poucos minutos atrás. Com essa lembrança, decido ir para o quarto 25. A porta está fechada. Abro-a. Entro, não tem ninguém. Vou até a janela, fico olhando em pé para o lado de fora, pensando na bobagem que estou fazendo. Tenho vontade de ir embora. Viro-me e me encaminho para ir embora. Antes entro no banheiro do quarto, sinto vontade de fazer xixi. Sempre que fico nervoso e confuso acontece isso. Começo a fazer xixi quando alguém entra no quarto. Fico mais nervoso ainda. E se for outra pessoa? Pior: e se for a própria Evelyn?

— É você, Gabriel? — A voz sussurrada de Evelyn revela sua presença.

— Sim, sou eu. Já estou saindo — respondo automaticamente. — Estava esperando por você.

Fico desesperado, começo a suar frio. Olho no espelho aqueles olhos assustados. Chego bem perto, vejo como sou tolo. Aproximo mais meu rosto até conseguir identificar o desenho de minha íris. Sinto-me como um animal acuado e indefeso, mas isso inexplicavelmente me dá forças. Está decidido. O caminho está traçado. Preciso assumir minha vida. Evelyn será possuída agora por Gabriel. Enxugo o rosto com os papéis do banheiro. Arrumo meu cabelo bagunçado. Ajeito a roupa. Quando estou prestes a sair do banheiro, olho-me uma vez mais e só espero que ela goste de Gabriel tanto quanto do Príncipe da Noite. Abro a porta do banheiro. Olho para Evelyn. Levo um susto. Ela está de costas sem a blusa, só de sutiã. Como pode ser tão sensual? Sem falar nada, ela percebe que estou ali e provavelmente espera que eu a toque. Mas fico com vontade de ir embora, porque alguém pode entrar no quarto de uma hora para outra e nos pegar no flagra. Como ela pode pôr tudo a perder? Seria um escândalo se me vissem com ela aqui.

— Não é perigoso ficarmos aqui? — falo, tentando fazê-la mudar de ideia.

— Não! Venha! — ela me responde com uma voz doce e decidida.

Eu confiro se o trinco da porta está fechado. Não está. Fecho por segurança.

— Não, não feche a porta! — ela me ordena sensualmente. — Venha! Agora!

— Mas e se alguém entrar?

— Não pense nisso. Eu prefiro que você não tranque a porta. Fico mais estimulada com o perigo.

— E eu fico mais tenso — retruco.

— Você? Justo você, que gosta do perigo? — Ela se vira, deixando à mostra seu corpo semidespido, que me inflama o desejo. Abro o trinco da porta, obedecendo à sua ordem. Inexplicavelmente o perigo alimenta ainda mais aquela situação. Encaminho-me em sua direção. Começamos a nos beijar.

Evelyn fala com voz ofegante:

— Tire minha roupa.

— Melhor não fazermos nada mais do que isso — respondo, apesar de sentir vontade de ir adiante.

— Como não? Eu sempre digo que queria fazer aqui no hospital. Era meu sonho. Finalmente estamos fazendo.

— Eu sei, mas...

— Não tem mas. Eu que mando agora.

— O que você quer que eu faça?

— Fale em meu ouvido. Beije meu pescoço — ela fala enquanto fica de costas para mim. Seu rosto arqueia para trás em movimentos tênues. Ela abaixa a calça, querendo completar o ato. Minha respiração começa a ficar cada vez mais ofegante.

— Eu quero você agora!

— Eu também quero você agora! — respondo, mais nervoso do que poderia imaginar. Tento esquecer tudo e sentir aquele momento. Mas me perturbo por não responder fisicamente ao ato. É impossível, meu corpo não responde. Uma desconexão entre meu cérebro e meu corpo, como se me desligasse das sensações que poderiam surgir naquela situação. Tento enrolar mais um pouco beijando Evelyn para ver se consigo abstrair de tudo, e por fim, possuí-la.

— Não fique nervoso! Está tão bom...

Percebendo que eu não consigo, ela tenta me acalmar.

— Eu não consigo, me desculpe.

— Não tem problema — diz ela, carinhosamente.

— Claro que tem, desculpe — insisto.

— Não, não tem problema. Outra hora tentamos aqui mesmo no hospital. Deve ser isso. Você nunca brochou comigo. É a primeira vez. — Ela tenta me acalmar.

— A primeira vez é a pior de todas! — falo pra Evelyn, indignado, porque neste momento ela deixa evidente que o Príncipe da Noite nunca brochou com ela. Somente eu? Não é possível. Isso era o pior de tudo. O fato de não ter conseguido já era ruim, mas eu poderia superar, pensando que tinha sido por causa da situação inusitada, a porta do quarto aberta. Poderia pensar que se a porta estivesse fechada eu conseguiria. Ou o fato de estar no hospital, um ambiente de trabalho. Não. Nem nisso eu poderia pensar. Evelyn minou qualquer possibilidade de eu inventar uma desculpa para minha falha. Devo assumir meu fracasso diante do Príncipe da Noite. Ele é meu torturador. Alguém invencível.

Sinto-me o pior de todos os homens.

— Gabriel, fique calmo. Sempre há uma primeira vez. — Evelyn tenta consertar, mal sabendo que já tinha acabado comigo.

46

Na mesa de meu consultório, no dia seguinte, estou olhando para a tela do computador sem fazer nada quando Victor abre a porta abruptamente:

— Seu cafajeste! Eu falei pra você ficar longe de Rachel — diz ele, furioso.

— Doutor, eu falei que ele tinha que esperar o horário da sessão. Mas ele entrou à força — explica minha secretária, tentando se desculpar.

— Não tem problema, Jodie. Pode ficar tranquila. Faltam quinze minutos para a sessão de Victor começar mesmo.

— Sim, com licença, doutor. Qualquer coisa me chame. — Educadamente, ela sai.

— Sente-se, Victor. Antes de qualquer coisa, fale com calma.

— Você se encontrou com Rachel este final de semana. Por quê?

— Não estamos aqui para falar de mim, Victor.

— Eu falo sobre o que eu quiser, doutor. Pago o senhor para isso — diz ele, ironicamente.

— Eu não sou um objeto que você pode manipular. Voltemos para a sessão.

— Mas eu posso manipulá-lo. Esqueceu que eu sei de tudo? Como sua memória pode ser tão fraca assim?

— Sabe de tudo o quê? Não invente coisas, Victor. Você alucina muitas vezes, não pode acreditar em tudo que vê e pensa.

— Mas eu já lhe disse, doutor. Eu sei de tudo. Tudo o que aconteceu aquele dia com Rachel.

— Do que você está falando, Victor?

— Eu sei que foi o senhor quem matou o marido de Rachel.

— Isso é um absurdo!

Nesse momento me recordo da última sessão em que Victor tinha me acusado disso. Tinha me esquecido; achava que aquilo só poderia ter sido um pesadelo, mas era verdade.

— Quem lhe contou? Rachel?

— Claro que foi ela. Ela me contou tudo. Inclusive o que você disse para ela falar depois que matou o homem. Contou-me que a ameaçou caso ela não fizesse o que você ordenava.

— Eu ameacei Rachel? Ela está mentindo.

Fico apavorado com a história que Rachel contou pra Victor. É um absurdo tudo aquilo. Uma psicótica contando uma mentira para um neurótico que tem alucinações por causa dos remédios psiquiátricos que toma ou porque é esquizofrênico ou, ainda pior, um drogado mesmo. Sabe-se lá onde tudo isso pode parar. Tenho medo.

— Por favor, eu peço encarecidamente, Gabriel. Pare de perseguir Rachel.

Victor fala como se estivesse querendo fazer um acordo comigo, mas o que ele não quer entender é que eu não corro atrás dela, e sim o inverso. Estaria Rachel armando mais um plano para eu me ferrar? Preciso me distanciar dela mais do que nunca.

— Victor, eu quero que você saiba... Eu não tenho nada a ver com essa história.

— Não é o que está me parecendo. Por que é que você a convidou para a festa em que vocês foram no final de semana?

— Eu não convidei ninguém. Ela está enrolando você. Quer que você acredite nisso para provocá-lo.

— E por que ela faria isso? — Victor me indaga, intrigado.

— Sei lá por quê, Victor. Rachel é perturbada, isso eu posso falar com toda a certeza. — Tento acalmá-lo.

— Não é isso o que eu acho de Rachel. Se você não gosta dela, e a abandonou no pior momento da vida dela, eu digo que eu não vou fazer o mesmo. Eu amo Rachel. Coisa que você nunca vai entender. Se você não entende e prefere fugir daquilo que é a realidade, deveria ter vergonha de se portar assim. Eu não acredito que um psicanalista possa agir dessa maneira tortuosa. De que vale tudo isso?

— Bem, Victor, eu não sei exatamente o monstro que Rachel criou para você sobre minha personalidade. Mas o que está em questão aqui não é o que é certo ou errado. Não estamos aqui para prejulgar minha ética, nem como eu me comporto. Caso você não queira concordar com minha postura, peço que se retire. Não vou aturar você me colocando contra a parede por maluquices que Rachel inventa. E peço que você cresça, de uma vez por todas. Eu ainda não sei o que se passa dentro de você. Lembra-se da sessão em que não falava nada com nada, só discutia sobre impotência sexual e o remédio que tinha tomado para curar a impotência? Depois você falava como se houvesse mais pessoas na sala. Não havia ninguém. Eu não sei até que ponto você estava dissimulando ou se realmente estava vendo as pessoas para as quais falava. No término daquela sessão, você me deixou muito intrigado porque disse, se é que se recorda, que tinha matado sua mulher. Eu fiquei muito assustado com aquela informação porque era meio velada, ao mesmo tempo em que dizia ter matado a mulher de modo frio. Depois daquela sessão, muitas outras aconteceram, e você nunca mais tocou no assunto, o que acho muito estranho. Em algumas sessões posteriores à revelação do assassinato de sua mulher, você começou a me pressionar por causa de Rachel. Só aí você me informou que era seu novo marido ou namorado. Parece que você não estava bem certo a esse respeito. Começou a me chantagear, falando que sabia de tudo sobre a morte do marido de Rachel. E hoje fala novamente que fui eu quem o matei. Você quer criar uma forma de dominação diante de mim. Quer me enclausurar como se eu fosse seu escravo e você, o senhor da situação. Eu posso lhe dizer que essa estrutura de senhor *versus* escravo não me oprime. Caso queira falar no que acredita sobre mim e Rachel no passado, pode falar. Você pode me denunciar. Mas eu não vou sofrer mais com as suas chantagens baratas. Eu sou um homem honesto e digno. Honro minha profissão mais do que tudo. E estaria me traindo se não honrasse a conduta que devo ter aqui no consultório como psicanalista.

— Não posso negar que você fala muito bem, doutor. Nunca havia escutado você falar tanto. Sempre calado. Como se não prestasse atenção em mim, seu paciente. Na verdade eu vim aqui tentar curar minhas imperfeições ou pelo menos tentar me entender melhor. Mas, a partir do momento em que o senhor começou a faltar com o respeito à minha pessoa, eu não pude mais me controlar. Posso dizer que o senhor está certo: dissimulo às vezes. Sou esquisito. Mas até aí eu posso falar o mesmo do senhor. Não é porque você domina a fala que não está sendo esquisito. Eu posso ser uma pessoa normal, apesar de não dominar a forma de me expressar. Por mais que seja frágil e inconsequente. O que eu quero lhe dizer, doutor...

— Eu nunca disse que você era inconsequente. Eu quis dizer...

— Pois bem, não importa. O que importa é que o senhor nunca perguntou sobre o meu trabalho, por exemplo.

— Tudo tem seu tempo. Eu não ia perguntar. Você é que deve trazer os problemas ou questões de sua vida. As prioridades são colocadas e selecionadas por sua vontade. Isso eu não posso comandar. Para mim, enquanto psicanalista, o que importa é o que você traz para dentro do consultório de modo espontâneo. A forma como você fala e se conecta com outras experiências em sua vida. A partir daí, vou entendendo o que subjaz dentro do seu eu. Você me entende? Só assim posso fazer enxergar aquilo que está oculto, obscurecido para sua consciência.

— Isso me parece mais um plano de fuga psicanalítico do que uma forma de me ajudar. Vamos falar de verdade, então, doutor. Primeiro de tudo, eu quis fazer terapia porque precisava me entender e principalmente entender o universo de Rachel. Nossa relação... Nunca tinha pensado em fazer terapia antes. Mas ela, ao me contar que vocês tiveram um caso... Eu fui procurar saber quem era o senhor. De uma forma louca, quis estar perto do senhor para saber o que tanto encantava Rachel.

Fico abismado com suas revelações. Rachel me ama realmente?

— Também concordo que minha atitude é uma coisa louca. Estar próximo do senhor é uma forma de punição. Você é o homem que Rachel nunca vai esquecer. A forma como você marcou o coração dela está tão incrustada que eu não posso fazer nada. Apenas ser um observador. Sinto-me rejeitado... Excluído. Eu deixei minha família, filhos, deixei tudo de lado para ficar com Rachel. Abandonei tudo. De certa forma, não quero colocar tudo a perder. Não posso deixar Rachel porque ela ainda o ama. A atitude impensada que eu tomei, deixando família e tudo para trás, foi a pior coisa que fiz na vida. Culpo Rachel por isso. Ela pouco se importa. Vive em seu mundo, como se não tivesse nenhuma responsabilidade diante de mim. Mesmo assim, eu a amo. Incontrolavelmente.

— Você não matou sua mulher, então. Aquilo que me disse foi algo simbólico. Você a deixou para trás, para ficar com outra mulher.

— Não me interrompa!

Como ele não confirma nem desmente, me deixa na dúvida sobre o ato de ter matado sua mulher. Mas é óbvio que não é verdade. Fico mais aliviado, pois, se ele fosse um assassino, eu estaria correndo sério risco diante de sua chantagem fria e ardilosa.

— Como deixei para trás minha vida para seguir outra com Rachel, não posso perder... Já perdi demais pelas minhas ações insanas. O que eu quero dizer para o senhor é que hoje em dia eu posso fazer qualquer coisa para manter minha relação do jeito que está com Rachel. E, se o senhor continuar nos atrapalhando, eu não sei o que sou capaz de fazer.

— Você está me ameaçando?

— Sim.

— De qualquer forma, sinto-me feliz por seu progresso em ter falado tudo o que estava preso em sua garganta. Passamos finalmente para outro nível.

— Não me importa o que você acha ou deixa de achar. Eu só quero dizer mais uma coisa para o senhor antes de ir embora...

— Pois bem, fale.

— Eu trabalho como fornecedor para o exército. Viajo para várias partes do mundo por causa desse trabalho. Não é por causa de minha ausência frequente em Londres que o senhor pode se aproveitar de minha mulher. Eu sei que é você que a provoca. Você sabe a fraqueza dela. Eu posso lhe garantir que, mesmo que ela me traia com o senhor, eu não vou culpá-la. Ela tem passe livre. Você não! Eu sei que Rachel não me trairia com o senhor. Mas, caso aconteça, pensarei da forma como acabei de lhe falar. O único culpado será você! E se eu souber de alguma coisa... Eu posso dizer que eu não sei o que vou fazer, mas para mim é muito fácil fazer com que uma pessoa desapareça do mapa, entende? Conheço muitas pessoas, muitos lugares no mundo. Forneço carne-seca para o exército, faço intercâmbio de carros para militares. Você não sabe a quantidade de coisas que vejo em meu trabalho. De coisas perversas. Entendo muito bem o mundo da corrupção que trafega nos mercados clandestinos. Você entendeu? Eu faço qualquer coisa pela Rachel! Inclusive matar, se for preciso.

— Você está falando que me mataria?

— Se for preciso, sim.

— Você tem consciência do que está falando?

— Plenamente. Se o senhor passar por minha vida sem me respeitar, serei obrigado a tirá-lo do mapa.

— E você fala dessa maneira fria, como se fosse matar um peru para comer na ceia de Natal?

— Eu não sou essa pessoa que você está pintando. Deixei bem claro. Eu mataria o senhor por amor a Rachel. Estou sendo lógico. — Ele fala sem se dar conta das palavras.

Victor fica me olhando com aqueles olhos insanos quando para de falar. Não tenho certeza se ele matou a mulher ou não, como me relatou meses atrás. É evidente que Victor é perigoso e não mede esforços para conseguir o que deseja. Como um sociopata, age friamente para conquistar o objeto de sua paixão cega.

— Então, já que você está sendo lógico, Victor, eu lhe peço que, antes de falar uma besteira deste tamanho, você se critique, se coloque em xeque. Investigue melhor suas atitudes, principalmente em relação a Rachel. E, antes de qualquer atitude passional que possa tomar em relação à minha pessoa, analise as atitudes de Rachel de maneira fria e lógica. Tente descobrir como ela se porta diante de você. Se ela o ama de verdade. Caso ela realmente saia com outras pessoas quando você está fora da cidade, é um problema que você tem que resolver com ela, e não com as pessoas com quem ela sai. Reforço mais uma vez: eu não saí com Rachel. Ela, ao contrário, foi à festa em que eu estava.

— Repito: eu o mato se for preciso!

Victor sai do consultório com uma expressão assustadora. Ele certamente não estava mentindo, o que me deixa mais perturbado, já que Rachel é a mais dissimulada de todas as pessoas que eu conheço. Ela está colocando Victor, que não é flor que se cheire, contra mim. É uma emboscada de Rachel. Para piorar ainda mais, acabo de receber uma mensagem de Hillary dizendo que chegou mais um e-mail de Rachel. O que ela escreveu agora?

Olho para o lado e estou num quarto estranho. Tem um papel de parede bordô de muito mau gosto. A luz do abajur deixa o lugar lúgubre, evidenciando a decoração equivocada. Percebo que o Príncipe da Noite me trouxe para cá e, infalivelmente, devorou mais uma vítima, mais uma mulher para sua estante de troféus. Resta saber quem é esta que dorme a meu lado. Nunca acordei uma mulher no meio da noite para perguntar seu nome, mas não posso deixar de fazer isso. É uma tolice, mas a única forma de entender o que estou vivendo. Por isso, começo a acordar a mulher que está a meu lado.

— Pode parecer estranho, mas eu gostaria de saber seu sobrenome.

Assim não pareço indiferente, já que pergunto apenas o sobrenome. Se perguntar o nome diretamente, ela com certeza se sentirá ofendida. Ao perguntar o sobrenome, tenho a chance de ela falar o nome e o sobrenome. Ela não fala nada, apenas volta a dormir.

— Me responda, é importante.
— Janney, Meg Janney.

Ela fala e volta a dormir. Meu plano deu certo. A partir de agora sempre vou fazer essa pergunta. Pelo menos terei uma noção sobre as mulheres com quem o Príncipe estaria se relacionando. Como ela, eu também volto a dormir.

Acordo alguns minutos depois. Estou em outro quarto. Fico espantado. Como vim parar aqui? Onde foi parar aquela decoração bordô lúgubre? Estou num quarto decorado ao estilo dos anos 1950. Olho para o relógio e percebo que é o dia seguinte, 23 de março. Ontem, 22 de março, eu estava com Meg Janney. Hoje quem será? Estou perdendo a noção do tempo. Viro para o lado e faço a mesma coisa que fiz com Janney.

— Pode parecer tolice, mas eu gostaria de saber seu sobrenome.

— Isto é hora de fazer essa pergunta? — Ela acorda irritada.

— Desculpe, querida. Pode voltar a dormir.

— Tucker. Desculpe. Não gosto de ser acordada no meio da noite. — Ela agora fala em tom suave.

— Tucker? Bonito sobrenome. — Repito para ver se ela fala todo o nome, mas ela volta a dormir. Fico olhando para o teto até sentir sono, um tanto indignado.

Acordo minutos depois, e estou num loft. O mesmo susto de antes. Olho para o relógio: 25 de março. Dois dias se passaram. Faço a mesma pergunta.

— Annie Lawrence.

— Jennifer Cooper — diz outra no dia 1º de abril.

— Angelina Fishburn — no dia 5 de abril.

— Laurie Basset — no dia 9 de abril.

— Angela Valentine — em 10 de abril.

— Santomiere — outra mulher que me fala apenas o sobrenome no dia 11 de abril.

— Karine Steffans — no dia 13 de abril.

— Stewart — em 17 de abril.

Acordo no meio da noite de 18 de abril e reconheço as mulheres que estão a meu lado, Jane e Charlotte, as duas amigas que encontro de tempos em tempos. Acordo no meio da noite e finalmente, eu, Gabriel, estou do lado de uma mulher com quem gostaria de estar. Chloé.

— Você nem deu bola para o que eu falei aquele dia no consultório. Fiquei chateada, sabia?

Chloé me fala com os olhos desolados.

— E eu fiquei estarrecido. O que você quer que eu diga a respeito?

— Não, você não entendeu. Não estou falando sobre o câncer.

— Por favor, não diga isso. Não consigo acreditar que você tenha essa doença.

— Se eu não falar claramente para você, para quem mais? Você não entende... Eu estava me referindo ao texto que falei aquele dia no consultório. O texto que escrevi para minha escultura.

— Ah, sim! Eu adorei.

— Mesmo? Você nem comentou nada.

— É que é tão complexo que eu gostaria de ler. Com você lendo alto eu perdi muitas coisas, porque é difícil prestar atenção somente no texto quando olho pra você.

— Seu bobo! — Ela me bate com o travesseiro.

— Sério — brinco com ela —, você tem o texto aí para eu ler agora?

— Tenho, sim. Espere aí, vou pegá-lo. — Ela fica toda animada. — Sabe que eu dei para minha mãe ler e ela não entendeu nada?

— Você é muito complexa e inteligente, Chloé. Nem todo mundo vai entender.

— Nem tanto!

Chloé sempre fica encabulada quando eu a elogio. É nítida sua felicidade enquanto leio o que ela escreveu. Se Chloé precisa de alguma coisa neste momento, com certeza é do meu afeto. Gostaria de largar tudo para ficar com ela. Fico pensando que, se o Príncipe da Noite estivesse em minha frente, eu provavelmente o mataria. Como ele pode estragar minha vida desse jeito? Como ele pode me impedir de assumir um casamento com esta mulher maravilhosa? Não quero mais nada da vida, apenas Chloé. Quero ter um filho com ela, dois filhos, três, quantos ela quiser. Gostaria de viajar o mundo inteiro em seus braços. Gostaria de poder viver com ela este momento trágico que ela enfrenta sozinha. Gostaria de me fundir a Chloé irrefreavelmente. Ser um só. Depois de alguns minutos, termino de ler o texto.

— Não fale nada ainda — diz ela, com entusiasmo. — Tem mais um pedaço que eu fiz depois desse. Gostaria que lesse.

— Não, não quero ler.

— Não? Por quê? Não gostou?

— Porque eu quero que você leia pra mim. Quero escutar sua voz linda. Quero escutar o texto através da voz de sua criadora. É isso que eu quero.

— Como você está romântico hoje — diz Chloé, me dando vários beijos. Depois ela se levanta em cima da cama. Está só de calcinha e sutiã. E começa a falar o final de seu texto de modo tão intenso e simples que me deixa hipnotizado.

Se chamar a atenção fosse visto aqui como uma tentativa de me tornar um pouco mais vista, seria muito gratificante para a construção diária de meu otimismo. Mas, ainda assim, supérflua. Estou falando de outra coisa. Chamar a atenção só se fosse no sentido primordial do ser que relatarei logo mais, pois aquele outro sentido fechado em si mesmo seria apenas uma vontade equivocada e iludida que minha alma se empreenderia em querer fazer. No entanto, o levantar de bandeira do ser... da liberdade do indivíduo, de nossa essência vigorante. Feito como um ato de patriotismo do espírito, em defesa de nossa cultura. E que não diz respeito somente a mim, mas a todos nós. É algo mais elevado e abstrato que prezo na caminhada de minha evolução. Aí sim minha alma quer chegar e se abastecer. Se estivesse solitária nesse sentido, seria tedioso, insignificante e cheio de cegueira bestial. Estaria mais sozinha ainda na prisão do egocentrismo ou da profunda carência. Não desejo isso, definitivamente, não desejo isso! E, pior, sem querer todos nós somos um pouco disso tudo. Desse paradoxo incessante que nos dilacera de um extremo ao outro. Então, quais são as amarras indecifráveis do tédio? Da frustração? Da cegueira do ouvido? Por enquanto, me abstenho. Por quê eu não sei. Aqui estão algumas perguntas, outras respostas, pequenos juízos, conceitos profundos e tardios, sensações dolorosas de uma filha dentro mim que ainda não nasceu. Mas já anuncia seu parto! Queremos voltar para o útero da mãe natureza. Onde enfim irei habitar. Incansavelmente até me esgotar.

Assim que Chloé acaba de falar seu texto, num momento tão sensível e delicado, sinto alegria misturada com dor no peito, vontade de chorar e sorrir. Não sai nenhuma lágrima, porém o sorriso impera em meu rosto. Melhor! Prefiro bater palmas, levantar o astral, apesar de não conseguir falar nada. Apenas admirá-la. Ela se mostra esfuziante com minha reação. Porque ela sabe que estava falando diretamente para minha alma. Não há dúvida. Eu entendo tudo e ela sabe que eu entendo tudo. Ela me abraça forte.

— Você me ama? — Chloé me pergunta, olhando em meus olhos.

— Se eu amo você? — retruco, embargado.

— Sim. Não precisa falar nada...

— Claro que preciso! Eu amo você! É óbvio que eu amo você!

— Posso fazer outra pergunta?

— Hum...

— Posso ou não posso?

— Pode. Você pode tudo, Chloé. — Estou com o coração palpitante. É muito difícil amar Chloé sem saber quanto tempo mais ela viverá.

— Você se casaria comigo se eu não tivesse câncer?

— Que pergunta mais tétrica!

— Não é tétrica, não! É a realidade.

— Você sabe que eu sou contra o casamento. Não é bem contra. Só acho que não daria certo pra mim.

— Eu sei. Você sempre fala isso. Só queria saber se você ia dizer que se casaria comigo. Eu não ia gostar.

— Não? Por quê?

— Eu sei que você não gosta de casamento. Se respondesse que sim, que se casaria comigo, eu teria certeza de que você estaria falando por pena.

— Ah, como você é boba. Vem cá, deita aqui no meu peito.

Abraço-a bem apertado. Ficamos grudados um no outro. Queria que Chloé nunca mais saísse de minha vida. Claro que eu me casaria com ela, mas é impossível. Sofro silenciosamente. Não consigo controlar o choro. Peço desculpas. Não consigo controlar. Algo muito forte assola meu espírito. Ao mesmo tempo em que me sinto enlevado, tenho um medo indizível de nunca mais ver Chloé.

48

Semanas se passam. Eu continuo na mesma dúvida incessante. Não sei com que mulher o Príncipe da Noite vai dormir esta noite, muito menos em que lugar estarei na noite seguinte. Só posso ter certeza do que eu, Gabriel, faço. E esta é minha vida. Posso me assegurar somente daquilo que eu sei e faço. Ah! Como posso ser tão hipócrita assim? É claro que estou querendo encontrar um porto seguro. A verdade nua e crua é que nem isso é possível. De qualquer maneira, prefiro pensar que tenho certo domínio de mim, senão tudo piora, se torna mais obscuro e difícil.

Começo a analisar as coisas que acontecem comigo enquanto ando de manhã, sem direção, na Charing Cross, no centro de Londres. Penso nas sete mulheres com quem me relaciono. Claro que são muito mais que sete mulheres, mas eu só me recordo das sete. Ou melhor, as únicas que o Príncipe permite que eu saiba ou me lembre. E por que é assim? Eu ainda não sei. Não há uma explicação objetiva e direta. Mas é assim que ele rege minha vida. Pois bem, preciso me conformar e tentar entender o que essas sete mulheres podem dizer para mim, Gabriel.

Começo pela primeira e mais conflituosa de todas, Rachel. Ela desapareceu, pelo menos que eu saiba. Talvez ande se encontrando com o Príncipe da Noite, não posso saber. Ele dita as regras. Infelizmente, repito pra mim mesmo, só sei das coisas quando ele quer que eu saiba. Só espero que o Príncipe não esteja se encontrando com Rachel; seria muita burrice, pois então haveria a possibilidade de aquele filho ser meu. Se é que ela está grávida. Fico preocupado, sem saber qual será a próxima aparição de Rachel e o que ela irá fazer. Ela é sempre uma incógnita.

Evelyn, a enfermeira, é a mais fogosa de todas, exala sexo. Continua se insinuando pra mim no hospital. É bem provável que o Príncipe não a desaponte na cama como eu a desapontei naquele malfadado dia no quarto 25 do hospital. Não consigo mais passar no quinto andar, diante daquele quarto, sem me frustrar pensando que brochei com Evelyn. Era minha única oportunidade de mostrar para o Príncipe que eu posso ser tão desinibido quanto ele, e minha chance foi pelos ares. Pelo menos nossa relação está normal no Hospital St. Mary. Ela nunca mais me forçou a satisfazer ali mesmo suas fantasias, já que aquele dia foi bem frustrante para mim e deixei isso claro. Então, é provável que o Príncipe a esteja satisfazendo completamente. Algumas vezes eu me recordo do Príncipe com ela, os dois fazendo estripulias sexuais. Noutras, não tenho a mínima noção do que fazem. De qualquer maneira, não preciso me preocupar com isso; eles que se entendam.

Jane e Charlotte, depois que assumiram que eu fazia parte de suas vidas, são as mais liberais de todas. Para elas não importa se eu saio com uma e outra não, ou se saio com as duas juntas. Querem aproveitar a vida. Sabem que eu não sou homem para namorar. Encontro-as esporadicamente através do

Príncipe da Noite. Mas o curioso é que eu não tenho nenhum contato com elas em meu dia a dia, como tenho com Evelyn no hospital, com Sophie na rádio, com Chloé em sua casa ou no consultório, por exemplo. Jane e Charlotte são as únicas com quem o Príncipe da Noite se relaciona sem que eu, Gabriel, tenha com elas uma relação diária. Por que o Príncipe da Noite permite isso? Será que ele quer me dizer algo? Ou é apenas algo aleatório?

Chloé, a mais sensível, está piorando dia após dia. Começou a quimioterapia, e está ficando fraca. Seus cabelos já caíram, ela está muito magra. Eu continuo a acompanhá-la, tanto na terapia como em nossos encontros.

Não consigo entender como o Príncipe se porta, porque ele não é linear. Não existe uma regra fixa que me diga que vai ser desta maneira. A partir disso eu poderia imaginar como vai ser minha vida. Não. Não é assim. Ao mesmo tempo, o Príncipe me permite passe livre com Chloé. Eu, Gabriel, posso sair com ela e saber que eu, e não ele, está saindo com Chloé. Espantoso como o Príncipe não me impede, já que me castra constantemente com todas as outras mulheres, armando ciladas e uma série de situações constrangedoras. Será que ele tem piedade de mim, já que Chloé está com câncer? Ou em relação a ela? E assim ele me permite ficar com Chloé somente para eu saber que ele, o Príncipe, tem algum sentimento, algum coração? Isso é o oposto do que eu penso dele. Será que está querendo me mostrar seu lado humano, para eu não condená-lo como vivo fazendo?

Sophie é a mais difícil de todas, pois é a única desejada tanto por mim como pelo Príncipe, sem que nenhum de nós consiga alguma coisa. Na verdade, depois de termos vivido aquela história mágica e de termos dormido juntos em Paris, nossa relação nunca mais foi a mesma. Graças ao infortúnio provocado pelo Príncipe que beijou a desconhecida na casa de shows *Crazy Horse*. Continuo trabalhando com ela na rádio, sem saber quando me perdoará. É horrível. Depois daquele dia, Sophie nunca mais me olhou com encanto como me olhava em Paris. Eu a decepcionei profundamente duas vezes. Sim, porque Sophie é Manuelle. E Manuelle foi minha primeira namorada no Brasil. Depois de todo esse tempo, em outro país, frustrei-a da mesma forma que a frustrei anos atrás. Nossa relação estaria fadada ao fracasso? Eu não queria perder as esperanças, por isso continuo trabalhando na rádio com ela, dando minha opinião para os ouvintes. A única forma que encontrei para não distanciá-la de minha vida, como havia feito na primeira vez em que a desapontei. Talvez se naquela época eu não tivesse sumido, quando ela me rejeitou pela primeira vez, quem sabe ela me perdoasse e nós tivéssemos a possibilidade de viver juntos. Seria um sonho. Claro que eu estava me iludindo, porque era óbvio que, caso desse certo naquela época, o Príncipe logo apareceria para estragar tudo. Mesmo sem poder sonhar, será que devemos parar de tentar sonhar? Acredito que não. Pelo menos quero acreditar que não.

Hillary, primeiro minha amiga, depois minha psicanalista, tem sido a mais intelectual e fiel de todas. Ela me ajuda como uma cientista do pensamento, como uma mãe, como uma instrutora que conhece a maioria de minhas aflições e questionamentos sobre a humanidade. No entanto, existem dois grandes problemas que, de um tempo para cá, começaram a surgir em nossa relação de trabalho e de amizade. O primeiro e mais óbvio é o fato de Rachel mandar aqueles e-mails para Hillary. Com que objetivo? Rachel quer me incriminar pela morte de seu marido? E por isso está aos poucos me denunciando com aquelas carta sinuosas para Hillary? É uma tortura psicológica constante não saber o que aquela demente da Rachel fará. O segundo problema em relação a Hillary é o fato de eu ter começado a lembrar de imagens dela em minha casa. Lembrei, dia desses, dela vestindo a roupa de costas; não via seu rosto. Resta saber se é um delírio e uma visualização do inconsciente ou algo que realmente aconteceu. Se for um delírio, consigo explicar pela psicanálise; pode ser um processo de transferência; pode ser um desejo reprimido; pode ser o desejo de ter seu conhecimento visualizado através de sua posse, e por aí vai. Precisaria analisar todos os componentes. Mas, se for o segundo caso, algo que tenha acontecido, eu estaria num conflito arrebatador por três outros motivos. Primeiro, porque o Príncipe da Noite estaria se relacionando com a única pessoa com quem não poderia se relacionar. Segundo, porque eu colocaria minha profissão em xeque. Não posso me relacionar com minha psicanalista, muito menos com minhas pacientes. Chloé é um caso à parte. Tínhamos combinado que eu iria analisá-la porque ela está com uma doença terminal. Nesse caso fatal, posso até transgredir a barreira moral da profissão. Não no caso de Hillary. Não existe nenhuma possibilidade de eu fazer isso. Nunca, por mais que deseje, poderia me relacionar com Hillary. A questão é que eu nunca tive nenhum interesse sexual por ela, o que torna tudo muito estranho. Mas não posso eliminar a possibilidade, já que o Príncipe da Noite é imprevisível. O terceiro motivo, e o que me faz duvidar, é que, caso fosse verdade, por que Hillary permitia nossa relação sexual ou amorosa? Já que ela deveria proibir, estando na mesma situação ético-profissional que eu me encontro? E, pior, por que ela nunca teria tocado no assunto? Todos esses questionamentos me fazem pensar que isso seria impossível, apesar daquelas imagens de Hillary volta e meia começarem a aparecer em minha mente. Mas com certeza era impossível o Príncipe se relacionar com ela. Analisando todos esses pontos, cheguei à conclusão de que é apenas um desejo reprimido.

Outra coisa que eu não entendo é o fato de não me recordar do nome das mulheres que o Príncipe leva para a cama. Não estou falando de todas as mulheres, mas apenas daquelas de que eu, Gabriel, tomasse conhecimento. Lembro-me de várias vezes ter acordado em diversos lugares diferentes e perguntado qual era o nome delas. Lembro-me de ter feito isso. Lembro-me de que pensei em perguntar o nome delas porque saberia ao menos com quantas ou quais mulheres o Príncipe estava se relacionando. O problema é que eu me lembro de ter feito as perguntas, de ter achado um método para descobrir seus nomes, perguntando o sobrenome de cada uma delas, mas não me recordo especificamente do que elas falaram. Posso ver até suas bocas abrindo e fechando, gesticulando seus nomes, mas não sai som algum, nenhuma voz. Estaria o Príncipe da Noite bloqueando essa informação preciosa? Será que ele não quer deixar nenhum rastro, nenhuma pista? Ou estou perdendo a memória? Esta última opção é a possibilidade mais tola que se pode imaginar, porque é claro que o Príncipe ordena aquilo que eu posso ou não saber.

Continuo minha caminhada no centro de Londres pensando, conjecturando. Percebo o quanto os pensamentos estão ficando claros em minha cabeça. Paro de pensar um pouco e resolvo desfrutar do passeio. Aproveito o dia bonito, as pessoas andando, as centenas de turistas que circulam pelos pontos turísticos de Londres. Tento esquecer de tudo, e por um momento parece ser muito fácil. Parece que, quando raciocinamos bem sobre as coisas que nos afligem, morre dentro de nós a angústia pelo que não foi pensado. Apesar de estar caminhando sozinho, estou me sentindo bem. Até comprei uma boina nova num dos vendedores ambulantes. Compro um café para viagem. Estou sem pressa. Caminho com meu café e minha boina nova pelas calçadas, despretensiosamente, respirando o ar fresco e úmido.

De repente algo me chama a atenção numa banca de revistas. Em letras garrafais está escrito SERIAL KILLER FAZ MAIS UMA VÍTIMA. Fico curioso para ler a matéria. Compro o jornal. Começo a ler o título na primeira página:

Serial killer faz mais uma vítima.

Desta vez a jovem Chloé, de uma família tradicional de Londres, é assassinada pelas mãos do psicopata, cuja identidade ainda é ignorada pela polícia. Tudo leva a crer...

Não acredito! Minha Chloé? Meu coração bate tão forte que posso sentir e escutar o ritmo da batida. Fico gelado. Não é possível! Ainda sem reação nenhuma, começo a folhear o jornal e finalmente chego à página policial, onde vejo a foto de minha amada Chloé. Isto não pode estar acontecendo. Não!

49

Vou correndo para casa enquanto ligo para a família de Chloé.

— Estamos desesperados, Gabriel! Não sabemos o que fazer — diz a mãe de Chloé, em prantos.

— Meus sentimentos! Eu acabei de saber. Por que não ligaram pra mim?

— Já íamos ligar. Estão terminando a autópsia. É um absurdo. Não acredito.

— Vou correndo pra aí.

— Estou passando a ligação para nossa secretária, Gabriel. Não consigo mais falar. — A voz da mãe de Chloé sai das entranhas.

— Alô, Gabriel — diz a secretária.

— Estou aqui, pode falar.

— Gabriel, venha pra cá o mais rápido que você puder. O velório será no cemitério St. James.

— Estou indo. Mas quando aconteceu?

— Ontem à noite... Ninguém sabe como. A polícia está aqui investigando. É horrível, Gabriel...

— Dê uma força para os pais de Chloé, principalmente para a mãe, querida. Já estou chegando aí!

Corro para chegar em casa e pegar o carro. Não me conformo. Como alguém poderia ter matado Chloé? Começo a me lembrar de nossa última noite, das coisas que ela me disse, dos seus beijos. Impossível aquela pessoa tão iluminada ter sido assassinada. Ai, Deus! Como a vida pode ser cruel assim? Não bastava a doença terminal? Por que você, meu Deus, permitiu essa atrocidade? Por quê, meu Deus?

Em poucos minutos estou em casa. Antes de pegar o carro, penso em trocar de roupa. Algo mais sóbrio para a ocasião. Minha respiração está ofegante. Difícil acreditar que Chloé possa ter caído nas mãos de um *serial killer*. Por onde ela andou pra ficar exposta dessa maneira? Ah! Queria acordar e saber que isso é um pesadelo. Entro correndo no quarto, acho uma roupa qualquer e me troco. Vou até a cozinha beber alguma coisa; minha boca está terrivelmente seca. Como vou enfrentar esta tragédia? Como vou olhar Chloé? Se é que eu vou poder vê-la. Se ela estiver deformada não vão abrir o caixão. Que horrível pensar nessas coisas. Falta colocar um cinto; a calça está folgada. Volto para o quarto, quando caio no chão, assustado e de boca aberta. Um pé do sapato está suspenso do lado direito de minha cama. Chego mais perto para verificar, e vejo que é o sapato direito. Que estranho... Apenas um sapato; o outro pé não está. É preto, de salto alto fino. Para meu espanto, além de ele estar ali sabe-se lá por qual razão, está sujo de sangue!

Uma hora e meia depois, no cemitério St. James, encontro toda a família de Chloé — mãe, pai, irmão, tios. Todos indignados. Esta tragédia é real. Chloé está morta. Tento acalmar a mãe, que chora compulsivamente. Não tenho o que falar.

Ao mesmo tempo, aquela imagem do sapato cheio de sangue em minha casa me intriga. Com a diferença de agora ser somente um pé de sapato, esta é a terceira vez que acontece. A primeira foi antes de eu ir para Paris para aquele seminário, a outra eu não me lembro ao certo e hoje de novo. Será que as torturas psicológicas vão começar de novo? Será que isso tem alguma coisa a ver com o *serial killer*? Será que o sádico que grafou em minha cabeça e minhas costas aquelas palavras torturantes, *crazy* e *freak*, tem alguma coisa a ver com o assassinato de Chloé? Não, não pode ser ele, senão eu também estaria morto. Estou impressionado, começo a pensar de forma desordenada. Minha mania de perseguição fica mais intensa, acho que tudo faz parte de uma conspiração. Preciso parar de pensar. Mas como esquecer daquele sapato? De quem seria aquele sapato? E por que alguém estaria colocando sapatos com sangue em minha casa? Preciso acionar a polícia.

Nesse momento vejo uma pessoa esquisita, a uma distância em que não dá pra identificar se é homem ou mulher. Está toda de preto, com um sobretudo que bate nos joelhos. Está olhando para nós, como se não quisesse se aproximar. Fico pensando se é algum amigo ou amiga, ou até alguém da família que não consegue chegar perto do corpo de Chloé. Não posso dizer que é algo fácil de fazer. Se pudesse eu não viria. Queria ficar com a última impressão de Chloé em minha memória. Apesar deste momento duro, eu não posso abandonar a família.

As horas passam, mas o tormento continua. Meu telefone toca. Atendo porque é Hillary.

— Você já sabe o que aconteceu? — Hillary tem a voz angustiada.

— Sim, estou aqui no velório.

— Meus sentimentos, Gabriel. Quer que eu vá até aí?

— Obrigado, minha amiga. Não precisa.

— Mesmo? Eu posso ir, em meia hora chego. Vou sair do consultório direto pra aí.

— Então venha, Hillary. Se você puder, vai me ajudar.

— Estou indo.

— Obrigado.

— Antes de desligar, eu só queria dizer mais uma coisa, Gabriel. Sei que não é a melhor hora, mas Rachel veio falar comigo.

— Rachel? — pergunto, assustado. — O que ela disse pra você?

— Nada demais. Só estranhei porque, assim que ela saiu daqui, uns dez minutos depois, me enviou mais um daqueles e-mails. Nem abri, repassei pra você.

— Tudo bem, depois vemos isso. Venha pra cá.

Desligo o telefone indignado por Rachel me provocar justo neste momento. Se ela acha que vou me importar com suas torturas psicológicas, está muito enganada.

Vejo o pai de Chloé desolado e vou falar com ele. Dou um abraço nele, então vejo aquela pessoa que estava mais ao longe, andando de um lado para outro, se escondendo atrás de uma árvore. Volta e meia ela olha para cá, deixando o rosto à mostra enquanto esconde o corpo atrás do tronco da árvore. Quando percebe que estou olhando, se esconde. Decido ir até lá. À medida que me aproximo, a pessoa desconhecida se afasta na mesma proporção. Definitivamente, não era um familiar ou amigo de Chloé. Seria então o assassino, o *serial killer*? Fico curioso. Dou mais alguns passos em sua direção e a pessoa se afasta. Olho para trás para ver se alguém da família de Chloé notou minha ausência. Fico com medo: e se fosse o *serial killer* visitando sua vítima? Por mais absurda que seja, existe essa possibilidade. Vai entender a cabeça de um psicopata. Que é estranho é. A pessoa aponta para mim. Fico parado. Tira um papel do bolso e pendura num galho fino de árvore. Começo a correr para ver se alcanço a figura misteriosa. Ela corre também. Não acredito que estou fazendo isso. Ao mesmo tempo, só eu estou vivendo isso. E se for mesmo o assassino? É minha chance de fazer justiça por Chloé, pela família dela. Claro que nada vai trazê-la de volta, mas pelo menos eu colocaria este psicopata atrás das grades. Corro o mais rápido que posso. A pessoa misteriosa entra em um carro e sai cantando os pneus. Tento olhar a placa, mas o carro está longe e agora se distancia cada vez mais.

Volto ofegante. De certa maneira, fico satisfeito com minha atitude brava e heroica. O fato de eu não ter conseguido pegar a pessoa é triste, mas fiquei orgulhoso por ter sido valente a ponto de perseguir um *serial killer*. Se é que era o *serial killer*. De qualquer forma, tenho certeza de que Chloé também ficaria orgulhosa de mim. Onde quer que esteja, ela está vendo.

Está vendo como eu a amo. Não só eu, mas toda a sua família. Sinto um frio na espinha. Será possível que Chloé esteja aqui? O que quer que possa dividir estes dois mundos, o daqui e o do além, se é que ele existe... O que quer que exista, desejo a você, Chloé, uma passagem iluminada. Neste instante posso sentir sua presença em meu coração, consigo ver Chloé sorrindo em minha mente. Um alívio grande envolve minha alma. Sei que ela ficará bem. Estamos nos despedindo.

Volto, passo pela árvore e pego a folha presa no galho. E me espanto com o que está escrito: *crazy* e *freak*.

Depois de ler as duas palavras, sento-me embaixo da árvore e fico ali, estatelado, sem saber o que fazer. Olho de longe as pessoas no velório de Chloé, aturdidas, chorando. Um silêncio triste, com pequenos soluços de choro, ressoa através de angústias comprimidas no coração de cada um dos presentes. Observando tudo aquilo, tento respirar fundo e entender o que está acontecendo. Algo muito estranho e enigmático circunda todos os acontecimentos. Eu não tenho o domínio de nada. Pela primeira vez na vida estou vivendo algo que a psicanálise não pode me ajudar a entender, porque os acontecimentos se sucedem de tal forma que não dá tempo de raciocinar. São tantas coisas que se emaranham em minha vida que não há a mínima possibilidade de eu fazer uma análise pormenorizada, o que me deixa angustiadíssimo. O que tenho de melhor dentro de mim, a vocação para analisar fatos, foi jogado no lixo, atando minhas mãos, meu cérebro, minha escapatória. Sofro diante do inexplicável. Levo um susto quando toca o celular.

— Como você está? — Hillary me pergunta.

— Estou muito mal, Hillary. Não estou aguentando mais.

— Fique calmo, Gabriel.

— Você está chegando?

— Então... Eu estava saindo quando Rachel apareceu aqui novamente. Está desesperada.

— Rachel? O que ela quer desta vez?

— Não sei, Gabriel. Mas vou até aí depois que falar com ela, tudo bem?

— Não, Hillary, você prometeu que viria — respondo, com medo de que Rachel me incrimine. Ela é louca o suficiente para fazer isso.

— Mas Rachel está desesperada, daquele jeito que você conhece.

— Tudo bem — respondo, sem mais esperança, e desligamos.

Seja o que Deus quiser, penso. Ou melhor, seja o que os loucos quiserem. Não posso acreditar que Rachel tenha ido até Hillary mais uma vez. Com certeza ela vai distorcer minha imagem, corrompendo os fatos, eliminando outros, tudo para me pintar como o vilão da história que ela mesma provocou. E por quê? Porque eu nunca quis me relacionar a sério com ela. Será apenas um processo de vingança por causa de minha rejeição? Não, definitivamente não. Rachel é muito mais perturbada do que eu poderia imaginar. Só espero que Hillary não acredite nas suas ladainhas. Senão minha integridade, tanto pessoal como profissional, estará em jogo.

Meu grande problema foi não ter assumido a tragédia naquele dia infeliz. O fato de eu não ter chamado a polícia, falado que um homem tinha sido morto por mim, mas por legítima defesa, me incrimina. Por que eu fugiria se não tinha sido um assassinato premeditado, mas por legítima defesa? Não tenho explicação. O que me incrimina ainda mais é o fato de, na época, eu ser amante de Rachel. Portanto, não chamar a polícia, não ter assumido o fato do assassinato por legítima defesa, não ter assumido o adultério, eram fatores suficientes para me incriminar. O grande X da questão é que eu só não agi assim porque não me lembro de nada depois daquele tiro. Minha memória se apagou completamente. Não sei o que Rachel fez depois do tiro, a não ser a lembrança dela fazendo curativos em mim, por causa de minha briga com seu marido antes do tiro. Só me lembro de estar em casa depois daquela tragédia. Era evidente que, se eu estivesse em sã consciência, teria chamado a polícia e esclarecido tudo. Inclusive assumido o adultério. Mas como não me lembro? Como posso ter algum domínio disso? Foi o Príncipe que apagou o que aconteceu entre o tiro e minha casa? Ou foi algum acontecimento externo a mim? Porque, com certeza, quem estava tendo um caso com Rachel era o Príncipe da Noite e não eu. Ou será que era eu? Posso estar querendo achar uma desculpa, uma vítima para o crime? Ah! Que horrível! De qualquer maneira, estou fadado à loucura de Rachel.

Depois de algum tempo sentado no pé da árvore e tentando entender, volto para o velório. As pessoas estão menos tensas, a não ser os familiares mais próximos. Dou mais um abraço nos parentes próximos. Converso por alguns minutos com eles e decido ir embora. Não aguento mais; é muita tortura ficar aqui. Enquanto estou saindo, ouço um grupo de homens conversando sobre o assassinato de Chloé. Num primeiro momento eu não quero escutar; pioraria ainda mais imaginar como o *serial killer* a matou. Não quero saber se ela foi violentada. Não. Não quero visualizar nada disso. Mas minha atenção se volta para um deles:

— A polícia acha que o *serial killer* deixou uma pista.

Entro na conversa e pergunto:

— Desculpe, eu sou um grande amigo de Chloé. Vocês estão falando do assassinato, não? Vocês falaram que a polícia está investigando, que achou alguma prova... Que prova ele deixou?

— A roupa e o corpo dela estavam intactos. A não ser os seus pés, que estavam muito inchados. Eles acham que foi o *serial killer* que fez isso. Precisamos saber o que autópsia vai concluir.

— Como assim? Por que o pé dela ficou inchado?

— Pode ser por inúmeros fatores, Gabriel. — Divas aparece do nada, me assustando.

— Desculpe, Gabriel. Meus sentimentos a todos. Eu não queria atrapalhar. Fiquei aqui a uma certa distância escutando tudo. Cheguei faz uns dez minutos, assim que soube da notícia.

— Obrigado por ter vindo, amigo. Você saberia dizer o porquê da Chloé ter tido esse inchaço, Divas, já que é enfermeiro? Entende alguma coisa?

— Você é enfermeiro de que hospital? — pergunta um dos homens da roda.

— Do St. Mary — responde Divas.

— Eu sou do Royal London — ele fala com certo entusiasmo.

— Foi para esse hospital que levei Chloé um dia, quando ela teve um problema — digo ao homem.

— Sim, fiquei sabendo somente depois. Aquele dia era minha folga, mas a família me falou que ela tinha fugido. A Chloé era difícil de segurar! Eu gostava disso nela. Dona de si.

— Eu que o diga. Ela fugiu sem que eu percebesse. Depois fiquei me sentindo culpado. Nunca mais me perdoei por aquilo. Mas me fale, Divas, o que teria sido a causa do inchaço?

— Ao contrário do que se possa imaginar — explica Divas —, nossos vasos sanguíneos não são impermeáveis. Eles apresentam poros que permitem a saída e a entrada de bactérias, proteínas, água. O inchaço ocorre quando há excesso de saída de líquido para um tecido. Na verdade o excesso de água vai para o interstício, que é o espaço que fica entre as células dos tecidos. Quando há uma inflamação, os vasos sanguíneos ficam mais permeáveis para facilitar a chegada das células de defesa ao local da infecção ou trauma, o que pode causar pus, um abscesso ou até um edema.

Enquanto Divas fala, parecendo dar uma aula, começo a imaginar Chloé naquela situação, indefesa, o que me dói ainda mais o coração. O outro enfermeiro, querendo mostrar conhecimento, se intromete e complementa:

— Sim. E o processo de formação de edema em um trauma ou infecção pode acontecer em várias outras situações. Pode acontecer no aumento da pressão dentro das veias e capilares. Esse aumento pode nada ter a ver com a hipertensão, com a elevação da pressão arterial. São as varizes nas pernas. E as varizes são veias defeituosas que têm dificuldade para levar o sangue de volta ao coração.

Divas retoma o discurso sobre o inchaço. É um querendo mostrar mais conhecimento que o outro, o que me irrita:

— Outro mecanismo para a formação dos inchaços é a diminuição da viscosidade sanguínea, chamada de pressão oncótica, e é dada principalmente pela concentração de proteínas no sangue.

— Vocês não acham que estão falando de maneira muito técnica? — interrompo.

— Desculpe, eu só estava tentando ajudar — Divas fala, sem graça.

— O inchaço não teria a ver com o câncer de Chloé? — pergunto.

— Ela tinha câncer? — Divas me pergunta, assustado.

— Sim — diz o amigo dela.

— Então, pode ter sido outro tipo de edema, menos comum, de origem linfática. Ocorre pela obstrução dos vasos linfáticos. Pode ocorrer tanto na elefantíase como no câncer e na obesidade mórbida.

— Por isso que o *serial killer* não conseguiu tirar o outro sapato dela. Porque seu pé estava muito inchado. E provavelmente algum acontecimento externo fez com que o assassino tivesse que fugir — diz outro homem da roda, que até agora não tinha aberto a boca.

— O que tem o sapato? — indago, surpreso.

— Os policias disseram que o *serial killer* sempre levava os sapatos das vítimas. Mas desta vez deixou um pé. A polícia acha que ele tentou tirar o outro pé, mas, como estava muito inchado, teve dificuldade; só conseguiu tirar um. Alguma coisa deve ter acontecido para ele sair correndo e não levar os dois sapatos da vítima, como de costume.

— Qual era a cor do sapato dela? E qual era o pé, o da direita ou o da esquerda? — pergunto, espontaneamente, lembrando do sapato preto cheio de sangue em minha casa.

— Por quê? — pergunta o enfermeiro do hospital Royal London.

— Ah! Sei lá, curiosidade boba — desconverso.

— Não sabemos. Você teria que perguntar para a polícia.

Sinto-me ridículo por ter feito essa pergunta. Logo desconverso novamente e me afasto dizendo que vou dar uma força para a família. Na verdade estou intrigado, preciso saber qual é a cor do sapato de Chloé. Não pode ser preto. Meu Deus! Se for preto... Ah, não quero nem pensar. Mas é quase inevitável aquilo que eu não quero concluir. Antes de vir para cá, tinha um pé de sapato com sangue em meu quarto. Por um instante, penso que poderia ser o sapato de Chloé. Fico apavorado. Impossível! Seria o sapato de Chloé que estava em minha casa?

O *serial killer* teria ido a minha casa quando eu estava passeando na cidade, hoje de manhã, teria deixado o sapato como recordação de minha amada Chloé? Para me torturar? O que ele queria com isso? Como poderia ser tão perverso? Entro em choque. O assassino é a pessoa que está me perseguindo? Mas não quer me matar, apesar de torturar psicologicamente, fazendo com que eu saiba de tudo.

52

A coisa que eu mais quero neste momento é voltar para casa para ver o sapato que está em meu quarto. Preciso pegá-lo e levá-lo para a polícia imediatamente. Aliás, preciso chamar a polícia para vir à minha casa. Pode ser uma prova importante. Mas eu teria que contar tudo, as coisas que estão acontecendo comigo, as perseguições que estou sofrendo. Não. Seria muito estranho. Eles iriam pensar que eu faço parte do crime. De qualquer maneira, desta vez não posso deixar que as coisas aconteçam sem que eu avise a polícia. Não posso cometer duas vezes o mesmo erro.

Divas me encontra no estacionamento do cemitério.

— Já vai, Gabriel?

— Sim. Obrigado por ter vindo.

— Não quer ir comer alguma coisa? Conversar melhor — diz ele, querendo me ajudar.

— Não, Divas, obrigado mais uma vez. Não tenho nada pra conversar. Quero voltar pra casa, preciso ficar um pouco sozinho. Qualquer coisa ligo mais tarde — desconverso enquanto manobro o carro.

Do carro tento ligar para Hillary. Preciso saber o que Rachel anda falando pra ela. Hillary não atende em nenhuma das três tentativas. Depois de uns 15 minutos chego em casa e, para minha surpresa, Victor me espera na calçada em frente.

— Victor, o que você está fazendo aqui? — indago, surpreso.

— Você precisa me ajudar, Gabriel! — ele fala, ofegante.

— Como você sabia que eu moro aqui? Eu só atendo no consultório.

— Mas é urgente! Eu fiquei sabendo porque Rachel me deu seu endereço.

— Mas Rachel não sabe onde eu moro — retruco.

— Como não sabe? Ela me falou que sempre se encontrava com o senhor aqui.

— Não. Na época em que nós saíamos eu morava em outro apartamento.

— Eu sei, ela me disse. Não precisa me esconder as coisas, Gabriel. Eu sei que vocês continuam se encontrando.

— A última vez que a encontrei foi na festa. Mas ela apareceu lá, já disse pra você. Fazer o quê? Você insiste em não acreditar em mim. Vou falar pela última vez: nunca nos encontramos aqui em casa.

— Não precisa me esconder nada. Ela me disse que vocês se encontram escondido aqui em sua casa — Victor é convincente, o que me deixa abismado. — Eu só quero que o senhor saiba que eu não vou ficar contra você. Esqueça o que eu disse antes. Esqueça que eu disse que mataria você! Antes de tudo eu quero que Rachel fique bem. Já perdi minha família uma vez pela irresponsabilidade de minhas reações. Então, não quero que isso aconteça novamente sem antes ter feito o possível para ajudá-la. Se a única pessoa que pode ajudá-la neste momento é você, o amante dela, eu vou pedir sua ajuda. Vou passar por cima de meu orgulho. Por favor, me escute.

Fico chocado. Peço que me espere enquanto guardo o carro. Não vou conversar com ele dentro de casa porque seria perigoso, uma vez que o sapato ensanguentado de Chloé, ou de outra pessoa, pode estar em meu quarto. Também não colocaria um paciente meu dentro de casa; seria antiético. Vou ao encontro de Victor. Ele me espera com a cara ainda tensa.

— Vamos. Conversamos enquanto caminhamos, tudo bem?

— Sim, sem nenhum problema.

— O que aconteceu com Rachel? — pergunto, intrigado.

— Bem, é difícil falar. Na verdade ela anda de mal a pior, Gabriel. Durante todo o tempo em que estive com ela, nunca consegui ver Rachel realmente feliz. O humor dela oscila muito. Ora está deprimida, ora está histérica.

— Eu sei. Ela sofre de transtorno bipolar. Por acaso ela parou de tomar os remédios?

— Não. O problema é que ela tem uma obsessão. Não há quem tire isso da cabeça dela. Tentei de todos os jeitos, não adianta. Eu não queria acreditar, passava por cima de tudo sem querer enxergar. Se eu amo Rachel, e acho que amar é pensar mais no outro do que em si mesmo... Como o senhor mesmo várias vezes me falou na terapia, a entrega. Bem, eu tenho que pensar mais nela do que em mim, não? — ele fala, esbaforido.

— De certa forma seu raciocínio está certo. Antes de qualquer coisa, eu gostaria de dizer que você fez um enorme progresso nestes últimos meses. Não me esqueço daquela sessão de terapia em que você parecia estar alucinando e falando que tinha matado sua mulher. Outras vezes me ameaçando. Agora nem parece que é a mesma pessoa. Apesar das suas oscilações, fico feliz por falar de modo tão lúcido como agora.

— Não estou aqui para escutar elogios, doutor. Nós fizemos um acordo, eu e Rachel.

— Acordo? Como assim?

— Um acordo em que eu permito que ela se encontre com você, mesmo casada comigo.

— Como assim? Como você permitiu esse absurdo?

— Sim, fiz, porque senão ela iria me deixar. Eu não posso me imaginar sem Rachel. Entendeu por que eu tenho tanta raiva do senhor? Por que não posso dar aquilo que ela só encontra em você, mesmo gostando de mim? Ela precisa de você! Pois bem. Nosso acordo nunca deu errado até agora. Transcorreu tudo bem até então. Apesar do ciúme patológico, como você mesmo fala.

— Mas isso é um absurdo! Nós não nos encontramos! — retruco, desmentindo-o, apesar de saber que não vai adiantar.

— Ah! Chega desta história. Estou sendo honesto com você. Exijo que seja comigo.

— Está bem. — Resolvo concordar com Victor para saber se descubro mais alguma coisa. Ficar batendo na mesma tecla não vai adiantar. — E qual é o problema, já que fizeram esse acordo e estava indo tudo bem?

— Ela disse que o filho que está esperando é seu. E que não pode mais viver comigo.

— Você não acha melhor esquecer Rachel, Victor? Será muito melhor do que viver numa relação patológica com alguém que não ama você. Independentemente de qualquer coisa. Você me entende? Não estou falando isso, que fique bem claro, por querer que você deixe Rachel livre para mim. Eu não quero, acredite em mim. Já vivi tudo o que tinha que viver com Rachel. Eu a quero bem longe de mim. Eu odeio Rachel. Sei que é forte falar isso. Mas é o que eu sinto. Todas as coisas que ela me fez. Todo o seu transtorno, sua soberba, sua falta de humildade, a incapacidade de enxergar o outro. Está se reproduzindo em sua relação com ela. Rachel não muda. Se não for você e eu, será outro a assumir nosso lugar. E Rachel vai acabar sozinha. Isso acontecerá se ela não tiver a humildade de olhar para dentro dela mesma e perceber que as pessoas em sua volta têm coração. Como você. Por isso não estou de acordo, entende? Não achei certo você fazer essa combinação absurda com ela. Você deveria ter me contado antes. Por que só agora?

— Eu sei, doutor — Victor fala, com voz trêmula —, eu sei.

— E por quê, Victor? Olhe pra você neste momento.

— Estou olhando. De verdade. Ao contrário de você, Gabriel, que odeia Rachel, como acabou de falar, eu não. Eu a amo. E vou fazer o quê? Não medi esforços, foi isso o que aconteceu.

— Não vou julgá-lo. Você sabe muito bem o que faz. Já sabe minha opinião. Essa relação foi construída na patologia. Só queria deixar claro. Pode ter certeza de que eu nunca aceitarei Rachel, que não terei nada com ela.

— Esse é o problema — Victor me corta enquanto falo.

— Como esse é o problema? — pergunto, alarmado.

— É que até então você estava se encontrando com Rachel e, de umas semanas para cá, começou a ignorá-la.

— Se fosse verdade, o que não é, melhor pra você, não acha? — respondi, raciocinando na loucura de Victor e Rachel.

— Não! — Victor explode.

— Não? Não entendo a lógica da loucura de vocês dois.

— Gabriel, se você não continuar com Rachel, tudo estará acabado!

— Não seja melodramático. Rachel precisa crescer, e você precisa ensinar isso a ela. Talvez esta seja sua missão no relacionamento de vocês.

— Ela vai se matar!

— O quê?

— Ela vai se matar se você não continuar com ela.

— Ela está fazendo chantagem emocional.

— Não, não está! Ela disse pra eu falar com você. Se nada acontecer em uma semana, ela se mata. E eu não quero que isso aconteça. — Victor está desesperado.

— Está bem, Victor. Conversamos depois. Agora não posso mais.

— Acredite em mim, doutor. Ela está falando sério. Você sabe mais do que eu como a cabeça de Rachel funciona.

Despeço-me de Victor irritado. Não é possível que duas pessoas convivam dessa maneira. Viver o amor sob condições surreais? Não. É muito para minha cabeça, ainda mais depois de voltar do velório de Chloé. Preciso me preservar. A melhor coisa que tenho a fazer é voltar para casa e tentar descobrir de quem é aquele sapato.

53

Corro em direção a minha casa. Como não estava longe, chego em cinco minutos. A pequena corrida me deixa ofegante, o que não é normal. Procuro o molho de chaves. Estranho... não encontro nos bolsos da calça, tampouco na bolsa. Impossível. Acabei de chegar, saí para falar com Victor e voltei. Só isso. Será que o molho de chaves caiu na rua? Tudo tinha que acontecer agora. A porta se abre. Estava encostada. Deixei aberta? Estou muito avoado. Escuto um barulho. Fico assustado: será que tem alguém? Largo a bolsa no chão e vou direto para o quarto, onde guardo os tacos de golfe. Se tiver um ladrão ou sabe-se lá o quê, usarei um deles para me defender. A porta do quarto é velha e range mesmo sem ser forçada. Já que o barulho é inevitável, decido abri-la rapidamente. Ela faz um ruído alto; devem ter escutado. Meu coração bate mais forte. Pego o taco e o posiciono sobre o ombro para o caso de precisar atacar. Começo a suar frio. Fico com medo de o *serial killer* estar em minha casa. Não teria por quê um bandido estar aqui. Só podia ser ele, o assassino de Chloé, o homem que vem me torturando. Enquanto caminho pelo corredor, ouço as batidas aceleradas de meu coração. Continuo, passo a passo, pelo corredor. Escuto o barulho novamente. Parece que vem da cozinha. Fico mais tenso ainda. Faltam uns três metros para chegar à porta da cozinha. Melhor correr para fora ou fugir e chamar a polícia? Na dúvida, me posiciono e quando vejo estou de frente para a porta:

— Rachel! — digo, espantado.

— Que susto! O que você está fazendo com esse taco de golfe? — Rachel está mais assustada do que eu.

— Eu que digo: o que você está fazendo em minha casa?

— Nós tínhamos combinado, Gabriel. Como assim? — Rachel fala e mexe uma panela.

— Tínhamos combinado? Não seja louca. Você veio com Victor? Quando você entrou? E como conseguiu entrar? E cadê minhas chaves? — Indignado, metralho Rachel de perguntas.

— Acalme-se! Quantas perguntas! Se eu começasse a cozinhar agora ia errar o ponto da carne. Pode ter certeza. Mas já está pronto. Olhe só, fiz seu prato predileto. Mignon com molho de vinho tinto e risoto com figo. Vamos comer? A mesa está servida.

— Rachel, eu não quero comer agora. Não tem sentido você estar dentro de minha casa, fazendo comida, como se isso fosse normal. Como você entrou aqui?

— Isso aqui quer dizer alguma coisa? — Rachel mostra a chave da porta de entrada.

— Você pegou de onde? Roubou minha chave e fez uma cópia ou essa é minha chave?

— Gabriel, o que você está pensando de mim? — ela retruca, indignada. — Você mesmo me deu a chave naquele dia em que saímos à noite. É uma cópia. Livre acesso!

— Quando foi que saímos Rachel?

Nem espero Rachel responder, porque me lembro dos sapatos em meu quarto e corro para lá. Ouço a voz de Rachel:

— Ei? Aonde você vai?

Chego ao quarto e não tem nada. Como é possível? Rachel pegou o sapato?

— Onde está o sapato, Rachel? — berro do quarto.

— Que sapato, seu maluco?

— O sapato que você pegou aqui de meu quarto, que estava ao lado da cama!

— Vem comer, senão a comida esfria. São seis horas agora. Às oito e meia começa o filme no cinema.

O tom de Rachel me irrita. Procuro o sapato. Será que ela pegou? Não é possível. Olho debaixo da cama, nada. Reviro o quarto todo.

— O que você está fazendo? — Rachel para na porta do quarto, assustada.

— Rachel, nós precisamos conversar seriamente.

— Mas agora não é a melhor hora. Vamos comer e, depois, cinema. Conversamos depois do filme ou amanhã. — Ela dissimula. Sempre dissimula quando percebe que eu uso um tom severo.

— Que amanhã? Que amanhã? Não vai haver amanhã! — respondo, irado.

— Não consigo falar quando você berra comigo.

— Está bem, desculpe. Vou tentar falar de forma mais tranquila. Eu acabei de falar com Victor. E acho um tremendo...

Rachel me corta:

— Você foi falar com Victor pra quê?

— Ele que veio falar comigo. Há vinte minutos. Vocês não vieram juntos?

— Não, claro que não. Nós nos separamos. Eu estou grávida de você. Não posso mais conviver com outro homem.

— Esse filho não é meu! — Altero novamente o tom.

— Não gosto quando você diz isso. Afeta a criança.

Ela tenta sair, e eu a pego pelo braço:

— Por que você está fazendo isso comigo e com Victor? Você tem que parar de uma vez por todas. Você não enxerga, Rachel, que está reproduzindo o que sempre fez? Você tem que se entregar para a pessoa que ama. Se você decidiu se casar com Victor, tem que ser fiel a ele, e não fazer aquele acordo absurdo que ele acabou de me contar. Escute, eu não sou seu amante. Não quero ser seu amante. Isso já não deu certo uma vez. Não é agora que vai dar. E pare de tentar se relacionar com as pessoas como se elas não tivessem coração.

— Mas desta vez vai ser diferente. Victor concordou em ficar comigo sendo você meu amante.

— Você não enxerga a loucura que está falando?

— Você fala que é loucura agora. Mas sempre se aproveitou de mim como meu amante. Você é que é todo problemático, Gabriel. Nós não conseguimos nos separar depois de todos esses anos porque somos amantes. É mais esquisito do que eu podia imaginar, mas é assim. Porque sempre são as suas regras que valem, nunca as minhas. Você nunca quer dormir junto. Nunca quer viver na mesma casa. Nunca quer ficar comigo a semana toda como se fôssemos um casal. Você, Gabriel! Você é que é estranho! Eu sempre tentei entendê-lo. Mas você nunca tentou me entender. Olhar pra dentro de mim. Você acha que eu não me magoo com um homem que fica comigo esporadicamente? E que sempre me dá esperanças? E que diz que um dia iremos viver juntos? Você acha que eu não gostaria de ter um relacionamento normal com você? Ter uma família?

— Mas...

Rachel me interrompe.

— Não tem mas! Escute você agora. Só escute. Tem uma hora em que você vai precisar crescer. Nem que seja à força, Gabriel. Poxa, você vai ser pai! Esta criança que está aqui é sua! Isso não toca dentro de você? Não sei pra quê estudou tanto se não entende a coisa mais bonita que pode acontecer com um casal. Preciso confessar que aceitei seu acordo. Mas agora não quero mais. Tudo mudou. Estou grávida! — Rachel diz, emocionada.

— Que acordo? — pergunto, intrigado.

— Ora! Às vezes você consegue ser mais ridículo do que eu posso imaginar.

Neste instante, começo a desconfiar do envolvimento do Príncipe da Noite na história.

— Por favor, me fale. Eu preciso que você me fale — imploro.

Ela bufa, e depois de alguns segundos fala:

— Você disse para eu me casar! Esqueceu?

— Sim, e daí? Que mais? — pergunto, assustado.

— Você falou que, se eu não estivesse casada, não ia querer me ver nunca mais. Esse seria nosso segredo. Eu casada e você o meu amante.

Enquanto Rachel fala, fico cada vez mais assustado.

— Eu nunca entendi que raio de fetiche ou desejo é esse, Gabriel, mas era a condição que você impunha para continuar comigo. Era a única forma de eu ter um pedaço de você, mesmo que pequeno, em minha vida. Você acha que eu concordo? Você sabe que é autoritário. Ao mesmo tempo que é sedutor! Para você, eu sou uma boneca. Você faz e deixa de fazer o que bem entende e na hora que quer. Você é sádico, Gabriel. Nós nunca negamos! Eu não consigo me desprender disso. Se eu pudesse, você acha que eu já não teria feito? Todos esses anos com suas migalhas. Sou sua escrava! Mas sou porque não mando no amor que sinto por você! E, depois que aconteceu aquela história do meu marido... Não gosto nem de tocar nesse assunto, você sabe. Você quis continuar da mesma maneira, apesar da tragédia daquele dia. Você exigiu que eu me casasse novamente. Enquanto eu não fiz isso, você me evitava, sempre. Eu senti sua falta. Não sei como você pode ser tão frio. Mas o que eu posso fazer? Até que decidi ter um casamento de fachada com Victor. Ele é francês, vive viajando, não seria difícil pra mim. Victor caiu na minha mão. Eu gosto dele, não quero machucá-lo. Mas você é o amor incondicional da minha vida! Então me casei com Victor, por sua causa. Contanto que eu pudesse ter você. Mesmo que fosse uma vez por semana, ou uma vez a cada quinze dias. Mesmo que só nos encontrássemos à noite, para fazer sexo. Apesar de todas as dificuldades da nossa relação, eu tentei me moldar a ela. — Rachel fala aos prantos, muito emocionada.

— Que absurdo, Rachel!

Ela chora enquanto me faz perceber nossa realidade dura. Agora eu sei que tudo aquilo que ela dizia era real, por mais assustador que fosse. Mas não era a minha vida. Definitivamente, era a vida do Príncipe da Noite. Rachel é mais uma vítima dele. O Príncipe da Noite é um Drácula que suga meu ser, meu sangue e o de todos que passam por ele, mesmo que eu não saiba. É assustador. Do que mais o Príncipe seria capaz? Tenho medo de mim mesmo.

— Rachel, escute uma coisa — pego-a pelos braços, enquanto olho nos seus olhos —, eu não sou homem pra você. Na verdade, eu não sou homem pra mulher nenhuma. Eu sou doente. Não sei o que acontece, mas não consigo consertar minha conduta. Eu não quero fazer você sofrer mais do que já sofre.

Entende? Não quero que Victor sofra sabendo que a mulher que ele ama está se encontrando com outro, mesmo que ele admita isso para estar com você. Falo isso para você entender como ele sofre. E como você sofre. Ele acaba tendo com você a mesma atitude que você tem em relação a mim. Por amar você, ele permite que você seja livre. E, porque você me ama, permite que eu seja livre. Isso não está certo. Alguém precisa quebrar esse círculo vicioso. E a única pessoa que pode fazer isso é aquela que não sabe ainda o que é o amor. Essa pessoa sou eu, Rachel. Eu! Eu preciso me sacrificar. Meu Deus, que loucura! Não posso acreditar. Como posso ter feito tudo isso, machucado tantas pessoas que não mereciam? Você... Victor... Já chega, você não acha? Se eu continuar com esta história, vou me sentir a pior pessoa do mundo. Então eu peço a você que este seja o nosso último jantar juntos. Nosso último encontro. Evite-me! Se eu for atrás de você, vire a cara pra mim! Se eu ligar, não me atenda! Você vai voltar para o seu marido e vai viver uma vida com ele. Sem me esperar. Acabou, Rachel. Acabou. Eu não mereço você! Você merece alguém que saiba amar. Que ame você verdadeiramente! Não posso mais ser esse crápula!

— Não, Gabriel. Não! Eu não posso viver sem você...

— Você pode e deve.

— Venha cá. Me dê um abraço. — Rachel chora compulsivamente.

Minha vontade é de chorar também. Mas preciso segurar. Se há uma coisa certa que eu posso fazer, é isso. Se algum dia vou conseguir vencer o Príncipe da Noite, é outra história. O que importa é que eu estou tentando e não sou conivente com seus atos inescrupulosos. Preciso agir.

54

Depois de beber muito, vou até a cozinha, pego uma faca afiada e me dirijo para o banheiro do quarto. Rachel me acompanha sem falar nada. Ela está sonolenta, só de calcinha e sutiã.

— O que você vai fazer? Vamos voltar a dormir. — Rachel diz, resmungando.

— Eu não estava dormindo, você não percebeu?

— Pra quê brigar agora? Não foi bom dormir de conchinha depois de fazer amor? Como nos velhos tempos... — Rachel fala com voz doce enquanto coloca a mão na barriga. Aquele típico gesto de mulher grávida.

— Como nos velhos tempos... Ora, não seja ridícula.

— Pra quê você precisa da faca?

— Você não sabe pra quê?

— Gabriel, você está me assustando.

Aponto a faca para Rachel em tom ameaçador.

— Tem certeza que vai querer manipular minha vida, Rachel? Acho que você não entendeu ainda com quem está mexendo. Por que mandar aqueles e-mails para Hillary? Você quer me incriminar, é isso? Eu não tenho nada a ver com o assassinato de seu marido, Rachel. Eu defendi você. Ele ia nos matar. Você sabe disso, não sabe? Diga. Ou você acha que ele apareceu aquele dia com aquela arma pra quê?

— Eu sei, Gabriel, ele ia nos matar. Sou grata. Você nos salvou. Apesar de eu ter traído meu marido com você, ele não tinha o direito de nos matar. E você nos salvou — ela fala, em tom apaziguador.

— Então... Por que tudo isso? — pergunto, em tom ameaçador.

— Tudo isso o quê?

— Todas as mensagens, as fotos de seu marido morto que você me envia... As fotos com frases atrás me ameaçando. Por que a tortura psicológica? Não aguento mais, Rachel. Tudo tem limite.

— Eu não sei do que você está falando Gabriel. Que fotos? Que e-mail para Hillary? — O tom de Rachel é dissimulado.

— Pare de fingir. Pare! Não aguento mais, Rachel. Não vou aturar mais. É sempre a mesma coisa. Você não respeita meu espaço. Você não entende as coisas que eu falo? Parece que estou falando com uma louca! Tudo tem limite. Eu não concordo com você, não entendo como você pode aceitar o acordo amoroso comigo e Victor! Um acordo que você diz que eu impus a você. Sinceramente, eu não me lembro de ter falado nada daquilo. Se mesmo assim for verdade, como você pode ter aceitado?

— Foi por amor, Gabriel.

— Não me venha falar que foi por amor.

— Você não entende mesmo o que é isso.

— Você acha que eu não entendo o que é o amor? O que você pensa de mim, Rachel? Você não me conhece, essa é a verdade. Você não me conhece!

Fico transtornado quando Rachel fala daquele jeito agressivo, se sentindo superior, dona da razão. Enquanto a enfrento, algo dentro de mim me faz pular em cima dela. Seguro seu queixo com força e surpreendentemente coloco a faca em seu pescoço.

— Realmente eu não conheço você! Vai! Vai em frente, valentão!

— Corajosa, você. Enfrentando alguém que está com a faca em seu pescoço. Eu já disse: não seja burra, pare! Eu não aguento mais essa sua tortura, essa sua forma de se portar. Você é louca! Já pedi quantas vezes para você sair da minha vida? Quantas?

Começo a perder o controle. Não entendo como posso ter chegado a este ponto. Nunca faria algo de grave com um ser humano, muito menos com Rachel. Mas talvez tenha encontrado uma forma de fazer com que ela suma da minha vida de uma vez por todas.

— Não acredito que você está fazendo isso de novo. Sempre voltamos para o mesmo ponto? Por que você não acaba de vez com a minha vida? Será um favor.

Enquanto Rachel fala, aperto ainda mais a faca em seu pescoço. Não acredito que isto esteja acontecendo, mas está. Da mesma forma que não consigo mais me controlar. Algo dentro de mim é mais forte que a sanidade que devo manter. Não entendo de onde vem esta fúria toda.

— Você acha que eu não tenho coragem, Rachel?

— Você é um frouxo!

Tiro a faca que estava encostada em seu pescoço e a coloco em seu braço.

Vagarosamente, forço a faca contra sua pele, deixando um leve risco de sangue.

— Só isso? Eu quero mais.

A voz de Rachel penetra em meus ouvidos, me perturba e me enraivece. Ela me provoca.

— Você devia se tratar, Gabriel. Olha só a que ponto você chegou! O louco aqui é você, não acha? Sempre estou por perto em seus momentos de loucura... Agora me diga se não fosse eu. Se fosse outra mulher. O que iria acontecer com você? Porque, você sabe, não é toda mulher que aceita uma agressão dessas. Sabe de uma coisa? Você é ingrato. Ingrato! Só olha para o próprio umbigo. Usa um discurso intelectual para se defender. Usa termos psicanalíticos que não servem pra nada, só para ser o dono da razão. A verdade é que você é um louco que só pensa em si mesmo. Devia dar mais valor para quem te ama!

Não estou conseguindo me acalmar, e o som da voz de Rachel não ajuda. Num gesto cirúrgico, golpeio sua barriga com a faca. Os olhos dela se arregalam. Eu me sinto aliviado. Começo a desferir uma série de facadas na barriga de Rachel, que está muda. Enfim, o silêncio. Acabou. Rachel nunca mais vai me incomodar. Não me espanto com minha atitude. Foi a única possível. Não entendo como pude ter prazer ao matar Rachel, mas é verdade. Um alívio indizível inunda meu ser. Nunca mais vou ser torturado por essa mulher. Enquanto Rachel dá os últimos suspiros, observo-a, feliz.

— Era isso que você queria, Rachel? Você achou mesmo que eu nunca teria coragem? Posso dizer que a coragem não foi minha. Foi sua! Você pediu para morrer. Você sempre me provocou. Agiu no limite. Agora eu pergunto: por que você não fez isso sozinha? Por que você mesma não se matou? Pra quê me torturar? Pra quê me obrigar a sujar minhas mãos? Como você pôde ser tão cruel e ardilosa assim? Definitivamente, nunca entendi sua cabeça. Não, não morra agora... Antes que você morra, quero te falar mais algumas verdades.

Rachel dá o último suspiro. Fico olhando para seu corpo imóvel. Olho para os seus pés. Está descalça. Não sei por que olhei para os seus pés. Começo a voltar ao normal e percebo a besteira que fiz. Fico transtornado. Seguro Rachel contra meu peito e choro. Tento estancar com a mão o sangue que sai de sua barriga e escorre no chão da sala. Não adianta mais. Rachel está morta. Eu a matei! Minhas mãos estão manchadas de sangue!

Nesse instante, uma vontade estranha se apodera de meu corpo. Vou correndo para o banheiro do quarto com a faca na mão. Olho fixamente para minha própria imagem refletida no espelho. Depois de um tempo me olhando, com o pensamento longe, um ato abrupto com a faca corta minha camisa. Jogo no chão a faca suja de sangue. Forço com as duas mãos, ensopadas de sangue, o corte na camisa até rasgá-la. Arranho meu peito. Riscos de sangue desenham minha pele. Procuro a faca; acho-a perto da cama. Quando me aproximo pra pegá-la, vejo os sapatos de Rachel. Um sorriso se perfaz, involuntariamente, em meu rosto. Pego os sapatos e eles ficam sujos de sangue. Sinto alívio. Coloco os sapatos nas mesinhas de cabeceira. Um pé de cada lado. Volto para pegar a faca no chão. No banheiro, olhando para meu torso nu, pego a faca e começo a cortar minha pele. Dói, mas eu prossigo. Começo a escrever em meu peito, cortando minha pele. Termino a primeira letra: C. Continuo a me cortar. Termino a segunda letra: R. Continuo a me cortar. Sinto satisfação com a dor. Termino a terceira, a quarta e quinta letras: AZY. Jogo a faca no chão e me regozijo com a palavra que brilha em vermelho em meu peito, talhada com meu próprio sangue. *Crazy.*

Volto para o quarto, pego os sapatos, levo-os para a lavanderia e começo a limpá-los. O sangue não sai facilmente. Pego uma esponja. Por fim, estão limpos. Seco-os com um pano. Começo a procurar a chave da porta do sótão e a encontro em uma gaveta na sala. Levo os sapatos até Rachel. Calço os sapatos nela. Fico vendo Rachel morta usando os sapatos. Ela está radiante. Dou um beijo em sua boca. Retiro os sapatos e os levo para o sótão.

Acordo no meio da noite com um berro angustiadíssimo. Levanto-me correndo e vou até o banheiro. Olho-me no espelho e procuro o corte em meu peito. Não acredito que foi um pesadelo, mas é como se fosse. Começo a me acalmar: tudo não passou de um grande e terrível pesadelo. O pior pesadelo que se possa imaginar. O pior da minha vida.

Meu domingo depois do velório de Chloé, da conversa absurda com Victor e Rachel, daquele pesadelo fantasmagórico, é deprimente. Fico o dia inteiro sem fazer nada. Absorto. Como se tivesse sofrido um acidente físico que, em vez de paralisar meus membros, afetou meus sentimentos. Sinto-me entregue a uma força arrebatadora que me paralisa. Penso em ligar para um amigo psiquiatra para pedir antidepressivos. Preciso de ajuda química, mas, ao mesmo tempo, me render aos remédios não me ajudaria em nada; eu me sentiria mais fracassado ainda. No entanto, a angústia aumenta, e eu não consigo mais resistir aos medicamentos. Peço a receita de uma fórmula mais fraca para o amigo psiquiatra. Sempre achei que tudo poderia ser resolvido com a psicanálise, mas não, pelo menos não neste estado em que me encontro. Passo por momentos em que não consigo pensar em mais nada. As situações me levam para um estado de tremor interno, de paralisia. Não consigo fazer as coisas que eu fazia antes. Meu ritmo mudou. Não quero admitir para mim mesmo, mas é a mais pura realidade. Então, depois de ir até a farmácia e tomar um ansiolítico, vou me encontrar com Hillary.

Domingo é o dia em que Hillary vai ao teatro. Ela me convida para acompanhá-la, mas não estou com cabeça. Talvez até seja melhor assistir a um musical no West End; faz tempo que não vou. Prefiro marcar um jantar antes da peça para conversarmos. Ela marca no Planet Hollywood, porque sempre quer comer o linguine com camarão. Chego ao restaurante. Hillary me liga falando que já chegou e está numa mesa de canto. Quando a vejo, ela me acena. Vou em sua direção. O lugar está lotado e aconchegante.

— Você demorou, Gabriel! — Hillary me dá um beijo no rosto.

— Tive que fazer várias coisas. E adivinha.

— O quê?

— Passei na farmácia.

— Ah, não... Você foi comprar antidepressivos?

— Aderi a eles. Isso mesmo.

— Mas também, Gabriel, a fase que você está passando é muito complicada.

— Eu sei. Você pode imaginar como estou me sentindo.

— Sim. Mas você não tem que ver isso como uma coisa ruim. É normal. Você vai tomar os remédios nesta fase difícil e pronto. Assim, estou de acordo. — Hillary me consola.

— Se eu te contasse o pesadelo que tive, você iria cair pra trás.

— Claro que não. Os sonhos são simbólicos, você sabe. Não querem dizer propriamente aquilo que aparentam. É redundante falar isso pra você.

— Eu sei. Mas foi um pesadelo torturante. Depois que acordei tudo bem, mas... até acordar... Bem, não foi sobre o pesadelo que viemos conversar. Conte-me: o que Rachel queria com você ontem?

Hillary aproveita para pedir os pratos, já que não tem muito tempo. Pergunta se eu também quero o mesmo prato de sempre. Aceito, desde que o meu seja menos picante.

— Pois é, Gabriel. Você não sabe como foi ontem. Sábado, atendendo o último paciente da manhã, não tinha mais nada pra fazer. Fico sabendo de Chloé. Ligo pra você e, quando estou saindo pra te encontrar, Rachel me aparece. — Hillary vai falando enquanto limpa os óculos.

— Ah! Rachel! Ela é descompensada.

— Bingo. Isso mesmo, mas ela falou que precisava conversar comigo novamente. Com aquele tom desesperado de sempre, como se fosse acabar o mundo. Você conhece muito bem, não é?

— Sim, claro! Não aguento aquele tom trágico dela!

— Enfim, fiquei de mãos atadas porque queria ter estado com você lá no velório. Mas acabei não indo, porque ela me assustou falando que iria se matar. Como sabemos que ela sempre fala isso, não me assustei tanto. Mas, sabendo de sua loucura, de sua postura destrutiva, achei melhor escutá-la.

— E o que ela falou?

— Primeiro ela falou que queria que eu te pedisse para aceitá-la novamente como paciente.

— Sério? Mas que absurdo! Mesmo porque foi ela que sumiu. De uma hora pra outra ela volta e quer você como sua psicanalista. Não tenho mais nada a ver com isso.

— Eu também acho. Mas ela disse que quer ser sua paciente novamente porque já superou o amor que sentia por você. Eu fiquei surpresa.

— Eu também fico surpreso.

— O pior não foi isso. Você sabe que não dá para levar muito a sério as coisas que ela fala.

— Sim, com certeza. Mas o que foi pior, então? — pergunto, fingindo desinteresse, mas com curiosidade e certo receio.

— Bom, vamos lá... Você sabe que Rachel é a pessoa mais contraditória que se pode imaginar. Pediu que você volte a ser o analista dela, depois retirou o que disse. Explicou que não queria mais porque vocês já se encontravam como amantes frequentemente. Portanto, não queria correr o risco de perdê-lo. Então, me disse que era melhor que eu, Hillary, continuasse como sua analista. Fiquei surpresa por ela me falar que vocês estavam se vendo. Que absurdo, pensei. Claro que ela estava mentindo. Mas o discurso que ela usou depois me fez pensar na possibilidade de ser verdade. Algumas coisas batiam. Por isso eu queria perguntar pra você, sinceramente, Gabriel. Só por desencargo de consciência: vocês estão saindo mesmo?

— Não, claro que não! — minto. Devo contar tudo para Hillary? Fico aflito. Mas é impossível falar tudo. Ela não me entenderia. Agora, como não sei o que mais Rachel falou com ela ontem, talvez seja pior eu mentir. Mas, pensando melhor, já que Hillary parece estar tão tranquila, não deve me falar nada muito mais grave sobre Rachel e eu. Portanto, Hillary não suspeitará de mim. Nesse momento ela olha fixamente em meus olhos e dispara:

— Você sabe que não precisa mentir pra mim, não sabe, Gabriel?

— O que é isso? Claro que sei. Por que você está falando assim?

— Por nada. Só para você ter certeza! Você sabe que pode confiar em mim, não? Não importa o que aconteceu ou aconteça em sua vida, quero que saiba que você pode falar tudo pra mim.

Sinto um frio na barriga, como se Hillary fosse me revelar alguma coisa.

— Claro que eu sei, Hillary! O que mais Rachel falou? — Tento desconversar.

— Ela me falou várias coisas. Daquele jeito dela. Uma das coisas é que você sabia de tudo da vida dela. Que você sabia como o marido dela tinha morrido.

— Claro que sei, porque ela me contou na época em que eu a analisava.

— Ela me disse que não foi na época. Disse que você fez parte de tudo. E que era o amante dela.

— Você não acreditou, não é? — Sou irônico, mas tenho medo.

— Claro que não, Gabriel. Por acaso dá pra levar a sério?

Respiro aliviado ao ouvir isso. Mas tive a nítida certeza de que Rachel queria me incriminar.

— Ah, que bom! Já pensou ficar à mercê das loucuras de uma neurótica?

Brinco com Hillary. Ela começa a rir, e eu também.

— Imagina, ela me disse que você era um psicopata. E que tinha medo que acontecesse alguma coisa com a vida dela, porque você já a ameaçou várias vezes de morte.

Hillary fala rindo.

— Sério que ela falou isso? Que absurdo!

— Sim. E, o que é pior, Rachel disse que você tinha um plano para matá-la caso ela não fizesse o que você queria. Ah, mas não vamos mais falar de Rachel. Nossa comida chegou.

Estou aliviado agora, porque sei que a história que Hillary me contou sobre Rachel é absurda mesmo. Enquanto a garçonete coloca nossos pratos na mesa, indago:

— E que plano era esse?

— Ah! Deixa pra lá, vamos aproveitar a comida! — Hillary já está dando as primeiras garfadas na massa.

— Agora fale. Essa história pelo menos está me fazendo rir. Depois de tudo o que aconteceu...

Sinto um grande alívio, achando aquelas barbaridades até engraçadas. Como Rachel podia ser tão ingênua?

— Já que você está mais descontraído, acho melhor falar a verdade, Gabriel. Há alguns segundos atrás eu estava tentando poupar você. Mas, pensando melhor, acho perigoso você não saber — Hillary diz, assustada.

— O que você está querendo dizer?

— Gabriel, preste atenção. Eu não sei o que você e Rachel têm. Mas ela está decidida a aprontar alguma coisa. Ela me disse que está grávida de você. Que você sempre foi o amante dela. Que você matou o marido dela. E, por causa de todas essas coisas, você a ameaça de morte. Eu sei que não é verdade. Mas, ao mesmo tempo, ela pode fazer alguma coisa para te incriminar.

— Que absurdo! Ela tem essas alucinações e a mania de perseguição, Hillary. Ela se faz de vítima. Você sabe que essas histórias não são verdadeiras, não é? Estou assustado.

— Sei sim, Gabriel. O problema é que ela foi embora ontem depois de me contar essas histórias. E hoje de manhã ela me disse que você a estava ameaçando de morte há um bom tempo, que ia matá-la e ninguém iria descobrir que você a matou. Porque você a obrigou a escrever uma carta de suicídio. Disse que a obrigou a fazer isso com uma arma apontada para sua cabeça.

Hillary me fala e continua comendo, como se fosse a coisa mais normal do mundo.

— Mas como ela pode provar isso, Hillary?

— Disse que você tinha escrito uma carta de suicídio. De próprio punho. E que ela deveria copiá-la com a letra dela. Falei para Rachel que você não seria tão ingênuo.

— E essa carta que supostamente eu escrevi? Ela entregou a você como prova do meu crime?

— Sim. Ela me deu essa carta! Então se prepare para ver sua prova do crime.

Rindo, Hillary tira da bolsa a carta de suicídio que supostamente eu escrevi para Rachel reproduzir em seu nome, com sua caligrafia.

Quando desdobro o papel, levo um choque. A carta está escrita com a minha letra.

— Hillary... — digo, assustado.
— O que é?
— Essa mulher é louca!

Enquanto dissimulo, rindo para Hillary, leio a carta. É a minha letra, minha forma de escrever. Como Rachel conseguiu reproduzir? Quem teria falsificado essa carta? Existe um falsificador tão perfeito assim? A outra questão é: será que fui eu mesmo que escrevi a carta, ou melhor, o Príncipe da Noite? Essas dúvidas começam a me atormentar. Se fosse verdade, as respostas não seriam nada agradáveis. A primeira hipótese, a de Rachel ter falsificado a carta, confirmaria que ela não é somente louca, mas uma psicótica inescrupulosa, que está tramando para me incriminar. Só porque não quero me casar com ela? Ou tem algo mais que eu desconheço? A segunda hipótese, a pior de todas, a de eu ter escrito a carta, é a possibilidade nefasta de o Príncipe da Noite ser mesmo um assassino. Assim, aquele pesadelo que tive seriam erupções adormecidas de meu subconsciente querendo me dizer algo. E também a única forma de acesso para eu saber quem eu realmente sou. Agora, como saber se o Príncipe é um assassino? Como confiar numa louca como Rachel? Estou num mato sem cachorro, sem nenhuma pista. De qualquer maneira, o que mais me incomoda é a segunda hipótese, pois, caso eu seja um assassino de verdade...

— Preciso ir embora, Gabriel. Não quer vir comigo mesmo? — diz Hillary, pagando a conta.
— Por favor, deixa que eu pago.

Retiro o cartão de crédito dela e coloco o meu na mesa.

— Obrigada, querido! Você é sempre um amor.
— Obrigado pelo convite, mas vou voltar para casa.

Enquanto me despeço de Hillary na porta do restaurante, uma moça vem correndo em minha direção.

— O senhor deixou cair seu chaveiro — diz ela, solícita.

— Ah! Muito obrigado. Não tinha reparado. Que cabeça a minha!

Algo me deixa terrivelmente intrigado. Quando a moça me entrega o chaveiro, eu me vejo no sótão de minha casa abrindo uma estante que não existe lá. A imagem é tão forte que parece real.

No caminho de volta para casa, as imagens do pesadelo que tive matando Rachel me atormentam ainda mais. Como um pesadelo pode parecer tão real? É assustador. Parado no semáforo, fico absorto em meus pensamentos. Recordo-me do jantar que Rachel fez para mim quando começamos a brigar, na noite anterior. Até agora não entendo como ela entrou em minha casa. Lembro dela falando coisas sem sentido. A recordação mais forte é de seus sapatos vermelhos. O semáforo abre e acelero o carro. Poucos segundos depois me vejo com os sapatos vermelhos de Rachel na mão, subindo até o sótão. Inesperadamente uma buzina bem alta soa, me fazendo frear antes de bater em outro carro. Fico em pânico. Frio no estômago.

Minha respiração começa a voltar ao normal enquanto a imagem da moça que trouxe o chaveiro no restaurante aparece em minha cabeça. Só que agora a lembrança está distorcida, e, no lugar dessa imagem, a moça me traz apenas a chave misteriosa que está no chaveiro. A bendita chave que carrego e que não sei para que serve. O telefone começa a tocar. Não atendo, porque é Victor que está ligando. O que ele quer? Falar para eu aceitar ser amante de sua mulher? Como as pessoas podem ser tão loucas? Ora, eu não posso falar nada. Não sou exemplo para ninguém.

Finalmente chego em casa. A única coisa que quero é descansar, esquecer todas as coisas estapafúrdias que estão acontecendo. Pego um suco na geladeira e me sento na frente da televisão. Enquanto zapeio por canais que pouco me importam, toca novamente o telefone. É Victor. Não atendo. Jogo o celular no sofá e tenho vontade de ir até o sótão. Subindo as escadas, sinto um frio no estômago. Quando chego ao sótão, que estava mais limpo do que nunca e com todas as coisas em seu devido lugar, minhas mãos começam a suar. Sinto uma ansiedade que não sei de onde vem. Nunca consegui ficar muito tempo aqui. Apesar de ter decorado este canto de minha casa de forma muito aconchegante, não me sinto à vontade nele. Há fotos de estrelas do cinema na parede. A luz que entra pela janela transpassa o ambiente, deixando-o alegre. A decoração com fotos de mulheres sobrepostas ao papel de parede dá uma atmosfera chique, com um sutil tom saudosista. Minhas mãos percorrem a parede enquanto vou andando e vendo as imagens de que tanto gosto.

De repente, vejo uma mancha na parede. Esfrego o dedo para tentar tirá-la. Suja ainda mais. Percebo que fui eu mesmo que fiz essa mancha esfregando o papel de parede. Que estranho! Não me lembro de ter vindo aqui e sujado este pedaço. Talvez tenha sido a faxineira. Vou até a cozinha pegar um pano molhado. Começo a esfregar. A sujeira não sai. Forço um pouco mais e, para minha surpresa, algo se mexe. A parede se mexe! É uma parede com fundo falso! Tiro o tampão e o coloco de lado. Quando me volto para olhar o que tem dentro do fundo falso, fico chocado.

Outro quarto! Mais parece um closet. Acendo a luz. O espaço é imenso e todo cinza. Tem um corredorzinho no meio e armários em todas as paredes. Os espelhos em todas as portas multiplicam minha imagem ao infinito. Tento abrir a porta, que está trancada. Não abre. Forço-a. Mesmo assim ela não abre. Num suspiro, lembro da chave misteriosa que sempre está comigo. Pego o chaveiro no bolso. A chave desliza na fechadura. Viro para o lado e o trinco cede. Abro a porta vagarosamente, com medo do que possa encontrar. Perco o fôlego. Como pode ser possível? Sapatos! Dezenas de sapatos femininos! Fico desesperado. Tento abrir as outras portas; não abrem. Coloco a mesma chave na fechadura. Uma a uma, vou abrindo as outras portas do closet. Mais e mais sapatos femininos vão aparecendo. Atônito, sento-me no chão.

Depois de me recompor por alguns instantes, levanto-me para ver os sapatos novamente. Quando pego o primeiro pé, percebo que tem algo dentro. Um rolo de papel vegetal, estilo pergaminho, muito bem desenhado. Abro o rolo:

Jodie, 37 anos

Pego outro sapato, com outro pergaminho:

Kathlyn, 22 anos
Karyn, 31 anos
Juliette, 22 anos

Começo a olhar sapato por sapato e em cada um deles há um pergaminho com um nome de mulher.

Kimberley, 40
Laurie, 19
Cindy, 35

Margret, 47
Natty, 27
Pammie, 34
Phoebe, 25

Seriam os sapatos das mulheres do Príncipe da Noite? Me relacionei com todas elas e não me lembro? Estes nomes não me dizem absolutamente nada. Encontro um sapato que reconheço de cara: o sapato de Charlotte. Meu Deus! O que o sapato de Charlotte está fazendo aqui? Ligo para Divas:

— Que bom que você me ligou. Estava pensando em você neste exato momento, acredita? Queria saber como está. Tudo bem? — O tom de Divas é sempre cordial.

— Para dizer a verdade não, meu amigo. Gostaria que me desse uma ajuda — digo, com voz trêmula.

— Sim, pode falar Gabriel.

— Você pode passar o endereço daquele site de relacionamento?

— Estou sem acesso à internet agora. Passo pra você em cinco minutos. Mas por que você vai mexer nisso agora? Fique tranquilo. Esqueça o que eu falei.

— É urgente, Divas! Me envie assim que puder, tudo bem?

Desligo o telefone e continuo olhando, intrigado, para todos aqueles sapatos. Ao mesmo tempo, sinto-me aliviado porque achei uma coisa muito importante sobre o Príncipe da Noite. Uma prova concreta das mulheres com quem ele se relacionou. Exatamente cinco minutos depois, Divas me liga falando que enviou o link. Ligo o computador e começo a vasculhar, no site de relacionamentos, o perfil que é meu, mas foi criado pelo Príncipe da Noite. Volto para o sótão para pegar os nomes das mulheres registradas nos pergaminhos. Sento à frente do computador e começo a fazer a busca. Fico abismado. Quando digito o primeiro nome, *Jodie, 37 anos*, aparece seu perfil com fotos e características. Começo a procurar as demais mulheres: *Kimberley, 40; Laurie, 19; Cindy, 35; Margret, 47; Natty, 27; Pammie, 34; Phoebe, 25* etc. Todas estão no site. Eu posso vê-las. Aqueles sapatos têm um histórico, exceto um. Percebo isso ao digitar o nome do último, Charlotte. Para minha surpresa, Charlotte é a única que não tem perfil no site, apesar de seu nome e seus sapatos estarem em meu closet. Por quê? O que isso quer dizer?

Volto para o sótão. Quero ver todos os sapatos e seus respectivos nomes e checar se batem com os do site. Por fim, encontro os sapatos de Jane. Nem preciso ver o nome; lembro deles. Desço novamente para checar no site. Não, Jane não tem nenhum perfil registrado. Jane e Charlotte são duas pessoas que eu, Gabriel, me lembro de terem se relacionado com o Príncipe. Será que é por isso que não têm registro aqui no site? Qual a conexão que eu devo estabelecer? Bom, o próximo passo é procurar as mulheres com quem eu, Gabriel, sei que o Príncipe da Noite tem ou teve um relacionamento. Quem mais? Já sei! Evelyn, é claro. Procuro no site: Evelyn não tem perfil. Quem mais? Rachel... Será? Não, também não tem perfil. Chloé também não tem seu perfil aqui. Ficaria muito triste de encontrá-la neste site. Ah, meu Deus, será que o perfil de Sophie está aqui? Não, graças a Deus, não. Espera um pouco. Sophie é seu *nickname*. Preciso checar Manuelle, seu verdadeiro nome. Deus queira que eu não tenha uma decepção. Vamos lá! Enquanto digito o nome de Manuelle, Victor me liga e eu não atendo. Mais alguns segundos e confirmo que Manuelle tampouco tem um perfil no site de relacionamento. Menos mau.

Subo no sótão novamente. Quero olhar sapato por sapato, preciso checar todos que faltam. São dezenas deles. Pra não falar mais de uma centena. Não posso deixar isso para trás, apesar de ser exaustivo. Encontro um curioso sapato verde com o salto bem fino. Recordo-me vagamente dele. Parece familiar. Abro o pergaminho de papel vegetal e levo um susto:

— Hillary!

Não é possível. O Príncipe da Noite já saiu com Hillary? Ela é minha psicanalista. É antiético. Por que Hillary nunca me falou nada? Que situação surreal!

Victor me liga novamente. Decido atender, senão ele não vai parar.

— Ela está aí com você, Gabriel? — Sua voz está esbaforida.

— Claro que não, Victor!

— Pelo amor de Deus, Gabriel! Fale a verdade.

— Não estou mentindo. Rachel não está aqui.

— Por favor, eu lhe imploro. Diga que Rachel está com você — pede ele, com voz rouca.

— Victor, eu não vou participar das artimanhas de vocês dois. Eu já disse de uma vez por todas que não quero ser amante de Rachel. Se você não acredita em mim, não posso fazer nada. Até logo. Tenho muito que fazer.

— Não, não desligue — ele implora. — Pela última vez, me fale a verdade: Rachel não está aí mesmo? Senão o pior vai acontecer.

— Você está me ameaçando?

— Não. É que, se Rachel não está aí, acho que o pior aconteceu com ela.

— Por quê?

— Ela andava muito estranha, como lhe falei. E desde ontem não voltou pra casa.

— Você precisa aprender a conviver com ela, Victor. Rachel é assim, some quando quer!

— Sim, eu sei. Mas desta vez é diferente. Ela deixou um bilhete embaixo da porta. Escreveu que nunca mais iríamos encontrá-la neste mundo. É uma carta de suicídio, Gabriel.

— O que é isso, Victor? Ela quer chamar a atenção. Você a conhece.

— É justamente por conhecê-la que estou preocupado. Minha última esperança era ela estar aí com você. Acho que é tarde demais... Ah, meu Deus! — Victor começa a chorar.

— Calma, pense melhor. Onde ela poderia estar?

O choro de Victor começa a me angustiar. Será que Rachel seria capaz de se matar? Penso um pouco e chego à conclusão que sim. Ela é suficientemente doente para fazer isso.

— A culpa é sua, Gabriel. Você é o culpado.

Escutar as palavras de Victor me incriminando faz com que me lembre do pesadelo em que eu matava Rachel. Aquele pesadelo seria alguma sensibilidade que eu tinha captado enquanto Rachel praticava o suicídio? Uma expressão do ato? Ou mera coincidência? Não há nenhuma prova de que ela tenha morrido.

— Espere mais um pouco. Uma hora Rachel aparece. Você não tem nenhuma prova de que ela se matou — tento acalmá-lo.

— Numa das partes da carta está escrito assim: *Victor, querido, se eu não tiver voltado para casa até hoje à noite é porque resolvi me matar. Nunca irão achar meu corpo. Não quero ser um embuste para ninguém. Muito menos quero que alguém veja meu corpo sem vida.*

— Hoje à noite foi ontem, Gabriel. Por isso eu falei: a última chance é que ela estivesse com você.

— Espere um pouco na linha.

Deixo o telefone ligado, pois fico intrigado com o que Victor me fala. Tenho medo de que o pior tenha acontecido. Começo a procurar o sapato de Rachel no closet. Vejo à esquerda uma porta mais estreita que não tinha sido aberta. Pego a chave e abro a porta. Ah, meu Deus! Os sapatos de Rachel! Os sapatos vermelhos de Rachel! Os mesmos sapatos do sonho! Estão aqui! Sangue! Sangue! Pego um pé, e minhas mãos os sujam um pouco com sangue. O pesadelo não foi pesadelo. Foi realidade. Eu matei Rachel! Meu Deus! A carta que Rachel deixou para Hillary dizendo que eu a mataria era verdadeira! Rachel sabia. Devo tê-la obrigado a escrever a carta de suicídio para tirar minha culpa, as provas e, assim, eu poder matá-la. É isso!

— Gabriel! Gabriel! — ouço a voz de Victor berrando no celular. Desligo imediatamente. Coloco as mãos no rosto, desesperado. Então é verdade? Eu sou um assassino cruel? Começo a chorar, e minhas infindáveis imagens refletidas no espelho do closet choram comigo. Quem sou eu? No que o Príncipe da Noite me transformou? Não posso acreditar nessa injustiça. Sou um criminoso que não tem culpa de nada. Ao mesmo tempo que esses primeiros tormentos invadem meu ser, um sapato solitário me chama a atenção bem acima da prateleira onde estava o sapato de Rachel. Tento alcançá-lo. Está muito alto. Pego um banquinho e subo em cima dele para ver o sapato. Quando meus olhos ficam na mesma altura da prateleira do sapato solitário, uma revelação pior ainda está para ser descoberta. O sapato de Chloé. Meu Deus! Não pode ser verdade. Mais que um assassino, eu sou um assassino em série. Sou um *serial killer*?

Victor está me ligando novamente. Não atendo. Estou apavorado. Começo a pensar: se eu sou um *serial killer*, quem será minha próxima vítima? Ou acabou por aqui? Quais seriam as próximas mulheres assassinadas? Preciso fazer alguma coisa. Não é possível que o Príncipe tenha matado Chloé. Não consigo acreditar. Tento fazer algumas associações, mas minha cabeça não está funcionando direito. Tenho um lampejo: eu, Gabriel, sabia que o Príncipe da Noite se relacionava com Rachel e Chloé. Será que o Príncipe queria me dizer alguma coisa com isso? Elas também não estavam no site de relacionamento. Por quê? As mulheres que estavam na página do Príncipe, e os seus sapatos no closet comprovavam isso, não tinham morrido. Somente quem eu sabia que se relacionava com ele. E essas mulheres são: Chloé, Rachel, Jane, Charlotte, Evelyn, Hillary e Sophie. Sete mulheres! Meu Deus! Sete mulheres que serão assassinadas pelo Príncipe da Noite? Não pode ser! Duas já estão mortas! O telefone toca:

— Por favor, Victor, me deixe em paz! Não consigo ficar tranquilo com suas loucuras! — respondo de forma destrambelhada.

— Sou eu, Gabriel! — Uma voz feminina fala com doçura.

— Sophie? É você? — respondo, desconcertado.

— Sim, sou eu. Sophie!

— Desculpe. É que tem um cara me ligando e me enchendo, pensei que fosse ele novamente.

— Sem problemas. Mas você está bem? Sua voz está esquisita.

— Estou... — Tento falar normalmente, mas é nítida a fragilidade de minha voz.

— Gabriel, você não está bem. Tem alguma coisa que eu possa fazer para ajudá-lo?

— Não, obrigado. A verdade é que eu perdi uma paciente ontem. Ela morreu. E eu estou em estado de choque ainda.

— Meus sentimentos. Como ela morreu? Estava doente?

— Sim. Não. Bem, ela estava doente, mas... foi assassinada.

— Você está falando da Chloé, daquela família daqui de Londres, que foi pega pelo *serial killer*? Que horror! Eu vi na televisão.

— Pois é. Mas vamos mudar de assunto. Por que você me ligou, querida?

— Ah! Nem tem clima para falar.

— Não, Sophie, talvez seja melhor falar, pra eu pensar em outra coisa.

— Eu iria me sentir ridícula.

— Sophie, por favor. Eu te peço, querida, fale. Eu vou ficar feliz por ouvir. Você quase nunca liga para mim.

— Bom, é que... Lembra daquele homem que liga pra rádio?

— Qual?

— Aquele que liga de tempos em tempos.

— Não estou lembrando, Sophie. Acho que você não chegou a falar dele pra mim.

— Claro que falei. Ele tem um nome engraçado.

— Diga o nome dele, talvez eu me lembre.

— Bem, não é bem o nome dele, é como ele gosta de ser chamado.

Neste momento, me dou conta da gravidade do que Sophie está falando.

— Pelo apelido de Príncipe da Noite. Lembra que eu lhe falei dele?

— Sim, lembro! Mas o que é que tem ele? — respondo, sem paciência.

— É que ele me chamou para sair no final de semana. E eu pensei...

Antes mesmo que ela termine de falar, interrompo:

— Sophie, por favor, não saia com este homem. Você não o conhece. Não sabe quem ele é.

— Sim, eu sei, mas ele é sempre tão gentil. E todo esse tempo ele tem falado coisas tão humanas na rádio. Pensei que não teria problema.

— Mas, Sophie, sabe... Eu só acho que antes de sair com ele você devia sondar mais, ter informações mais concretas sobre a pessoa. Você nem ao menos sabe o seu nome verdadeiro! Já perguntou pra ele?

— Já. Ele não quer dizer.

— E não quer dizer por quê? Não tem sentido. Uma pessoa normal não faria isso ao marcar um encontro.

— Eu sei, ele falou que faz parte do jogo. Não quer abrir nada antes de nos conhecermos.

— Fetiche esquisito, não? E se ele for um psicopata? Você já pensou nisso?

— Sim, já pensei. Por isso mesmo estou ligando. Porque de certa forma estou com medo. Mas também estou curiosa para conhecê-lo.

— Eu sei, entendo. Mas você não deve se arriscar antes de ter certeza de que esse homem misterioso não irá lhe fazer mal. Diga-lhe isso, diga que está com medo. Invente que já sofreu algum tipo de abuso que a deixou traumatizada, que está com medo de sair com ele às cegas, que precisa que ele seja mais claro com você. O fetiche a que ele se refere vocês realizam depois de se conhecer. Meu Deus, Sophie, eu não quero que nada aconteça com você! Entende minha preocupação? — falo alternando rispidez com um tom fatalista.

— Sim, eu entendo. Você está certo. Mas, pra falar a verdade, eu acho que você está com ciúmes.

— Não, não tem nada a ver com ciúmes. É que...

— Desculpe falar assim. É o que eu acho.

— Como você pode ser tão ridícula? Quero ajudar você e escuto uma besteira dessas?

— Obrigada por sua ajuda. Mas eu não liguei pra escutar desaforo. Desculpe, vou desligar. Nos falamos quando você estiver mais calminho.

Ela desliga o telefone. Estou consternado. O que está acontecendo é assustador. Sem saber o que fazer, passo algum tempo paralisado na poltrona, depois olho pela janela e resolvo sair. Começo a andar sem rumo pelas ruas de Londres. Em minha cabeça apenas o eco da dúvida avassaladora que não me deixa respirar tranquilo: Sophie será a próxima vítima do Príncipe da Noite?

FIM